Husserl
et l'énigme du monde

Du même auteur

Personne et Sujet selon Husserl
PUF, 1997

Emmanuel Housset

Husserl et l'énigme du monde

Éditions du Seuil

CET OUVRAGE EST PUBLIÉ DANS LA COLLECTION
POINTS ESSAIS SÉRIE « PHILOSOPHIE »,
DIRIGÉE PAR LAURENCE DEVILLAIRS

ISBN 2-02-033812-2

© Éditions du Seuil, avril 2000

Sommaire

Introduction................................ 13
   Difficulté et nouveauté de la phénoménologie. Surmonter l'oubli du monde et interroger le monde comme
   monde.

1. L'énigme de la transcendance du monde... 23

   1. La critique de l'attitude naturelle.......... 23
   Rompre avec l'attitude naturelle pour s'ouvrir à
   l'énigme du monde. L'écoute du phénomène. S'étonner du monde dans sa totalité. La phénoménologie
   comme science antinaturelle. La lutte contre le naturalisme et le scepticisme.

   2. Doute et *époché*...................... 31
   Le retour à Descartes et la fondation absolue de la
   science.

   3. Le critère de l'évidence apodictique........ 37
   L'évidence comme fil conducteur pour l'accomplissement de la réduction. L'évidence comme présence
   même de l'être. L'élargissement du concept d'évidence. La tâche de la phénoménologie. La phénoménologie comme seul vrai positivisme. Le principe des
   principes. L'évidence préscientifique, l'évidence adéquate et l'évidence apodictique. La possibilité de
   l'anéantissement du monde.

2. Le phénomène de monde................ 59

   1. Immanence et transcendance............. 59
   Le tournant idéaliste de 1907. La donation de la chose
   dans la perception sensible. L'immanence effective et

l'immanence autodonnée. La rupture vis-à-vis des *Recherches logiques*. L'importance du mode de donnée.

2. La *cogitatio* comme donnée absolue.   69
Le danger du psychologisme transcendantal. Phénoménologie et psychologie pure. L'intentionnalité comme
énigme. Le domaine de la réflexion transcendantale.

3. Le monde comme horizon   76
Le monde comme transcendance dans l'immanence.
L'idée d'horizon. Les potentialités de la vie intention-
nelles.

4. L'objet intentionnel comme guide
transcendantal   83
Les objets de la réceptivité et les objets d'entendement.
L'objet comme fil conducteur de la recherche des caté-
gories. Elargissement du concept de transcendantal.
L'objet investi d'esprit.

5. Le noème.   93
L'idéalité du sens. Les différentes significations du
noème. La phénoménologie comme seule véritable
ontologie concrète.

3. L'idéalisation du monde.   101

1. Vérité et réalité du monde   101
La phénoménologie comme recherche des origines. La
raison comme détermination essentielle de la subjectivité transcendantale. L'évidence comme acquis
durable. Evidence présomptive du monde et existence
du monde.

2. Fait et essence   111
L'idéalisme transcendantal comme science de tout
monde possible. Le mode de révélation de l'*eidos*.

3. L'intuition catégoriale   116
La sixième des *Recherches logiques*. La rupture avec
les analyses classiques de la perception. Elargissement
du domaine de l'intuition.

4. La force de l'imagination   123
La rupture avec la conception traditionnelle de l'image.
L'imagination comme synthèse. Imagination et
conscience d'image. La liberté de l'esprit. Les possibilités pures. La variation imaginative comme méthode.

5. Le monde des possibilités pures   134
Réponse aux accusations de platonisme. Idéal empirique de perfection et idéal absolu. L'idéalité géométrique.

4. *Ego* et monde   147

1. Un *ego* sans monde   147
Le renversement de notre être tout entier. Le moi
humain comme transcendance. L'échec de Descartes.
Vécu psychologique et vécu purifié par la réduction.

2. Le spectateur du monde   162
Métaphysique et phénoménologie : l'*ego* transcendantal comme fondement ultime. Réduction et liberté du
sujet. La scission du moi. Le spectateur impartial. Une
ouverture à une vie nouvelle.

3. Le sujet constituant le monde   170
Le je pur comme identité absolue. Une absolutisation
de l'*ego*. la vie propre de l'*ego*. Les capacités actives et
passives. Les trois temporalisations de soi.

5. La genèse du monde   185

1. L'objet temporel   185
La mise hors circuit du temps objectif. La continuité
propre du temps. La rétention. La protention. Le temps
comme forme de tout objet. La continuité originaire de
la présence à soi.

2. L'espace et la chair.   199
Espace géométrique et espace originaire. Le statut
ontologique de la chair. La kinesthèse. La préconstitu-
tion du monde. Pas de monde sans chair.

3. La genèse active et la genèse passive   207
Les formes essentielles de la genèse égologique.
Genèse du moi et genèse du monde. Le monde comme
résultat d'une genèse.

6. Le monde commun   219

1. Intersubjectivité et objectivité.   219
Le monde objectif comme monde commun. La sphère
transcendantale propre. Monde et nature. Monde commun comme structure de la subjectivité transcendantale. L'apparaître d'autrui et l'unicité du monde.

2. Le monde de la vie.   233
L'oubli de la vie. Toute science est une œuvre du
monde de la vie. Le monde de la vie comme sol et
comme horizon. La réhabilitation de la *doxa*.

3. Le monde comme *ethos* commun.   244
La responsabilité à l'égard du monde. Europe et barbarie. La téléologie propre à l'Europe. La communauté
des chercheurs. La tâche propre du philosophe.

Glossaire   257

Bibliographie   265

Introduction

Edmund Husserl, né en Moravie le 8 avril 1859, se pas-
sionna dès son enfance pour les mathématiques pour en
approfondir l'étude à Berlin avec, entre autres, le célèbre
professeur Weierstrass. Cependant, de retour à Vienne en
1884, il fit la rencontre décisive de Brentano et découvrit,
comme de nombreuses autres grandes figures de la pensée
de cette époque, la psychologie descriptive[1]. Ces deux
rencontres de Weierstrass et Brentano marquent la tension
entre deux approches du monde d'où va naître la phénoménologie. Jusqu'à la fin de sa vie, Husserl situera le projet phénoménologique par contraste avec les mathématiques et la psychologie empirique. En effet, dès le début,
sa pensée se nourrit de la rencontre entre ces deux disciplines et quand en 1891 il publie son travail sur le concept
de nombre, sous le titre de *Philosophie de l'arithmétique*,
c'est dans le but de clarifier le fondement des mathématiques à partir d'une analyse descriptive des actes psy-
chiques qui donnent lieu aux mathématiques. Certes, de
1891 à 1936 la pensée de Husserl a subi une évolution sensible, mais elle a toujours gardé, à travers ses ruptures et
ses réorientations thématiques, une unité profonde, parce
qu'elle avait trouvé dès le commencement sa préoccupa-
tion structurelle : la corrélation entre l'objet et la façon
dont il se donne au sujet. Husserl ne serait pas le père fon-
dateur de la phénoménologie comme attention au phénomène s'il n'était l'homme que d'une seule idée. Loin
d'une telle limitation, il est celui qui a su ouvrir tout un
champ de recherche qu'il nomme par un terme emprunté
à Brentano : l'intentionnalité.

La phénoménologie a donc une question qui la gouverne
et c'est à partir d'elle qu'elle va pouvoir renouveler la
compréhension de la philosophie comme science rigou-

reuse. C'est en 1900, avec les *Prolégomènes à la logique pure,* qui constituent la première partie des *Recherches logiques,* qu'il est possible de dater la véritable naissance de la phénoménologie comme science à partir d'une profonde rupture avec le psychologisme de l'époque, qui ne parvenait pas à vraiment questionner le monde. En fait, ni la psychologie ni les sciences de la nature, qui sont finalement des sciences abstraites, ne peuvent élucider le rapport de l'homme au monde. Elles ne font qu'étudier des éléments du monde (l'âme, l'objet matériel, l'objet mathématique…) sans mettre en vue le monde lui-même. Ce mutisme des diverses sciences sur le monde lui-même, sur le monde en tant que monde, est ce qui a motivé la parole philosophique de Husserl, de ses premières études sur le nombre jusqu'aux réflexions sur le monde historique à la fin de sa vie. La question du monde n'est donc pas pour lui une question parmi d'autres, mais la question propre de la philosophie en tant qu'elle n'est pas une connaissance particulière, mais une interrogation sur la possibilité même de la connaissance : comment le sujet peut-il sortir de lui-même pour atteindre le monde ? De ce fait, la philosophie n'étudie pas une partie du monde, mais a pour territoire le monde dans son entier. Il ne s'agit pas pour autant de tout dire du monde, de raconter le monde, mais de se demander ce qu'il faut entendre par monde quand on dit que le monde existe. La phénoménologie se définit donc comme une interrogation sur le sens d'être du monde à partir d'une attention au phénomène de monde.

Husserl insiste souvent sur la radicale nouveauté de la phénoménologie, qui constitue un tournant dans l'histoire de la philosophie. Il est clair en effet que la lecture de l'œuvre de Husserl est le préalable de droit à toute compréhension des pensées contemporaines qui tentent de se maintenir à la hauteur de l'idée de philosophie. Pour comprendre cela, il faut reconnaître que la phénoménologie n'est pas une simple théorie supplémentaire qui viendrait habiller le monde avec des vêtements plus à la mode. Tout au contraire, la phénoménologie est fondamentalement une méthode, une façon d'interroger le monde à partir de lui-même. La source de la pensée, le lieu de l'étonnement, est ici l'apparaître même du monde, ou ce que signifie

apparaître pour le monde, et c'est pourquoi être phénoménologue ne consiste pas à adhérer à une doctrine, mais à
apprendre à voir en se laissant guider par le monde lui-
même. Ainsi, ce qui fonde l'unité de la phénoménologie
dans ses diverses perspectives est, d'une part, d'évacuer
les questions traditionnelles sur le monde (par exemple la
question de son existence ou de sa non-existence) et,
d'autre part, de développer l'interrogation sur le sens de la
transcendance du monde, c'est-à-dire sur son mode d'être.
Husserl va partir de la subjectivité pure pour penser le
sens de cette transcendance alors que Heidegger va tenter
de revenir à la transcendance originaire de l'être-au-
monde. Levinas remonte, lui, à la transcendance originaire
d'autrui pour penser la rencontre du monde alors qu'Henri
Maldiney se soucie de décrire une transcendance radicale
du monde en tant que la réalité est toujours ce que l'on
n'attendait pas. Ainsi, la phénoménologie, à partir de
l'idée d'intentionnalité, et donc à partir du refus de poser
d'emblée une séparation entre l'intériorité et l'extériorité,
met fin à toute une époque de l'histoire de la philosophie
qui va de Descartes à Kant et ouvre à des possibilités infinies de description du monde.
  La radicale nouveauté de la phénoménologie se marque
par le fait que les sciences exactes n'ont rien à dire sur le
monde en tant que monde, et donc qu'il est hors de question que la philosophie trouve en elles sa méthode :

> la philosophie réside, je le répète, dans une *dimension
> nouvelle* à l'égard de toute connaissance naturelle ; et à
> cette dimension nouvelle répond, même si elle entre-
> tient des relations essentielles, comme l'implique déjà
> cette métaphore, avec la dimension ancienne, une
> *méthode nouvelle,* foncièrement nouvelle, qui s'oppose
> à la méthode « naturelle ». Celui qui le nie n'a rien
> compris à toute cette dimension de problèmes propre à
> la critique de la connaissance, et n'a par conséquent rien
> compris non plus à ce qu'en vérité veut et doit vouloir
> la philosophie, et à ce qui lui donne, face à toute
> connaissance et science naturelle, son caractère et sa
> justification propres[2].

L'entrée en phénoménologie est difficile parce qu'elle suppose un saut, une rupture radicale avec la façon naturelle de se rapporter au monde et de comprendre le monde. Aucune énumération de ce qu'il y a dans le monde, même si elle est exhaustive, ne peut dire en quoi le monde est monde parce qu'il manque le principe d'unité. C'est pourquoi il est impossible de répondre à la question du monde en privilégiant telle ou telle partie du monde puisque, dans cette recherche régionale, le sens de ce qu'il faut entendre par monde est finalement déjà présupposé. Le propre de la phénoménologie est de vouloir interroger le monde en tant que monde, et c'est pour cette raison qu'elle doit rompre avec l'attitude naturelle dans la mesure où, pour cette dernière, le sens du monde est quelque chose qui va de soi. En effet, le monde n'est pas simplement un objet comme tous les autres objets parce qu'il est la condition de possibilité de ces autres objets. Toute chose se donne à voir sur l'horizon du monde. De ce fait, le monde ne peut s'identifier à la nature puisque cette dernière ne représente que la couche la plus abstraite du monde. Autrement dit, le monde ne se réduit pas à l'ensemble des êtres matériels, mais désigne aussi un concept spirituel. En revenant au monde de l'expérience, la phénoménologie a le souci de prendre le concept de monde dans sa signification la plus large. Le monde s'identifie aussi au monde culturel, au monde historique, au monde commun du « nous les hommes ». C'est finalement parce que les sciences exactes ont réduit le monde à sa couche physico-mathématique qu'elles ont perdu de vue la vie propre du monde comme monde de l'esprit. Il s'agit donc pour Husserl de briser toute limite dans l'interrogation du monde de façon à donner clairement à voir ce qu'est « le » monde, le seul et unique monde qui est l'horizon de notre vie. Il est donc également hors de question de vouloir forcer le monde à répondre aux questions qu'on lui pose. L'attitude phénoménologique consiste au contraire à être attentif au phénomène de monde, c'est-à-dire à écouter le monde tel qu'il s'annonce lui-même à la conscience. Des *Recherches logiques* à la *Crise des sciences européennes et la Phénoménologie transcendantale,* c'est effectivement l'attention au phénomène de monde, à l'apparaître du monde dans sa transcendance, qui constitue le fil conducteur le plus constant de la pensée de Husserl. En cela, le « retour aux choses mêmes » ne constitue pas pour la phénoménologie un slogan facile, mais exprime la plus haute exigence de la pensée : vouloir dire ce qui est en interrogeant le monde à partir de lui-même. C'est à cette seule condition que la phénoménologie pourra dépasser les oppositions qui rendent le problème du monde insoluble (le monde objectif et le monde subjectif ; le monde en général et les mondes particuliers).

Pour donner un sens précis au concept de monde, l'étape principale consiste à dépasser l'opposition de l'homme et du monde, l'opposition entre un moi-sujet et un monde-objet. Toute la difficulté est de penser le type propre de l'altérité du monde sans pour autant la supprimer. Or, justement avec l'idée d'intentionnalité, il ne s'agit pas de dire simplement que toute conscience est conscience de quelque chose, comme si le sens d'une telle proposition allait de soi, mais il s'agit de décrire l'unité du mouvement par lequel l'homme vise le monde et du mouvement par lequel le monde s'annonce à l'homme. De ce fait, la question directrice est celle des rapports de l'*ego* et du monde. L'unité du monde ne reconduit-elle pas au pouvoir unitaire de l'*ego* qui donne sens au monde, c'est-à-dire qui constitue le monde ? La justification d'une telle thèse exige de remettre en cause la conception traditionnelle de l'être-dans-le-monde, à savoir être contenu dans le monde à titre de partie. Pour l'homme être au monde signifie donner sens au monde, et ce mode d'être propre suppose pour s'accomplir que l'on devienne conscient non pas de la totalité du monde, ce qui serait pour la philosophie une tâche non seulement infinie mais aussi absurde, mais au monde comme totalité. Etre-au-monde ce n'est donc pas simplement appartenir au monde, mais cela revient à s'éveiller à la présence de la totalité, qui n'est pas la présence d'une simple chose et que Husserl ne va pas cesser de méditer sous le titre d'horizon.

Pour accéder à cette conscience du monde comme totalité, il faut une rupture radicale, qui fait de la phénoménologie à la fois une aventure et une conversion. La nature fondamentalement aventurière du phénoménologue

consiste à refuser tout autre fil conducteur pour ses analyses que l'objet lui-même. De cette façon, il sera possible
de ne plus confondre la transcendance de l'objet sensible,
la transcendance d'autrui et la transcendance du monde.
Ainsi, en se libérant d'une conception limitée du monde,
il est possible de retrouver toute la richesse et toute la
diversité du monde de l'expérience. Dès lors, la critique de
la façon habituelle de concevoir le monde ne consiste
pas pour Husserl à dénoncer une illusion, mais à dénoncer
une limitation qui conduit à manquer le monde comme
idée infinie. Husserl se méfie des constructions intellectuelles trop sophistiquées, qui limitent en fait toujours la
recherche, et se soucie plutôt de vivre l'apparaître même
du monde. Dans cette perspective, il montre la nécessité de
s'arracher aux « visions du monde » dans la mesure où ces
visions, dans leur finitude, ne font justement pas voir le
monde, mais en masquent plutôt la manifestation.

Cette aventure unique qu'est la phénoménologie pour
l'homme de l'attitude naturelle est présentée par Husserl
comme une entreprise un peu folle : « Même si on peut
trouver dans notre tentative la plus incroyable *hybris* philosophique, nous ne reculerons pas devant les conséquences de notre élucidation des nécessités de toute donation de sens pour l'étant et pour le monde[3]. » Husserl n'a
eu de cesse, et cela même avec ses propres élèves, qui
retombaient dans des positions anciennes, d'expliciter
l'audace absolue de la « réduction phénoménologique »,
qui ne consiste pas à perdre une partie du monde, mais
revient au contraire à vouloir comprendre tout objet à partir de son mode de donnée. La « folie » propre à la phénoménologie consiste dans ce renversement qui libère de
l'attitude naturelle dans laquelle seul le monde naturel
peut être vu. La réduction phénoménologique est alors ce
qui apprend à voir en élargissant d'abord notre regard.
Certes la phénoménologie ne fait pas de miracles et elle ne
peut pas forcer à voir celui qui refuse de voir : « Celui qui
ne voit pas ou ne veut pas voir, qui parle et même argu-
mente, mais s'en tient sans cesse à prendre sur soi toutes
les contradictions et en même temps à nier toutes les
contradictions, avec celui-là nous ne pouvons rien[4]. » On
ne peut mettre en vue le monde pour celui qui refuse

de remettre en cause ses représentations, mais on peut apprendre à voir à celui qui accepte de se laisser guider par les choses elles-mêmes. De ce point de vue, quelles que soient les diverses formes de la réduction (phénoménologique, eidétique, transcendantale, intersubjective), il n'y a chez Husserl qu'une seule et unique réduction qui dévoile au fur et à mesure les différentes couches du monde. On comprend alors qu'il n'est pas possible, avant même d'avoir commencé la recherche, d'exposer ce qu'est la réduction. Il n'y a pas d'approche extérieure possible de la réduction et c'est pourquoi l'approfondissement de la question du monde est en même temps l'approfondissement du sens de la réduction et de sa radicale nouveauté.

La réduction n'a pas d'autre but que de donner à voir la façon dont le monde se révèle, dans la mesure où le monde comme totalité n'est pas d'emblée donné à voir. Cette énigme du monde est ce qui rend une phénoménologie à la fois possible et nécessaire. Pour cela, la seule voie est de s'arracher au monde pour mieux le voir ; cependant, devenir le spectateur désintéressé du monde n'a jamais signifié pour Husserl quitter le monde. Celui qui, effectuant la réduction phénoménologique, s'arrache au monde est le même que celui qui est au monde en lui donnant sens. Néanmoins, la réduction phénoménologique marque la nouveauté de la phénoménologie parce qu'elle fait découvrir un nouveau domaine, celui de la conscience pure : la phénoménologie se comprend elle-même «comme la volonté d'atteindre une nouvelle région de l'être qui jusqu'à présent n'a pas été délimitée selon sa spécificité[5]» et cela suppose la remise en cause du monde comme sol absolu de toute vérité. Ainsi, la phénoménologie est une science nouvelle par la découverte d'une nouvelle région, qui n'avait été que pressentie par l'ontologie traditionnelle et qui va se dévoiler être le lieu originaire à partir duquel le sens d'être du monde et la vie du monde pourront apparaître. Le monde se révélera être une réalité constituée par la conscience pure et comme tel il ne sera pas fixe, mais en constant développement. En conséquence, la découverte de la subjectivité pure comme lieu originaire de toute donation de sens doit être « le pas décisif[6] » qui permet de comprendre le véritable sens du monde. La réduction phé-

noménologique possède donc bien l'*hybris* d'un renversement radical de notre être tout entier, de notre façon de
voir, de parler, de se comprendre. Il y a avec elle une
inversion de tous les signes qu'il faudra expliquer, mais
qui peut être indiquée par une double rupture : d'une part,
on ne comprend plus le sujet par le monde, mais le monde
par le sujet et, d'autre part, on s'attache à ne comprendre
le réel que par l'idéal.

Ainsi, la phénoménologie en nous apprenant à nous arracher à notre fascination pour ce qu'il y a dans le monde rend
à la présence au monde, et ce monde, qui ne saurait être
extérieur, ne peut plus être défini comme un objet situé en
face de l'homme, et dont il pourrait s'abstraire, pas plus
qu'on ne peut le comprendre comme la simple totalité des
choses existantes. Penser un *ego* sans monde comme on
tente de le faire depuis Descartes rend la connaissance
incompréhensible dans la mesure où on ne peut plus relier
ce qui a d'abord été séparé par une abstraction arbitraire.
En cela, la phénoménologie de Husserl tente d'éviter à la
fois une détermination « objective » du monde compris
comme totalité des choses existantes et une détermination
« subjective » du monde compris comme simple idée
régulatrice et méthodique, parce que dans ces deux cas
c'est la donation même du monde comme totalité qui est
manquée. L'être du monde est bien en cela le point obscur
de la métaphysique et c'est pourquoi l'attention au phénomène de monde permet de montrer en quoi il est en réalité
une structure de notre être.

Cela dit, même si pour Husserl la connaissance demeure
le lieu privilégié de la rencontre du monde, la tâche propre
de la philosophie est de nous apprendre à voir le monde
pour que l'on puisse l'habiter d'une façon libre et responsable. En effet, le retour au monde de la vie comme monde
de l'expérience libère du seul souci d'user du monde, de
s'en rendre maître, pour apprendre à répondre du sens du
monde. En effet, parce que le monde n'est plus une réalité
absolue, mais ce que je façonne, il est fragile et il peut
mourir. Dès lors, mettre en évidence, à partir du monde tel
qu'il se donne, en quoi le monde est une idée infinie à moi
confiée reconduit à une responsabilité relevant de la pure
réflexion de l'*ego*, mais qui ne se découvre qu'avec la ren-

contre du monde. En cela, la phénoménologie se veut une conversion complète de nous-mêmes qui en nous donnant le monde à voir nous le donne aussi à être et ainsi nous sauve du nihilisme contemporain issu de la géométrisation du monde qui nous avait dépossédés de nous-mêmes et du monde.

*

NOTES

1. Pour une biographie intellectuelle de Husserl complète, on peut renvoyer à l'ouvrage édité par H. R. Sepp, *Edmund Husserl und die phänomenologische Bewegung*, Alber, Fribourg/Munich, 1988.

2. *L'Idée de la phénoménologie*, p. 48-49[25-26]. Les œuvres de Husserl seront citées d'après leur traduction française la plus courante en indiquant entre crochets la pagination dans l'édition allemande des œuvres complètes, les *Husserliana*. Sauf pour les *Recherches logiques* (Niemeyer) et *Expérience et Jugement* (Meiner).

3. *La terre ne se meut pas*, p. 28.

4. *L'Idée de la phénoménologie*, p. 87[61].

5. *Idées I*, p. 106[70]. *Idées directrices pour une phénoménologie et une philosophie phénoménologique pures* ; ce titre est désormais remplacé par l'abréviation *Idées*.

6. *Idées III*, p. 181[139].

CHAPITRE PREMIER

L'énigme de la transcendance du monde

1. La critique de l'attitude naturelle

L'exigence d'une attention au monde tel qu'il se donne conduit à ne plus se demander quelles questions il conviendrait de poser au monde pour le faire parler, pour plutôt comprendre le monde lui-même comme une question. Qu'est-ce qu'un monde et que signifie pour lui exister ? Le sens du monde ne va pas de soi, il n'est pas *selbstverständlich,* mais une telle prise de conscience n'est nullement spontanée. Que le monde ne soit pas « évident », c'est justement ce qui d'abord ne va pas de soi. Un travail de mise en question est donc nécessaire pour ne pas passer à côté de l'énigme de l'identité du monde comme quelque chose qui irait de soi. S'étonner du monde ne consiste pas seulement à s'étonner de ce qui a lieu dans le monde, mais plus essentiellement à s'étonner qu'il y ait un monde et que le sujet y soit déjà présent. En effet, l'interrogation sur la possibilité de la connaissance exige que la présence même du monde soit un problème. La question radicale est : comment puis-je connaître à partir de moi un monde hors de moi ? Cependant, cette énigme de la connaissance, de sa possibilité, ne peut apparaître qu'à partir de la radicalité d'une méthode d'accès au vécu de conscience, par laquelle on dépasse l'opposition simple d'une intériorité et d'une extériorité. En deçà de toutes les constructions du monde, il s'agit de comprendre chaque objet en lui-même, à partir de son mode subjectif de donnée, c'est-à-dire tel qu'il se donne à la conscience. Dès lors, le retour au phénomène vécu lui-même doit en même temps permettre de retrouver la vie de la subjectivité et le monde en tant que tel. Ainsi, ce que Husserl nomme d'abord dans les *Recherches logiques* une psychologie descriptive se propose de résoudre l'énigme de la connaissance en se libérant de tout psychologisme comme de tout empirisme.

La phénoménologie pose la question du commencement, en montrant que pour accéder à l'énigme du monde, au mystère de sa donation, il convient de sortir de ce que Husserl nomme « l'attitude naturelle », y compris sous sa forme théorisée qu'est le naturalisme. Le paradoxe est qu'il faut en même temps avoir déjà compris le sens de la réduction phénoménologique pour pouvoir comprendre la nature de l'attitude naturelle et rompre avec elle. On ne peut échapper à cette circularité qu'à la condition de reconnaître que l'attitude naturelle n'est pas une simple étape qu'il s'agirait de dépasser une fois pour toutes. En réalité, comme c'est l'unité d'un même acte de sortir de l'attitude naturelle et de s'ouvrir à la vérité du monde, le sujet connaissant n'en a jamais fini avec l'attitude naturelle, c'est-à-dire avec le fait de poser le monde comme sol absolu de toute vérité. Le terme même d'attitude marque qu'il ne s'agit pas d'une simple erreur, mais d'une naïveté, qui est un abîme menaçant toujours notre compréhension du monde. La rupture avec cette naïveté est la tâche infinie qui définit en propre la philosophie. Quitter l'attitude naturelle est une véritable conversion permettant de passer d'une première et dangereuse naïveté à une seconde et salvatrice naïveté : l'écoute du phénomène. Il s'agit de sortir d'un aveuglement plutôt que d'apprendre à voir. Voir le monde semble être ce qu'il y a de plus facile, mais c'est au contraire ce qu'il y a de plus difficile parce qu'il faut se libérer de toute représentation préalable, qui masque le monde au lieu de le montrer, pour ne se laisser guider que par l'évidence comme seul critère de la vérité. Il y a évidence quand il n'y a pas d'énigmes, quand ce qui se donne se donne libre de tout problème (*fraglos*). En cela, l'évidence est un voir pur de tout présupposé, un voir qui ne fait que voir et qui est donc la norme de tout voir. L'arrachement à l'attitude naturelle a donc une signification à la fois ontologique et gnoséologique : si apprendre à voir revient à apprendre à s'étonner, non pas de tel ou tel aspect du monde, mais du monde dans sa totalité, du monde en tant que monde, il s'agit de laisser l'être du monde se dévoiler dans sa vérité. La condition nécessaire est de se défaire des représentations habituelles, qui déterminent ce qu'il faut entendre par monde. En effet, l'interrogation sur le monde ne part pas de rien, puisque chaque sujet se construit dans l'unité d'une histoire et appréhende le monde à partir de ses *habitus* sédimentés. L'homme de l'attitude naturelle, emporté par le poids de ses habitudes, vit dans l'oubli du monde, dans l'oubli de l'être, parce qu'il n'a qu'un rapport médiat au monde dans lequel et la donation et l'instauration de sens sont manquées. L'exigence de vérité conduit à retourner au rapport essentiel de l'homme au monde sans déterminer le monde de façon contingente et par avance. En cela, le retour au vécu n'enferme pas dans un subjectivisme, mais satisfait au principe phénoménologique directeur, qui est de décrire l'acte par lequel le sujet donne sens au monde à partir de sa propre donation.

La critique de l'attitude naturelle doit permettre d'amener à l'évidence la thèse que l'être du monde s'identifie à sa présence perceptive. Les choses du monde se donnent en chair et en os *(leibhaftig selbst)* dans la perception. Dès lors, la perception ne se contente pas de donner l'apparence des choses, mais elle est la présence de la chose même. Cette thèse simple en apparence que l'être absolu de la chose ne se situe pas dans un au-delà de la perception est en réalité la plus difficile à comprendre. Elle fait bien sûr problème pour le non-phénoménologue, mais également pour le phénoménologue, comme en témoigne la rupture de Husserl avec ses propres *Recherches logiques,* et comme en témoigne également l'incapacité des élèves de Husserl à comprendre la nécessité de cette rupture. La phénoménologie, dans ses multiples possibilités descriptives, n'est fidèle à elle-même qu'en étant fidèle à cette thèse. Dans les développements ultérieurs de la phénoménologie, il sera justement reproché à Husserl de n'avoir pas été suffisamment fidèle au phénomène lui-même.

Pourquoi est-il si difficile de s'arracher à l'attitude naturelle ? La thèse réaliste qui oppose l'être absolu du monde, le monde existant, et le monde constitué par la conscience, qui ne serait qu'une représentation, n'est pas une simple opinion arbitraire qu'il suffirait de dénoncer comme telle, mais exprime un mode du voir qu'il s'agit de renverser. Selon une telle thèse, le voir serait une intériorité qui cherche à s'ouvrir à une extériorité. C'est à partir des difficultés de cette thèse qu'il faut remettre en cause l'évidence de l'opposition entre le monde en soi et le monde pour moi. Tout le poids de la réalité étant posé hors de la conscience, la transcendance du monde est inaccessible. Dès lors, la compréhension de l'être transcendant comme absolu ne peut être remise en cause, ne peut être montrée comme impropre, que par une rupture radicale, qui rejette en même temps le réalisme et l'idéalisme subjectif et qui souligne le caractère relatif de l'être du monde.

L'Idée de la phénoménologie, de 1907, est, dans l'intention même de Husserl, un texte de commencement qui doit ouvrir à une authentique compréhension de la réduction. Pour l'attitude naturelle, la donation même du monde va de soi : qu'une chose soit là, devant mes yeux, au milieu des autres choses, n'étonne pas. L'existence même de l'objet n'est pas un thème d'interrogation pour les diverses sciences naturelles. De ce fait, s'il y a des problèmes à résoudre dans la recherche de la vérité, la possibilité même de la connaissance n'est pas mise en question. La difficulté surgit à l'intérieur même de l'attitude naturelle : la connaissance est un vécu psychique *(ein psychisches Erlebnis),* « or, comment maintenant la connaissance peut-elle s'assurer de son accord avec les objets connus, comment peut-elle sortir au-delà d'elle-même et atteindre avec sûreté ses objets[1] ? ». La présence même de l'objet transcendant devant moi devient une énigme *(Rätsel).* Pour remettre en cause la conviction que le monde est le sol sur lequel toute connaissance a lieu, il faut prendre conscience d'une telle énigme. Cela revient à bousculer non seulement l'activité quotidienne qui se déploie sur l'horizon du monde, mais aussi les sciences empiriques, et même les sciences aprioriques, qui, comme abstractions, reconduisent au monde. Or la position d'un objet hors de moi comme existant est hors d'état de se justifier. L'opposition entre un vécu psychique et un étant extérieur est une contradiction, puisqu'il faudrait, pour pouvoir faire la comparaison, que la chose transcendante soit donnée. Cette difficulté du réalisme est ce qui peut justement faire tomber dans un relativisme subjectif où la logique elle-même est dépendante de chaque subjectivité actuelle. En fait, l'incapacité à expliquer comment une intériorité ainsi comprise peut sortir d'elle-même pour atteindre le monde fait non seulement du monde une énigme, mais rend la subjectivité à elle-même incompréhensible. En consé-quence, pour qu'une théorie de la connaissance soit pos-sible, pour qu'une parole vraie sur l'être soit possible, « il faut une science de l'être au sens absolu *(Es bedarf einer Wissenschaft vom Seienden in absoluten Sinn)*[2] ».

La phénoménologie n'est donc pas une science particu-lière, mais le fondement de toute connaissance puisque sa tâche est de répondre en même temps à la question « Qu'est-ce que connaître ? » et à la question « Qu'est-ce qu'un objet ? ». De ce point de vue, la phénoménologie abrite toutes les ontologies. Elle est avant tout une attitude et une méthode qui s'opposent radicalement à l'attitude naturelle, parce que, pour cette nouvelle attitude, l'idée simple que les choses sont en soi et qu'on ne fait que se les représenter devient un mystère. Husserl peut alors dire de la philosophie : « elle adopte une orientation de pensée totalement antinaturelle *(unnatürliche)* dans la mesure même où elle ne considère rien comme préalablement donné[3] ». Par principe, science antinaturelle ou encore surnaturelle, la phénoménologie est d'une radicalité toute nouvelle parce qu'elle ne s'interroge pas sur la conformité de la représentation et du donné, mais sur la possibilité même de la donation. Ainsi, non seulement l'interrogation sur le monde ne présuppose aucun savoir sur le monde, mais elle ne présuppose même pas le monde comme donné. L'objet de la phénoménologie n'est pas un objet particulier déjà donné, mais l'origine de toute objectivité en général. Cette nouvelle attitude ne peut donc être adop-tée qu'à partir du moment où l'être du monde est devenu problématique. Antinaturelle, la phénoménologie dévoile l'existence du monde comme problématique, mais égale-ment la mienne en tant que j'appartiens au monde. L'évidence de l'existence du monde est d'autant plus forte

que « ce monde n'est pas là pour moi comme un simple
monde de choses *(Sachenwelt)*, mais, selon la même
immédiateté, comme monde de valeurs *(Wertewelt)*,
comme monde de biens *(Güterwelt)*, comme monde pratique *(praktische Welt)*[4] ». Nous avons une familiarité
avec le monde liée à nos habitudes sédimentées et ainsi,
parce que j'évolue au milieu de mes objets usuels, de
mes amis et de mes ennemis, etc., ce monde est le mien.
Néanmoins, un tel monde immédiatement donné comme le
mien, et qui constitue l'horizon de mon activité quotidienne, est, dans l'attitude naturelle, l'invisible du visible,
ce qui demeure lui-même ininterrogé mais constitue le
milieu de toutes mes interrogations. Dans l'attitude naturelle, ce caractère mien du monde va de soi, et la réflexion
ne se retourne pas sur le *cogito* lui-même. L'intentionnalité de la conscience, c'est-à-dire le fait que tout objet est
objet d'une conscience, l'index d'un système subjectif de
vécus, n'est pas encore saisie. La vie propre de la subjectivité est cachée par ce qui est considéré comme préalablement donné. En cela, l'attitude naturelle, comme attitude
habituelle, spontanée et irréfléchie, se caractérise par cette
fascination pour ce qui est déjà donné et par l'absence de
tout retour réflexif sur le sujet connaissant. C'est pour
cette raison qu'il ne suffit pas de mettre en doute ce qui est
donné pour remettre en cause l'attitude naturelle :

> Je trouve sans cesse présente, comme me faisant vis-à-
> vis, une unique réalité spatio-temporelle dont je fais
> moi-même partie, ainsi que tous les autres hommes qui
> s'y rencontrent et se rapportent à elle de la même
> façon. La « réalité », ce mot le dit déjà assez, je la
> découvre comme existant et je l'accueille, comme elle
> se donne à moi, également comme existant. Je peux
> mettre en doute et récuser les données du monde natu-
> rel : cela ne change rien à la position (à la thèse) géné-
> rale de l'attitude naturelle. « Le monde » est toujours là
> comme réalité ; tout au plus est-il, ici ou là, « autre-
> ment » que je ne le présumais, et il faut en exclure ceci
> ou cela sous le titre de « simulacre », d'« hallucina-
> tion », etc., et pour ainsi dire le biffer ; je l'exclus de ce
> monde qui, dans l'esprit de la « thèse » générale, est
> toujours le monde existant[5].

Considérer telle perception comme une hallucination ne saurait atteindre notre foi naïve en l'existence du monde, parce que la thèse générale de l'attitude naturelle ne relève pas d'un jugement, mais est une évidence antéprédicative. Cette évidence première conduit, d'un même mouvement, à manquer l'être du monde et à manquer l'être de la conscience puisque, dans ce « naturalisme », la conscience et les idées sont comprises sur le modèle de la nature : le sujet qui pense le monde est conçu comme possédant le même mode d'être que le monde. L'accès à l'*a priori,* qui n'est pas ici une simple condition de possibilité, mais bien à la fois le principe de toute connaissance et le principe même des choses, est rendu possible par la réduction phénoménologique et permettra seul de vraiment s'arracher au naturalisme. Mais, pour l'attitude naturelle, tout possède le mode d'être de la nature et, de ce fait, tant que l'on se maintient en elle, on raconte l'histoire de l'étant et, comme dans les sciences issues de cette attitude, on explique l'étant par un autre étant. Le naturalisme est alors conduit à faire de la psychologie la philosophie première. Pour la psychologie, tout ce qui est est quelque chose de représenté dans un sujet. Mais, si tout est ainsi donné, le sujet comme tel, c'est-à-dire le sujet qui est dans le monde, est lui aussi donné. Or, si le sujet qui pense le monde appartient lui-même au monde, on ne peut rien comprendre ni au monde ni à la vie propre du sujet. Il s'agit là de la seconde contradiction de l'attitude naturelle. La psychologie est bien un naturalisme puisqu'elle considère la conscience comme un résidu : elle est ce qui reste quand on fait abstraction du corps et ce qui possède le même mode d'être que le corps. Par suite, ce que manque la psychologie c'est la phénoménologie elle-même : « L'erreur fondamentale de la psychologie moderne, et qui lui interdit d'être psychologie au sens véritable, pleinement scientifique, est de n'avoir ni reconnu ni élaboré cette méthode phénoménologique[6]. »

L'attitude naturelle n'est donc pas une attitude parmi d'autres possibles, mais précisément celle dont il faut s'affranchir pour « déchiffrer l'énigme du monde et de la vie[7] ». Le naturalisme, dans la pratique scientifique, comme dans la vie quotidienne, conduit inévitablement à

l'absurdité sceptique. En effet, le relativisme sceptique
contredit à l'idéalité même de la vérité. La superstition du
fait, comme dit Husserl, l'incapacité à comprendre le réel
par l'idéal et à dégager des normes absolues, rend non seulement la connaissance impossible, mais également la vie
absurde. Autrement dit, l'interrogation philosophique ne
peut, au départ, qu'engendrer une forme de scepticisme et
ce scepticisme abolit toutes les différences, y compris celle
entre la connaissance exacte et la connaissance non exacte.
Le sens même du monde et de la vie se trouve menacé par
le subjectivisme sceptique. Husserl n'a pas de mots assez
durs contre ce relativisme naturel élevé au rang de doctrine : le monde devient incompréhensible à partir de ces
visions du monde qui en étant toutes sur le même plan rui-
nent l'idée même de vérité et font écran au regard sur le
monde. Ainsi, la phénoménologie, en revendiquant son
caractère contre nature, permet de s'arracher à une crise, à
une détresse spirituelle radicale, non en imposant une
vision du monde, qui rend le monde invisible, mais en
retournant à la manifestation même du monde : « l'impul-
sion de la recherche ne provient pas des philosophies, mais
des choses et des problèmes[8] ». Seul celui qui est capable,
contre toutes les représentations préalables, de se laisser
reconduire à l'origine peut accéder à la vérité. La lutte
contre le naturalisme et contre le scepticisme, qui lui est
lié, est la tâche d'une philosophie qui se comprend elle-
même, mais cette lutte, qui est une condition de l'attention
à l'énigme du monde, trouve sa motivation première dans
le monde lui-même qui suscite notre interrogation en se
donnant. La philosophie, pour Husserl, est un combat à la
fois théorique, pratique et éthique : surmonter les contradictions de l'attitude naturelle (comprendre l'objet comme
à la fois en moi et hors de moi ; expliquer l'étant par un
autre étant) est ce qui doit permettre de s'arracher à un
monde dépourvu de sens et à la barbarie. Qu'un monde
puisse être, au sens unique d'un monde sensé, relève directement de la responsabilité du philosophe.

2. Doute et *époché*

Husserl détermine l'attitude et la méthode phénoménologiques par une *époché*[a] qui n'est pas seulement initiale,
mais qui doit être constamment maintenue pendant toute
la recherche de la vérité. Elle consiste à n'admettre aucun
être comme déjà donné, ni aucune connaissance préalable. Cette *époché* est décrite à partir d'une comparaison
avec la méthode cartésienne du doute[9]. Selon Husserl,
Descartes est « l'*Initiator* des Temps modernes[10] » en ce
qu'il formule l'idéal qui doit animer toute philosophie :
toute philosophie est cartésienne dans la mesure où elle
pose la question radicale de sa propre possibilité. Dans
cette perspective, l'*époché* doit assumer à nouveaux frais
la radicalité de l'exigence cartésienne d'une absence de
préjugés. Une telle radicalité, Husserl ne la retrouve pas
chez Kant, qui ne remet pas en cause la validité de la
science de son temps.

L'*époché* phénoménologique va ainsi répondre au principe de la responsabilité absolue du philosophe, qui vit
dans le souci constant d'une fondation apodictique de
la science universelle. Le retour à Descartes, formulé dès
le début des *Méditations cartésiennes,* est le geste de
se réapproprier une idée téléologique, une idée-fin, qui
n'appartient pas à Descartes, mais qui a été mise en évidence par Descartes. Les *Meditationes de prima philoso-
phia* ont une signification éternelle *(eine Ewigkeits-
bedeutung)* parce qu'elles manifestent la vérité éternelle
de la philosophie : la philosophie porte en elle l'idée
directrice d'une fondation de toutes les sciences. Comme
science universelle, la philosophie doit fonder la scientificité de toutes les sciences. L'unité du savoir exige un

---

a. Le mot grec *époché,* qui signifie un arrêt (une époque est un
espace de temps délimité) et dans le langage des sceptiques une suspension du jugement, désigne ici la mise entre parenthèses du
monde transcendant.

fondement ultime qui va pouvoir être dégagé par l'*époché*, et la remise en cause de l'évidence antéprédicative,
propre à l'attitude naturelle, va permettre des intuitions
absolues qui sont source de droit pour la connaissance et
qui sont donc des commencements absolus. La méthode
cartésienne du doute rend ainsi possible un voir d'un
genre nouveau, un voir où ce qui est vu est définitivement
vu. En effet, le propre du doute est de faire porter l'attention sur le mode de donnée : ce qui est absolument donné
est indubitable et permet alors la fondation rationnelle des
sciences. Comme « la tentative universelle de doute
tombe sous le pouvoir de notre entière liberté [11] », le philosophe commençant doit « une fois dans sa vie [12] » faire
table rase de tout ce qu'il croit savoir pour reconstruire la
connaissance. Selon une nécessité essentielle, il faut une
fois dans sa vie remettre en cause toute validité pour
découvrir le sol absolu de toute validité. Déjà, un tel acte
libre n'est plus un événement mondain, qui prendrait
place dans les diverses péripéties de son existence, mais
est une décision qui fait époque dans la vie du sujet et
qui permet d'expliquer le monde plus que le monde ne
l'explique. De ce point de vue, l'*époché* a une signification historique, puisque c'est une idée qui n'est vraiment
mise en œuvre que par la phénoménologie et qui transforme l'histoire universelle en tant que condition de possibilité de la philosophie comme science rigoureuse. Elle
a également une signification personnelle comme conversion de chaque philosophe vers une méditation sur lui-
même qui libère de toute dépendance extérieure. La
« première fois » du doute ouvre à une vie dans la
constante responsabilité de soi et l'*époché* est une décision libre par laquelle le sujet, en passant par l'épreuve
d'une nudité initiale, va découvrir le pouvoir-être infini
propre à sa vie subjective. La nudité est ici pour le philosophe la marque de sa plus haute possibilité : elle contient
l'accès au savoir authentique. Husserl écrit : « Il [le sujet
philosophique] se détermine à être celui qui à aucun
moment ne veut être autre chose qu'une connaissance
absolument justifiée et une connaissance systématique,
universelle, bref une philosophie [13]. » La reprise du doute
méthodique, dans une perspective très différente de celle

de Descartes[a], permet de marquer la rupture avec la manière habituelle et naïve de connaître[14]. La philosophie est une vocation bien particulière qui doit naître d'une instauration originaire parce que en elle l'universel doit être visé de façon consciente. Le doute de Descartes est pour Husserl le modèle d'une démarche radicale parce que pleinement consciente d'elle-même.

Le doute cartésien permet à Husserl d'établir la distinction essentielle entre deux modes de donnée et de renoncer à la distinction de ce qui est donné et de ce qui ne l'est pas. Le point de départ de la connaissance est la distinction entre la donnée absolue (l'évidence de la *cogitatio*), l'immanence, et la donnée non absolue, l'objet transcendant. La métaphysique comme « science de l'être au sens absolu[15] » doit avoir recours à des évidences absolues. Or, « tout vécu intellectuel et tout vécu en général, au moment où il s'accomplit, peut devenir objet d'une vue et saisie pure, et dans cette vue il est une donnée absolue *(absolute Gegenbenheit)*[16] ». Le renversement de l'attitude naturelle par l'*épaché* revient ainsi à faire de l'immanence, et non du monde transcendant, le sol de toute vérité.

---

a. Husserl considère le doute cartésien dans sa globalité et s'intéresse particulièrement au fait que c'est au cœur du doute que se révèle, non pas quelque chose qui résiste au doute, mais un lieu où le doute se détruit lui-même. Il s'effectue ainsi dans le doute un passage au *je* qui doute, à la position indubitable d'un sujet doutant. En cela, fidèle à Descartes, Husserl souligne que cette saisie immédiate du sujet par lui-même a lieu pour toute *cogitatio*. Cependant, Husserl a clairement conscience que ce parallélisme entre le doute cartésien et la réduction phénoménologique s'arrête là. Descartes révoque en doute l'évidence sensible à partir d'une théorie de l'idée comme représentation et, de fait, l'incertitude pour Descartes porte sur le donné et non sur le mode de donnée. Le but de Descartes est de déterminer ce qui peut assurer l'accord de nos représentations avec le donné transcendant. En conséquence, toujours pour Descartes, l'*ego*, qui manifeste la réflexivité essentielle de la *cogitatio*, est l'un des éléments qui permettent d'assurer que la *cogitatio* représente vraiment ce qu'elle prétend représenter. Au contraire, le but de Husserl, en revenant au sujet connaissant, n'est pas d'assurer la réalité objective de nos idées, mais d'accéder à la donnée absolue.

Le doute de Descartes a de cette façon une valeur exemplaire, et la compréhension du commencement ne peut
avoir lieu que par rapport à la philosophie telle qu'elle est
donnée aujourd'hui. Même s'il est nécessaire de s'élever
à l'*a priori* de l'acte de philosopher, cela n'est possible
qu'à partir de l'être historique de la philosophie : il faut
prendre pour point de départ la philosophie faite, mais non
se fonder sur elle. En conséquence, les références de
Husserl à l'histoire de la philosophie ne prendront leur
sens plein qu'à partir des analyses historico-intention-
nelles de *La Crise des sciences européennes* dans lesquelles Husserl montrera que l'histoire est avant tout l'histoire du sens, c'est-à-dire celle de son instauration et de sa
réactivation. Pour le moment, il faut reconnaître que, de
fait, les sciences positives dans leur concept se sont peu
souciées de leur fondement rationnel. Par suite, ce n'est
pas à partir des sciences constituées que l'on peut s'interroger sur le fondement absolu des sciences, puisqu'il
n'appartient pas à la nature de la science constituée de
pouvoir être constamment référée à elle-même de manière
réflexive. De ce point de vue, la réactivation du doute de
Descartes permet de mettre un terme à l'errance d'une
science, et donc d'une culture, qui était sans fondement et
sans but. En cela, la rupture avec l'objectivisme naïf n'est
pas non plus une tâche historiquement limitée, mais la
tâche continue de la philosophie comme accomplissement
de la culture.

Pour Husserl, la crise du monde actuel reconduit à la
crise des sciences et à la crise de la philosophie : c'est une
crise de la raison. La philosophie elle-même a perdu en
même temps son but et sa méthode en retombant dans le
naturalisme auquel son sens d'être est de s'arracher.
Certes, le rationalisme a su se détacher de la foi religieuse,
mais il a également perdu la foi en la raison, la foi dans la
capacité de la philosophie à sauver le monde. Husserl
développera tous ces thèmes en 1936 dans *La Crise des
sciences européennes,* mais ils sont déjà présents dès 1911
dans *La Philosophie comme science rigoureuse* et au
début des *Méditations cartésiennes* de 1929. On comprend
alors que l'*épaché* phénoménologique ne peut être saisie
dans toute son ampleur qu'à partir de cette idée que la phi-

losophie n'est pas une activité culturelle parmi d'autres, mais une production qui porte en elle l'idéal d'une culture issue de la raison libre. C'est à la disparition de cet idéal d'autonomie fondée sur la philosophie, comprise comme science rigoureuse, que doit répondre la mise en œuvre de la réduction phénoménologique. La phénoménologie, en redonnant à la philosophie son statut de science, va permettre une communauté de philosophes, une transmission et une progression de la vie spirituelle. Au contraire, le scepticisme et la misologie moderne suppriment tout espace de rencontre puisque l'idée qui gouverne « la » philosophie est oubliée, ou pire considérée comme démodée et comme honteuse. En conséquence, pour Husserl, c'est la science tout entière, et pas uniquement la philosophie, qui doit être soumise à un « renversement cartésien *(ein cartesianischen Umsturz)* [17] ». Or, ce renversement, mis en œuvre par l'*époché*, se veut plus radical que la célèbre révolution copernicienne de Kant. Face au nihilisme contemporain, dont Husserl a une conscience aiguë, la phénoménologie formule la nécessité d'une refondation radicale de toutes les valeurs en demandant de n'agir qu'en fonction de valeurs fondées sur une intuition donatrice originaire. L'idéalisme transcendantal doit accomplir le radicalisme d'une fondation absolue de la science aperçu par Descartes, mais trop vite oublié par lui [18].

L'*époché* ne consiste cependant pas à abandonner la thèse de l'attitude naturelle, car cette évidence antéprédicative demeure nécessairement. Je demeure celui pour lequel l'évidence de l'existence du monde est apodictique, néanmoins cette thèse je peux la mettre « hors jeu », « hors circuit », « entre parenthèses » :

> La thèse, peut-on même dire, est encore un vécu, mais nous n'en faisons « aucun usage » ; non point naturellement en ce sens que nous en serions privés (comme quand on dit de l'être sans conscience qu'il ne fait aucun usage d'une thèse) ; il s'agit plutôt, par le moyen de cette expression, comme de toutes les expressions parallèles, de caractériser par cette notation un mode déterminé et spécifique de la conscience, qui se joint à la simple thèse primitive (que celle-ci soit ou non une

position d'existence actuelle et même de type prédicatif) et lui fait subir une conversion de valeur elle-même
originale. Cette conversion de valeur dépend de notre
entière liberté *(Diese Umwertung ist Sache unserer
vollkommenen Freiheit)* et s'oppose à toutes les prises
de position adoptées par la pensée qui sont suscep-
tibles de se coordonner avec la « thèse » considérée,
mais non de se composer avec elle dans l'unité du « en
même temps » : d'une façon générale, elle s'oppose à
toutes les prises de position au sens propre du mot[19].

L'*épaché,* quelles que soient les images que l'on utilise,
est une suspension du jugement sur tout ce qui est relatif à
l'existence des objets transcendants : « je ne nie donc pas
ce "monde", comme si j'étais sophiste ; je ne mets pas son
existence en doute, comme si j'étais sceptique ; mais
j'opère l'*épaché* "phénoménologique" qui m'interdit
absolument tout jugement portant sur l'existence spatio-
temporelle[20] ». Cette *Umwertung* libère du monde sans le
supprimer et permet ainsi de dévoiler les opérations subjectives qui donnent lieu à un monde. Elle est donc un saut
hors du monde qui permet de s'affranchir de son oubli
dans le monde sans pour autant rompre avec le monde.
L'*épaché* ne place pas le sujet devant un pur néant, mais
fait apparaître le monde comme constitué. Encore une fois,
elle ne fait pas disparaître le monde, mais bien au contraire
le révèle dans son être propre, c'est-à-dire dans son être
relatif à la subjectivité :

> Dans l'état qui est le mien pendant cette *épaché,* qui
> couvre toutes les validations, je ne dois plus coopérer
> avec celles-ci. Bref, toute ma vie active en tant que je
> suis celui qui éprouve, qui pense, qui évalue, etc.,
> demeure pour moi et continue bel et bien à se prolon-
> ger, à ceci près que ce que j'avais là autrefois devant
> les yeux comme « le » monde étant et valant pour moi,
> cela est devenu un simple « phénomène », mutation
> qui touche l'ensemble des déterminations qui lui
> appartiennent[21].

3. Le critère de l'évidence apodictique

La réduction phénoménologique assure l'idéalité de la science absolue. Il ne peut donc y avoir de réalisation exemplaire d'une telle science : l'idée de science absolue est une idée-fin *(Zweckidee)* comme idée qui gît à l'infini. Or, justement, Descartes, en n'élucidant pas assez le sens de la science absolue, posait encore la science mathématique de la nature comme modèle de scientificité. L'*épochè,* en suspendant la certitude de l'existence absolue du monde, montre au contraire qu'aucune science ne peut servir de modèle à une autre. Elle montre en même temps que la science absolue de la subjectivité suppose une autonomie radicale selon laquelle elle détermine elle-même sa propre méthode, sans faire appel à une méthode extérieure. Dans la recherche d'une connaissance absolument fondée, il est donc nécessaire de procéder de manière *a priori*. On voit une nouvelle fois ici que la nécessité de la réduction ne s'impose vraiment qu'à celui qui a déjà effectué la réduction. Qu'est-ce qui motive la réduction si l'idée de science absolue la suppose ?

L'accomplissement de la réduction suppose que l'on suive le fil conducteur de l'évidence puisque c'est à cette condition que l'on peut comprendre la nécessité de ce renversement de valeur qui consiste à porter l'évidence de l'idée de fondation absolue à la place de la foi naïve en l'existence du monde. Autrement dit, seule l'évidence peut se motiver elle-même. Il est clair que l'*épochè* induit un renversement par rapport à la façon habituelle de connaître : l'idéal ne se comprend pas à partir du réel, mais au contraire on ne peut comprendre le réel que par l'idéal. Il s'agit donc de s'arracher au monde (ce qui encore une fois ne signifie pas en nier l'existence) pour pouvoir le connaître. L'attitude naturelle enchaîne au monde et donc enferme dans la finitude, alors que l'idée de science est l'idée d'une tâche infinie qui anime la recherche dès son commencement et l'unifie en la polarisant vers l'idéal d'une explication totale et systématique du monde. Ainsi, l'époché comme suspension du jugement rend possible une attention en retour sur l'acte de jugement. Dans tout jugement est inclus l'idéal d'un jugement absolument fondé qui atteste lui-même de sa rectitude. Tout acte de connaissance vise un jugement tel que sa vérité apparaisse au regard en toute transparence. Le critère d'une fondation absolue est son accessibilité totale. En effet, un jugement fondé, c'est-à-dire vrai, est un jugement dont la vérité peut être indéfiniment reproduite. Dès lors, l'évidence est l'idéal d'une présence pleine et entière de la chose jugée à la conscience.

Il y a évidence quand l'objet est non seulement visé mais *donné*. L'évidence est donc le vécu d'une « identité : la pleine concordance entre le visé et le donné comme tel[22] ». En conséquence, l'évidence étant la présence en personne, il est clair qu'elle ne relève pas du subjectivisme : elle est indépendante d'une subjectivité particulière en tant que voir sans reste. Pour la phénoménologie, l'évidence n'est donc pas une simple forme de la connaissance, mais le lieu d'une présence à l'être. La science, elle, utilise l'évidence sans savoir ce qu'est l'évidence et, par suite, la tâche de la réduction phénoménologique est d'amener à la clarté la nature de l'évidence, autrement dit d'amener l'évidence à l'évidence.

L'évidence est comprise par Husserl d'une façon très large comme ce par quoi « le regard de notre esprit atteint la chose elle-même[23] ». Il ne s'agit donc pas de restreindre, comme Descartes dans la troisième des *Règles pour la direction de l'esprit*, l'évidence à la seule vision intellectuelle. En fait, l'évidence est tout autrement comprise que comme « le concept que l'intelligence pure et attentive forme avec tant de facilité et de distinction qu'il ne reste aucun doute sur ce que nous comprenons[24] ». L'élargissement que Husserl fait subir au concept d'évidence conduit à la comprendre comme une expérience dans laquelle la chose se présente à la conscience avec sa manière d'être (possible, existante, par esquisses ou non, etc.). En cela, l'évidence ne se définit pas d'abord comme une transparence de l'esprit à lui-même, mais comme une donnée, une présence de l'être. De ce point de vue, empiristes et rationalistes tombent dans la même erreur : ils comprennent l'évidence comme un mode subjectif de présence à soi et non comme un mode de donnée des choses. Ainsi, l'intuition désigne chez Husserl « tout acte remplissant en général[25] » sans lequel rien n'est donné et donc pensé. Il y a de ce fait une multiplicité d'intuitions : l'intuition d'une chose individuelle ou d'une généralité comme « homme en général » ; l'intuition d'une vérité logique. Entre une intention symbolique vide et une connaissance effective, la différence ne tient pas à un rapport que le sujet établit ou n'établit pas, mais tient à la donnée ou à la non-donnée. Ainsi, il y a connaissance quand une intention se dirige vers un objet et se remplit dans une intuition qui lui fournit un contenu. Le privilège de l'intuition sur l'intention, c'est qu'avec elle il y a autodonnée du rouge, du nombre, du rapport générique d'égalité de nombre, etc. De ce point de vue, l'évidence psychologique n'est justement pas une évidence, mais une simple intention qui ne trouve pas de remplissement. Encore une fois, le principe de distinction est en phénoménologie le mode de donnée : dans la perception sensible, la chose apparaît d'un seul coup, mais en même temps elle se présente par esquisses, ce qui n'est pas vrai du mode d'être extra-spatial des idées. Un vécu ne se donne pas par esquisses.

> Tout se passe ici au niveau de l'évidence eidétique : en vertu d'une généralité ou d'une nécessité absolument inconditionnée, une chose ne peut être donnée comme réellement immanente dans aucune perception possible, et en général dans aucune conscience possible. Nous voyons donc apparaître une distinction fondamentale : celle de **l'être comme vécu et de l'être comme chose** (*Sein als Erlebnis und Sein als Ding*). Par principe, l'essence régionale du vécu (et plus particulièrement la subdivision régionale constituée par la *cogitatio*) implique que le vécu puisse être perçu dans une perception immanente ; l'essence d'une chose spatiale implique que celle-ci ne le soit pas[26].

En fondant la distinction ontologique de l'être comme vécu et de l'être comme chose sur la distinction de deux modes d'intuition, il n'est plus question d'opposer simplement une intériorité à une extériorité, mais de distinguer deux modes de présence. L'évidence est avant tout une présence à l'être qui permet d'interroger ce qui se donne à nous tel qu'il se donne. De plus, si l'exigence d'une absence de présuppositions appartient à l'idée de science, alors seule l'évidence peut être le principe de la science. Ainsi, toute intuition a lieu sous l'horizon d'une évidence parfaite, même si cette perfection peut prendre différentes formes. Rien n'échappe à l'intuition (ni le sensible, ni l'essence, ni la forme catégoriale) et dès lors tout peut apparaître dans le voir phénoménologique, parce que tout se donne même si tout ne se montre pas de la même façon. Tout a un sens et donc tout possède une visibilité potentielle. Husserl peut alors définir la tâche de la phénoménologie :

> Il s'agira de mettre en lumière les divers modes de la donation authentique, c'est-à-dire de mettre en lumière la constitution des différents modes de l'objectité, ainsi que leurs relations mutuelles : donation *(Gegebenheit)* de la *cogitatio*, donation de la *cogitatio* survivant dans le souvenir frais, donation d'une unité phénoménale qui dure dans le flux phénoménal, donation du changement de cette dernière, donation de la chose dans la perception externe, celle qu'offrent les diverses formes de l'imagination et du re-souvenir, ainsi que celle qu'offrent les multiplicités de perceptions et d'autres représentations en s'unifiant synthétiquement dans des enchaînements qui leur sont propres. Naturellement aussi les données logiques, la donation de la généralité, du prédicat, de l'état-de-chose, etc., la donation aussi d'une absurdité, d'une contradiction, d'un non-être, etc.[27].

Ce texte[28] programmatique sur lequel se clôt *L'Idée de la phénoménologie* ne cherche pas à classer les différents modes de la donation, mais indique un travail infini de recherches phénoménologiques qui a été ouvert par l'*époché* : celle-ci, en libérant la connaissance de toute position d'existence qui la rapporte au monde ou au moi empirique, permet le primat de l'intuition qui n'est autre que le respect du phénomène, c'est-à-dire une attention aux différents modes de donation authentiques. Husserl sera fidèle à cette attention tout au long du développement de sa pensée, et c'est cette fidélité qui rend raison de l'évolution même de sa pensée. Cette énumération des modes de la donation suppose que le *telos* de l'évidence est la donation absolue de ce qui apparaît. Cependant, l'évidence parfaite n'est pas nécessairement l'évidence adéquate. Pour faire référence à un thème cartésien, on peut dire que je connais Dieu, mais que je ne le comprends pas. L'évidence que j'ai de Dieu est parfaite et cependant c'est aussi l'évidence d'une incomplétude. Quoi qu'il en soit, la donation absolue est à elle-même sa propre norme et c'est par rapport à elle que l'on peut mesurer les degrés inférieurs de la donation.

Toute tendance à connaître vise l'évidence parfaite, et cette idée est nécessairement contenue dans l'effort de connaître, même si elle n'est jamais réalisée. Il faut donc reconnaître que le vrai est pour Husserl le corrélat de l'évidence : l'évidence au sens prégnant ne peut plus être comprise comme un simple signe psychologique de la vérité, mais comme un remplissement parfait, comme la donation même de l'objet. Cela conduit Husserl au § 39 de la sixième des *Recherches logiques* à distinguer quatre sens du terme vérité :

1. La vérité comme corrélat d'un acte. La pleine concordance entre la visée et le donné comme tel.

2. La vérité comme idée de l'adéquation entre les actes et ce qui est connu.

3. La plénitude de la présence même de l'être.

4. La justesse de l'intention : le jugement s'ajuste à la chose.

En insistant ici sur la corrélation entre la vérité comme idée de l'adéquation et la vérité comme présence même de l'être, Husserl veut mettre fin à l'opposition de l'extériorité de l'être et de l'intériorité de la vérité. En effet, parce que l'évidence n'est pas un signe psychologique de la vérité, elle est la corrélation d'un acte intentionnel et de la donation même de l'être. Ainsi, en montrant que l'évidence n'est pas un sentiment comme signe d'un jugement vrai, Husserl peut rompre avec la conception cartésienne de l'évidence : « Ces prétendus sentiments d'évidence, de nécessité intellectuelle, ou de quelque autre nom qu'on les désigne, sont simplement des sentiments forgés à coup de théories[29]. » Le principe de l'évidence marque le retour au champ du donné intuitif, avant toute élaboration théorique, et c'est pourquoi Husserl considère le phénoménologue comme le seul vrai positiviste[30]. Cette évidence, qui n'est rien d'affectif, est présente dans la vie de notre pensée, y compris dans la vie préscientifique, et c'est pourquoi le critère de l'évidence n'est pas réservé à ceux qui ont su s'élever à la vie théorétique, mais est déjà présent dans la vie quotidienne. Sans une telle présence, la possibilité même de la réduction serait compromise. Dès lors, en phénoménologie, il ne s'agit pas tant de rompre avec le monde de la vie quotidienne que d'en montrer la vérité en dégageant la nature donatrice de l'évidence.

L'*époché,* en assurant la scientificité de toute science, radicalise cet usage du critère de l'évidence et permet de ne pas se contenter d'un but fini, d'une évidence relative. L'idée d'une évidence parfaite fonde la tâche infinie de la science dans son autodépassement perpétuel. En effet, la recherche de vérités universelles et éternelles est l'horizon constant de toute approche de la vérité : la possibilité même de modifier des connaissances scientifiques, de procéder par des approximations toujours plus rigoureuses, se fonde sur un tel horizon. Par suite, l'impossibilité de réaliser une telle fin, c'est-à-dire un système de vérités absolues, loin de la détruire est ce qui la met en évidence. Il faut poser cette vérité eidétique, c'est-à-dire une loi d'essence de la connaissance, qu'il n'y a de recherche de la vérité que sous l'horizon d'une évidence parfaite. Contre le scepticisme, qui ruine toute idée de vérité, l'*époché* permet la saisie intuitive de cet *a priori* qu'aucune connaissance n'est pensable sans l'évidence parfaite. Il n'y a aucune contradiction entre l'éternité de la vérité et l'historicité de la recherche de la vérité, et c'est la mise en évidence de cet horizon qui donne sens à l'idée d'une crise des sciences. Pour le scepticisme, une telle crise n'existe pas parce qu'il n'y a pas de norme absolue.

Si, comme cela sera précisé plus loin, il y a bien une méthode phénoménologique, cette méthode n'est pas empruntée à une science particulière et c'est faute d'avoir su véritablement se fonder sur l'évidence que, dans la tradition philosophique, on a toujours confondu la méthode d'une science particulière avec la méthode de la recherche de la vérité. De par cette erreur, on a toujours manqué les choses mêmes. Husserl développe au contraire un doute radical qui remet en cause la validité de toutes les sciences, y compris de la logique : « Mais à quoi sert-il de faire appel aux contradictions, puisque la logique elle-même est en question et devient problématique. En effet, la validité, pour le réel, des lois logiques, validité qui, pour la pensée naturelle, est hors de doute, devient problématique et même douteuse [31]. » Si la radicalité de l'attitude philosophique est de ne présupposer aucun savoir préalable, comment est-il possible de remettre en cause les lois logiques sans suspendre la possibilité même de penser ? Or, précisément pour Husserl, même la logique formelle, qui se rapporte à des concepts, à des propositions, a besoin d'une fondation, d'une évaluation critique, et c'est cette évaluation qui est l'affaire du philosophe. Il doit éclairer la source des concepts fondamentaux de la logique, examiner les actes simples de la logique, pour accomplir le projet d'une fondation phénoménologique de la logique.

Ainsi, contre l'oubli, propre à l'attitude naturelle, d'une interrogation de la logique, il s'agit de revenir à l'origine du sens des vérités logiques, c'est-à-dire déployer la phénoménologie comme une logique transcendantale, comme une doctrine des principes et des normes de toute science. D'une façon plus générale, le danger du naturalisme, sous toutes ses formes, est de manquer la spécificité de la philosophie. Si à l'intérieur des sciences naturelles, les sciences peuvent se fonder les unes sur les autres, et si une science de la nature peut emprunter à une autre sa méthode, dans certaines limites, la philosophie, elle, met en place une scientificité totalement nouvelle. De ce fait, si pour les sciences de la nature la logique peut bien dire ce qu'est la science, elle ne peut pas le dire pour la philosophie, qui définit elle-même sa propre scientificité. Le renversement initial, propre à la phénoménologie, en mettant entre parenthèses la validité même de la logique, se donne donc pour principe de décrire véritablement l'enchaînement des actes qui peuvent donner lieu à une philosophie.

Autrement dit, et ce n'est pas du subjectivisme, le sujet qui philosophe doit produire lui-même sa logique au lieu de la prendre dans les sciences. En effet, le principe de l'éviden e conduit de lui-même à reconnaître que c'est de l'*ego* et non du monde que doit surgir la règle du vrai. Mais cela n'a de sens que pour un *ego* transcendantalement compris, c'est-à-dire pour un *ego* qui ne se saisit pas comme chose parmi les choses, mais comme origine du sens du monde. Ainsi, sans prétendre exposer au préalable toute la méthode, ce qui serait contraire à l'idée même de la phénoménologie, Husserl peut établir qu'un des premiers principes est de ne recourir qu'à l'évidence. Ce principe exprime l'exigence de la donnée, et l'évaluation continue de l'évidence rend possible « la donation en personne et effective des choses *(die wirkliche Selbstgebung der Sachen)*[32] ». A partir d'un tel principe, le sujet connaissant est autorisé à réduire tout ce qui est donné de façon problématique de manière à ouvrir l'accès au phénomène pur, à la sphère des données absolues. L'évidence est la source de toutes les normes, celles de la connaissance comme celles du langage, et Husserl peut proclamer le caractère donateur de l'intuition originaire :

> Avec le **principe des principes**, nulle théorie imaginable ne peut nous induire en erreur : à savoir que **toute intuition (Anschauung) donatrice originaire est une source de droit pour la connaissance** : tout ce qui s'offre à nous dans l'« intuition » *(Intuition)* de façon originaire (dans sa réalité corporelle pour ainsi dire) doit être simplement reçu pour ce qu'il se donne, mais sans non plus outrepasser les limites dans lesquelles il se donne alors[33].

Il s'agit pour Husserl de formuler l'exigence de s'en tenir à la donnée absolue. « Absolu » signifie alors à la fois que ce qui se donne se donne selon une évidence apodictique et en toute transparence. L'intuition donatrice originaire est source de droit pour la connaissance, parce que ce qui se donne s'y donne soi-même, absolument, sans reste. A chaque fois qu'une objectivité quelconque se donnera elle-même, absolument, elle sera indubitable. Cette donnée absolue étant « la mesure ultime de ce que être et être donné peuvent signifier[34] », Husserl peut l'opposer à la simple donation vague, à la simple indication où l'objectivité ne se donne pas elle-même et donc qui ne permet aucune connaissance de ce qui se montre. Ainsi, en se distinguant de Descartes, qui fait de la conception claire et distincte la seule règle de la vérité, Husserl dégage la clarté propre de ce qui se donne dans une intuition originaire. La clarté ne tient pas ici à la présence immédiate de l'esprit à lui-même, mais à la donation sans reste. En conséquence, une science qui veut échapper à l'obscurité de la connaissance habituelle, bref une science qui veut être totalement transparente à elle-même, doit s'en tenir à l'intuition donatrice originaire, puisque seule cette autodonnée peut être la source d'une connaissance véritablement fondée.

Ce principe des principes est saisi à partir d'une réflexion initiale sur la science et il donne accès aux principes de toutes connaissances. De ce point de vue, en opposition à l'idéalisme kantien, les principes ne sont pas de simples conditions de l'expérience, mais sont issus de l'expérience réduite. L'*époché* permet d'échapper à la scission entre principes de l'être et principes de la connaissance puisque l'expérience peut trouver en elle-même le principe de sa propre certitude. Dès lors, en ne comprenant pas les principes de la connaissance comme des principes du jugement, il ne s'agit plus pour Husserl de fixer à l'avance des conditions à l'apparaître du monde, mais précisément de revenir à la donation même du monde. Il ouvre donc la voie à une pensée qui prend la chose telle qu'elle se donne pour principe.

Certes, Kant montre que la métaphysique au sens ancien d'une connaissance *a priori* des choses en soi n'est pas possible, puisqu'on ne connaît les choses que comme phénomènes. De ce point de vue, la métaphysique est pour Kant le système des conditions *a priori* de l'expérience. Le projet husserlien de philosophie transcendantale reprend en partie le projet kantien d'une métaphysique vraiment assurée, comme système des principes et des concepts *a priori,* qui sont au fondement de toute connaissance, en déterminant lui aussi la tâche d'une théorie de la connaissance comme une tâche « critique ». Cela dit, il ne s'agit pas pour Husserl de limiter la connaissance à l'expérience, mais d'éviter les contradictions de l'attitude naturelle. L'idéalisme kantien est alors compris comme un scepticisme caché, puisqu'on ne peut pas connaître les choses en soi, et c'est donc cette séparation entre phénomène et chose en soi qui est définitivement récusée par le retour à la donnée absolue. En effet, revenir à l'autodonation effective des choses consiste à se laisser guider par l'intuition donatrice et à être ainsi ouvert à l'être. Cela dit, Husserl n'ira pas jusqu'à soutenir que cette ouverture à l'être est ce qui rend possible l'ouverture à soi.

Heidegger se voudra sur ce point plus radical que Husserl puisqu'il considérera cette idée que la conscience doit être la région de la science absolue comme la limite interne de la phénoménologie de Husserl, qui serait trop dépendante de thèmes philosophiques posés par Descartes. En demeurant cartésienne, l'interrogation phénoménologique ne satisferait pas assez à l'exigence d'un retour aux choses mêmes parce que le principe de l'évidence, même s'il constitue une avancée certaine, ne permet pas de répondre à l'appel de ce qui est à penser, mais demeure encore une exigence de la conscience qui détermine *a priori* les conditions de l'apparaître.

Comment, à partir de l'évidence, justifier la nécessité de suspendre tout jugement quant à l'existence du monde ? Le champ de l'expérience est en lui-même indéfini et il est impératif de le différencier, sans pour autant le limiter. De plus, la seule idée d'une donation parfaite n'est pas en elle-même assez claire et elle tend à mettre sur le même plan la saisie parfaite de la chose, qui est une idée au sens kantien, et la saisie parfaite des premiers principes de la connaissance. Au § 6 des *Méditations cartésiennes*, toujours à partir d'une analyse de la façon dont l'homme de science vit ses exigences scientifiques, Husserl définit l'évidence en général :

> dans chaque évidence, la chose, ou la détermination d'une chose, est saisie par l'esprit en elle-même dans le mode de la « chose elle-même » et avec la certitude absolue que cette chose existe, certitude qui exclut dès lors toute possibilité de douter (*Jede Evidenz ist*

> *Selbsterfahrung eines Seienden oder Soseienden in
> dem Modus « es selbst » in völliger Gewissheit dieses
> Seins, die also jeden Zweifel ausschliesst)*[35].

A partir de là, trois formes de l'évidence sont à distinguer :

1. L'évidence préscientifique, qui est toujours plus ou
moins parfaite, parce que la donation des choses n'y est
pas transparente.

2. L'évidence adéquate, qui correspond au remplissement parfait de l'intention par l'intuition. Par exemple,
l'expérience d'une chose ferait l'objet d'une évidence adéquate si l'on pouvait synthétiser la série infinie des
esquisses. L'une des exigences scientifiques est l'idée
d'un savoir complet, achevé, de la totalité du monde. Une
évidence adéquate « n'est susceptible par principe d'aucun
"renforcement" ni "affaiblissement", et ne tolère donc
aucune échelle de degrés dans son poids[36] ». Par principe,
une réalité naturelle ne peut être donnée que d'une façon
inadéquate et donc son évidence est susceptible d'accrois-
sement et de diminution.

3. Avec l'évidence apodictique, Husserl élucide un autre
type de perfection. Il s'agit de la perfection de la donnée
immanente et donc de l'évidence propre aux principes.
Elle ne présuppose pas l'évidence adéquate comme sa
condition, puisqu'une évidence peut être apodictique sans
être pour autant adéquate. Par exemple, tout vécu possède
une indubitabilité absolue, puisqu'il est impossible de
douter de mon vécu lui-même. Si j'ai mal, je ne peux pas
douter de ma douleur. Ce vécu ne se donne pas par
esquisses et fait donc l'objet d'une évidence apodictique.
A l'opposé, il m'est toujours possible de douter du caractère adéquat de ma perception. Autrement dit, mon vécu
de douleur fait l'objet d'une évidence apodictique, mais je
n'ai pas pour autant une donnée adéquate de l'objet de ma
douleur. Ainsi, la donnée perceptive de telle ou telle chose
peut me sembler d'abord certaine pour m'apparaître
ensuite comme douteuse. Le caractère propre de l'évidence apodictique est, au contraire, de posséder l'impossibilité absolue d'une remise en cause. En effet, ce qui fait
l'objet d'un voir apodictique est définitivement vu, et par

conséquent l'évidence apodictique est l'arme absolue
contre le scepticisme. Il ne s'agit pas de dire pour autant
que les principes sont toujours déjà saisis dans une parfaite
transparence par tout homme, mais de montrer que les
principes, une fois vus, ne peuvent pas être remis en cause.
L'*a priori* de corrélation entre la couleur et l'étendue est
une évidence apodictique, et sa donation absolue, une fois
qu'elle a eu lieu, exclut par principe toute remise en cause
possible. Il est clair que cette indubitabilité absolue peut
seule assurer la possibilité de la connaissance : la donation en personne exclut que l'on puisse douter de la donation elle-même. On comprend alors que dans l'évidence
apodictique, il n'y a rien au-delà du voir, puisque ce qui se
donne est totalement visible. De plus, ce voir qui rend possible la science, l'objectivité, se révélera être un voir catégorial, puisque Husserl va consacrer l'élargissement de
l'intuition à l'intuition du général : si la donation absolue
est la mesure de toute donation, alors l'essence doit elle-
même faire l'objet d'une donation absolue.

En dégageant l'énigme de la transcendance par la critique de l'attitude naturelle, Husserl a donc justifié la
nécessité de l'*épochè,* qui en permettant de différencier le
champ de l'expérience ouvre à la recherche d'évidences
premières et apodictiques, qui ne sont pas saisies à partir
d'une progression synthétique, mais immédiatement et
définitivement, et qui sont le fondement de toute connaissance véritable du monde. Seul ce retour à la donation
absolue permet de lever l'énigme de la transcendance du
monde. En conséquence, il est clair maintenant, pour qui
est à la recherche d'une évidence à la fois première et apodictique, comme norme du jugement vrai, que la croyance
naïve en l'existence du monde est précisément ce qui rend
impossible la fondation absolue du savoir.

Pour faire prendre conscience du fait que l'évidence de
l'existence du monde n'est pas apodictique, et donc pour
renverser la conviction première, qui ne peut que conduire
à l'échec du rationalisme, Husserl fait, lui aussi, appel
aux illusions des sens et à l'argument du rêve : « tout
l'ensemble d'expériences, dont nous pouvons embrasser
l'unité, peut se révéler simple apparence et n'être
qu'un **rêve cohérent** *(zusammenhängender Traum)*[37] ».

Néanmoins, Husserl fait un usage très spécifique de cet argument du rêve. Pour Descartes, qui révoque en doute l'évidence sensible à partir d'une théorie de l'idée comme représentation, l'argument du rêve ne vise pas à conclure que la réalité est un rêve, mais à nous faire comprendre que notre croyance dans le monde extérieur n'est pas certaine. L'image du rêve est une représentation de représentations, et il y a deux éléments dans la représentation ou idée : la réalité formelle d'une part, qui fait que l'idée est une idée, et la réalité objective, qui est le contenu de l'idée. Il y a vérité du jugement quand l'idée représente vraiment ce qu'elle prétend représenter. Cependant, on peut très bien avoir une représentation sans que le monde existe. Dans la pensée de Descartes, l'incertitude porte sur la donnée et non sur le mode de donnée. Rien n'assure en toute certitude l'accord de la représentation avec le donné transcendant. Husserl adopte, lui, une perspective très différente, parce qu'il ne part pas d'une analyse de la représentation, mais d'une étude de la présence vivante de la conscience à elle-même.

L'intentionnalité de la conscience fait que la conscience n'est pas une chose du monde, possédant sa place dans le monde : elle est le rapport essentiel de l'homme au monde. Or, si le monde est l'horizon de tout vécu, l'existence effective du monde n'est pas apodictique. Certes, le monde demeure l'horizon de chaque perception, de chaque intention et de chaque action. Une chose, par exemple, ne peut jamais être perçue seule, mais toujours sur l'horizon du monde, d'où elle se détache. De plus, sur la base de ce monde perçu, la science construit ses objets suivant des degrés plus ou moins grands d'abstraction. Cela a donc toujours lieu sur l'horizon du monde. En conséquence, l'argument du rêve ne pose pas ici les mêmes difficultés que dans la pensée cartésienne, puisqu'il ne s'agit pas, pour Husserl, de rejeter l'évidence du monde, mais seulement de caractériser cette évidence comme non apodictique. Elle ne satisfait pas au critère de l'apodicticité, c'est-à-dire l'impossibilité pure et simple de poser son non-être. Cela marque bien le renversement effectué par l'idéalisme phénoménologique dans l'histoire de la philosophie : il fait échapper au problème de la vérité objective de la représentation, puisque l'*époché,* dans sa radicalité, conduit à l'idée d'une conscience sans monde.

Cette percée est aussi une fidélité à une même intention parce que, dans l'esprit de Husserl, le retour à la donation absolue, à l'apparition apodictique de l'être, conduit à accomplir ce qui était en germe depuis Descartes, c'est-à-dire à reconnaître une conscience sans monde, une conscience dont la validité n'est pas atteinte par l'hypothèse de la destruction du monde. Non seulement l'expérience peut n'être qu'un rêve cohérent, mais on peut même imaginer que cette cohérence disparaisse et que le flux des esquisses sensibles ne s'unifie pas. Husserl envisage en premier lieu une variation imaginative, qui transforme le monde réel en un simple possible : « Il apparaît alors que le corrélat de notre expérience de fait que nous nommons "le monde réel" est seulement un cas particulier parmi de multiples mondes et non-mondes possibles[38]. » Sans pour autant imaginer un monde extérieur au nôtre, ce qui du point de vue de l'expérience serait une absurdité, on peut envisager d'autres enchaînements de l'expérience.

Cependant, Husserl radicalise encore la perspective, en montrant qu'il n'y a aucune nécessité absolue à ce que l'expérience se constitue de façon cohérente et donc qu'il y ait « un » monde. L'identité même du monde, qui pour l'attitude naturelle va de soi, peut disparaître. C'est au § 49 des *Idées I* que Husserl formule cette possibilité de l'anéantissement du monde, de la destruction du sens, qui est loin d'être une simple hypothèse théorique. L'anéantissement du monde est bien une possibilité réelle de l'expérience qui possède une dimension pratique et éthique : il se peut que l'homme ne soit plus en mesure de donner sens au monde ou que, par fatigue spirituelle, il s'abandonne en abandonnant sa responsabilité à l'égard du sens du monde. Ainsi, le retour au monde de la vie, comme on le montrera mieux plus tard, arrache bien à une incompréhension impropre du monde : le monde, en tant qu'il est relatif à cette vie de la subjectivité qu'est l'intentionnalité, est bien un monde qui peut mourir et non pas cet être absolu qui ne peut ni naître ni mourir de l'attitude naturelle. On ne peut penser cette impossibilité d'avoir un monde que si l'on reconnaît que l'être du monde n'est pas un être absolu, contrairement à ce qui est naïvement pensé, mais possède l'être relatif d'un phénomène objet d'une validation. De cette façon, le renversement annoncé dès la critique de l'attitude naturelle est véritablement opéré : ce n'est pas la conscience qui est relative à l'être absolu du monde, mais le monde qui est relatif à l'être absolu de la conscience et, de ce fait, la compréhension de son être au monde s'en trouve radicalement altérée :

> L'être de la conscience, et tout flux du vécu en général, serait certes nécessairement modifié si le monde des choses venait à s'anéantir *(durch eine Vernichtung der Dingwelt),* mais il ne serait pas atteint dans sa propre existence. Il serait certes modifié : que signifie, en effet, du point de vue corrélatif de la conscience l'anéantissement du monde ? Uniquement ceci : en chaque flux du vécu (le flux des vécus d'un moi pris dans sa totalité, infini dans les deux sens) se trouveraient exclues certaines connexions empiriques ordonnées ; cette exclusion entraînerait également celle de certaines autres connexions instituées par la systématisation théorique de la raison et réglées sur les premières. Par contre, cette exclusion n'impliquerait pas celle d'autres vécus et d'autres connexions entre les vécus. Par conséquent, nul être réel *(kein reales Sein),* nul être qui pour la conscience se figure et se légitime au moyen d'apparences n'est nécessaire pour l'être de la conscience même (entendue en son sens le plus vaste de flux du vécu).
>
> L'être immanent est donc indubitablement un être absolu, en ce sens que par principe *nulla « re » indiget ad existendum.*
>
> D'autre part, le monde des *« res »* transcendantes se réfère entièrement à une conscience, non point à une conscience conçue logiquement mais à une conscience actuelle [39].

Ainsi, la signification de la transcendance et celle de l'immanence sont-elles données en même temps, puisque c'est dans un même mouvement que l'on saisit l'être relatif du monde et l'être absolu de la conscience. Parce que la conscience est toujours conscience de quelque chose,

même si le flux des esquisses ne s'unifie pas en un monde,
elle est absolue, c'est-à-dire antérieure à toute autre chose.
Mais elle est également origine parce qu'une chose transcendante n'apparaît (un sens n'est donné) que référée à
une conscience actuelle. En conséquence, le sujet qui fait
retour sur lui-même, sur sa propre activité scientifique,
découvre l'intentionnalité de la conscience comme la
source absolue de tout sens à laquelle le monde lui-même
est relatif.

Il faut donc reconnaître que l'idéalisme husserlien fait
époque dans l'histoire de la philosophie en rendant impossible tout retour en arrière : l'opposition du monde intérieur de la représentation et du monde extérieur des choses
transcendantes est désormais, et à jamais, saisie comme
intenable. Husserl précisément ne pose pas que c'est le
monde intérieur qui est absolu parce qu'une telle thèse ne
fait que développer la même contradiction. Au contraire,
il élucide la conscience intentionnelle comme la région
originaire, comme une région qui n'est pas une partie de
l'être, mais l'origine de toutes les autres régions. Il n'y a
pas d'extérieur à la conscience pure :

> Il est clair désormais que la conscience considérée
> dans sa « pureté » doit être tenue pour **un système
> d'être fermé sur soi** *(ein für sich geschlossener
> Seinszusammenhang)* pour un système d'être absolu
> *(ein Zusammenhang absoluten Seins)* dans lequel rien
> ne peut pénétrer et duquel rien ne peut échapper, qui
> n'a pas de dehors d'ordre spatial ou temporel[40].

La conscience originaire, qui est ici atteinte, n'appartient pas au monde et elle n'entre dans aucun lien de causalité avec les choses du monde. C'est dans son sens
même que la conscience n'est pas une partie du monde
spatio-temporel et c'est pourquoi l'*épochè* ne consiste en
aucune façon à isoler abstraitement une partie du monde.
En définissant la conscience comme un système d'être
fermé sur soi, Husserl formule ici un idéalisme absolu
dans lequel l'énigme de la transcendance du monde est
reconduite à l'énigme de l'intentionnalité. La conscience
n'est pas temporellement avant le monde, elle n'est pas

non plus spatialement hors du monde, mais comme originairement donatrice elle est l'acte par lequel le sens du monde se constitue. Ainsi, l'accès à cette conscience donatrice originaire, qui est momentanément qualifiée par Husserl de résidu *(Residuum)* de l'anéantissement du monde, va ouvrir la phénoménologie à sa tâche d'une analyse intentionnelle.

Historiquement, si l'idée d'analyse intentionnelle n'a pas eu de mal à se faire accepter, il est remarquable que ce qui l'ouvre, à savoir la conscience de la possibilité d'un anéantissement du monde, se soit heurté à de telles résistances. Conscient du lieu de la difficulté, Husserl pose lui-même la question : le rejet de l'évidence de l'existence du monde, parce que non apodictique, ne supprime-t-il pas le sol de toute connaissance possible ? Un sujet dépourvu de monde est-il possible ? Si oui, qu'y a-t-il encore à juger et si non, le philosophe commençant ne pouvant plus remettre en cause la certitude absolue de l'existence du monde, la philosophie est-elle encore possible ? Merleau-Ponty, dans l'avant-propos de la *Phénoménologie de la perception,* tout en interprétant le sens de la réduction husserlienne, soutient que, pour la phénoménologie, la reconnaissance du monde comme une réalité indubitable est supposée :

> C'est une philosophie transcendantale qui met en suspens pour les comprendre les affirmations de l'attitude naturelle, mais c'est aussi une philosophie pour laquelle le monde est toujours « déjà là » avant la réflexion, comme une présence inaliénable, et dont tout l'effort est de retrouver ce contact naïf avec le monde pour lui donner enfin un statut philosophique[41].

On ne peut dénoncer, selon Merleau-Ponty, la certitude du monde comme un préjugé, car le monde ne fait pas l'objet d'un jugement. La possibilité même de l'illusion et de l'erreur doit au contraire souligner l'apodicticité de l'évidence de l'existence du monde : on ne peut parler d'erreur que par rapport à une autre perception qui corrige la première et qui se pose comme vraie[42]. Merleau-Ponty ira jusqu'à dire que la négation du monde conduit à man-

quer le transcendantal[43]. On voit ici que le sens même de
la réduction fait problème. Il est clair que, pour Husserl, la
réduction n'est pas une simple étape préparatoire à l'analyse intentionnelle, qui pourrait être remise en cause, mais
qu'elle constitue ce qui engage le sens même d'un affran-
chissement du naturalisme, dans lequel certains élèves de
Husserl sont parfois retombés, faute d'avoir saisi la radicalité de la réduction. Sans s'engager ici dans une étude
sur le sens de la réduction selon Husserl et Merleau-Ponty,
il suffit d'indiquer que Husserl ne tombe pas sous l'objection de Merleau-Ponty, parce que la réduction ne met pas
simplement en doute la perception de tel ou tel être, mais
bien l'ensemble de la perception du monde.

Dès lors, il est certain que l'expression « le monde
existe » signifie qu'une cohérence est constituée par la
conscience. De plus, l'argument du rêve cohérent permet
de reconduire le monde au fait d'être un simple phénomène de monde dont il s'agit d'interroger l'origine. Parce
que l'*épaché* ne concerne pas simplement telle ou telle
perception, mais bien le monde en tant que monde,
Husserl peut établir que le monde n'est rien au-delà de sa
présence phénoménale. L'être du monde spatio-temporel
est « un être que la conscience pose dans ses propres expériences et qui par principe n'est accessible à l'intuition et
n'est déterminable que comme ce qui demeure identique
dans le divers motivé des apparences – un être qui au-delà
de cette identité est un Rien[44] ». Le monde n'est donc rien
d'autre que l'index de confirmations et de validations
d'être, mais cet idéalisme n'a pas toujours été compris et
c'est pourquoi il a fait l'objet de la part de Husserl d'une
exposition répétée.

Heidegger lui-même interprète ce passage à l'idéalisme,
non comme une nécessité interne de la phénoménologie,
mais d'une façon tout à fait extérieure, par l'influence de
l'époque et notamment celle de Natorp :

> Husserl lui-même, qui dans les *Recherches logiques*
> – surtout dans la sixième – approcha de très près la
> question de l'être proprement dite, ne put s'y mainte-
> nir, dans l'atmosphère philosophique de l'époque. Il
> tomba sous l'influence de Natorp et fit un virage vers

la phénoménologie transcendantale qui atteint son apogée dans les *Idées I*. Mais c'était là délaisser le principe de la phénoménologie[45].

Dans les *Méditations cartésiennes,* Husserl répond en quelque sorte à l'avance à cette accusation en expliquant à nouveau en quoi le tournant vers l'idéalisme est une nécessité et non une rechute sous la forme d'un tournant néokantien. Certains appendices de la *Crise des sciences européennes* et la postface aux *Idées I* expriment également une certaine amertume de Husserl qui voit se retourner contre lui l'accusation de néokantisme alors que tout l'idéalisme transcendantal consiste justement à s'en arracher. Face à ces incompréhensions, Husserl ne cesse de reformuler le projet de l'idéalisme transcendantal :

> Mais à présent il nous faudra encore élucider expressément la différence fondamentale, essentielle, entre l'idéalisme phénoménologique transcendantal et celui que le réalisme combat comme sa propre négation : avant tout, l'idéalisme phénoménologique ne nie pas l'existence effective du monde réel (et d'abord celle de la nature) comme s'il la prenait pour une apparence s'imposant, bien qu'à leur insu, à la pensée naturelle et à la pensée scientifique positive. Il n'y a qu'une seule tâche et une seule fonction : expliciter le sens de ce monde, précisément le sens par lequel il vaut pour tout un chacun comme existant effectivement, et de plein droit. Que le monde existe, que dans l'expérience continue convergent sans cesse vers la concordance universelle, il soit donné comme monde existant, voilà qui est parfaitement indubitable. Tout autre chose est de comprendre cette certitude sur laquelle s'appuie la vie et la science positive et d'expliciter son bien-fondé[46].

Même si le sens du passage à l'idéalisme sera à nouveau précisé, on peut déjà dire que le renversement produit par l'*épochè* conduit Husserl à s'arracher à la neutralité métaphysique des *Recherches logiques* qui ne prétendent pas atteindre l'être des choses : ce sont les choses elles-mêmes, dans leur être, que la conscience constitue.

Cependant, si la subjectivité est une sphère d'être fermée sur elle-même, ne doit-on pas dire que la réduction règle le problème de la connaissance en le supprimant puisque avec elle le sujet se ferme à toute transcendance ? Une telle objection ne tient pas parce qu'elle suppose que les choses transcendantes soient données. Or, où sont-elles données si ce n'est dans les *cogitationes* ? Encore une fois, la réduction a souvent été mal comprise, car elle a été interprétée comme le fait de perdre une partie du monde, alors qu'il n'en est rien. Avec l'accès à la région originaire de la conscience pure, absolument rien du monde n'est perdu. La phénoménologie n'exclut aucune transcendance, mais au contraire élucide les divers modes de donnée des transcendances. En montrant que l'être du monde n'est pas absolu, mais relatif à la conscience, la réduction ne perd rien et permet de dire en quoi le monde est précisément monde. Si l'idéalisme transcendantal n'accédait qu'à une intériorité abstraite du monde, la démarche phénoménologique serait vaine. Husserl, en assumant pleinement son idéalisme absolu, en posant le critère de l'évidence apodictique, peut, en rompant avec le réalisme d'une pensée de la représentation, véritablement interroger le sens de la transcendance.

La radicalité du retour à la donation absolue est paradoxalement la condition pour ne rien perdre et pour avoir accès à la donnée de l'être. En effet, ce retour n'est pas un retour à quelque chose de simple, mais à toute la diversité des objets immanents (l'objet temporel, le souvenir, l'image…), puisque dans le pur vécu se constituent différents types d'objets : l'objet temporel, l'objet général, des formes grammaticales, etc. En montrant donc que l'évidence n'est pas simplement l'une des formes de la connaissance, mais la forme même de la connaissance, puisqu'en elle l'objet se donne à voir, la phénoménologie peut à la fois assurer l'unité du connaître et le respect de la diversité du monde. Dans la mesure où être c'est être donné, on peut dégager toute la diversité des modes d'apparaître, afin de marquer toute l'étendue du champ d'analyse phénoménologique. Merleau-Ponty en ne comprenant pas pleinement le type d'évidence visé par Husserl a en un sens manqué l'élucidation du verbe « exister » dans l'expression « le monde existe ». A partir de la conscience de la possibilité d'un anéantissement, d'une *Vernichtung*, du monde des choses, Husserl peut expliciter la transcendance propre du monde.

*

NOTES

1. *L'Idée de la phénoménologie*, p. 41[20].
2. *Ibid.*, p. 45[23].
3. *Introduction à la logique et à la théorie de la connaissance*, p. 210[165].
4. *Idées I*, § 27, p. 90[59].
5. *Idées I*, § 30, p. 95[63].
6. *La Philosophie comme science rigoureuse*, p. 79[56].
7. *Ibid.*, p. 79[56].
8. *Ibid.*, p. 85[61].
9. Cf. *L'Idée de la phénoménologie*, deuxième leçon, et les *Idées I*, § 31.
10. *La Crise des sciences européennes*, p. 469[425].
11. *Idées I*, § 31, p. 97[64].
12. *Méditations métaphysiques*, Adam et Tannery, t. VII, p. 17.
13. *Philosophie première*, t. II, p. 8[7].
14. Sur ce thème, cf. *Philosophie première*, t. II, leçons 28, 29 et 30.
15. *L'Idée de la phénoménologie*, p. 56[33].
16. *Ibid.*, p. 54[31].
17. *Méditations cartésiennes*, § 2, p. 5[47]. Pour ce texte, on citera, par attachement à un grand commentateur de Husserl, la traduction d'Emmanuel Lévinas et de Gabrielle Peiffer chez Vrin, sans s'interdire de faire parfois appel à la nouvelle traduction dirigée par Marc de Launay aux PUF.
18. « La démarche de Descartes a elle-même échoué, parce que, sans une recherche du sens de la science absolue et sans l'établissement d'une phénoménologie systématique dont il ne pressentait en rien l'existence, il a cru pouvoir se risquer à une fondation de science absolue. » *Problèmes fondamentaux de la phénoménologie*, § 16, p. 147[151].
19. *Idées I*, § 31, p. 99-100[65].
20. *Ibid.*, § 32, p. 102[67].
21. *La Crise des sciences européennes*, § 17, p. 90[79].
22. *Recherches logiques* VI, § 39, p. 151[122].
23. *Méditations cartésiennes*, § 5, p. 10[52].

24. *Règles pour la direction de l'esprit*, III, Adam et Tannery, t. X, p. 368.

25. *Recherches logiques* VI, § 45, p. 175[142].

26. *Idées I* , § 42, p. 135[95].

27. *L'Idée de la phénoménologie* (traduction modifiée) p. 100[74].

28. J .L. Marion commente ce texte dans *Etant donné*, § 3, Paris, PUF, 1997, p. 43-44.

29. *Idées I*, § 21, p. 71[47].

30. « Si par "positivisme" on entend l'effort absolument libre de préjugé, pour fonder toutes les sciences sur ce qui est "positif", c'est-à-dire susceptible d'être saisi de façon originaire, c'est **nous** qui sommes les véritables positivistes. » *Idées I*, § 20, p. 69[46].

31. *L'Idée de la phénoménologie*, p. 42[20-21].

32. *Méditations cartésiennes*, § 5, p. 11[54].

33. *Idées I*, § 24, p. 78[52].

34. *L'Idée de la phénoménologie*, p. 54[31].

35. *Méditations cartésiennes*, p. 13[56].

36. *Idées I*, § 138, p. 467-468[340-341].

37. *Méditations cartésiennes*, § 7, p. 15[57].

38. *Idées I*, § 47, p. 156[111].

39. *Ibid.*, § 49, p. 161-162[115-116]. Cf. la définition cartésienne de la substance, *Principes I*, 51 : « Lorsque nous concevons la substance, nous concevons seulement une chose qui existe en telle façon qu'elle n'a besoin que de soi-même pour exister », Adam et Tannery, IX, p. 47.

40. *Idées I*, § 49, p. 163[117].

41. *Phénoménologie de la perception*, Paris, Gallimard, 1945, p. I.

42. « Le monde est non pas ce que je pense, mais ce que je vis, je suis ouvert au monde, je communique indubitablement avec lui, mais je ne le possède pas, il est inépuisable. "Il y a un monde", ou plutôt "il y a le monde", de cette thèse constante de ma vie je ne puis jamais rendre entièrement raison. Cette facticité du monde est ce qui fait la *Weltlichkeit der welt,* ce qui fait que le monde est monde. » *Ibid.*, p. XII.

43. Cf. *Le Visible et l'Invisible*, notes de travail, Paris, Gallimard, 1964, p. 225. Cf. également R. Barbaras, *De l'être du phénomène*, deuxième partie, chap. II, Millon, 1991.

44. *Idées I*, § 49, p. 164[117].

45. *Temps et Etre*, dans *Questions IV*, trad. franç., Paris, Gallimard, 1976, p. 79.

46. « Postface à mes idées directrices », dans *Idées III, La phénoménologie et les fondements des sciences*, p. 198[152-153].

CHAPITRE DEUX

Le phénomène de monde

1. Immanence et transcendance

L'*époché* a rendu accessible la région de la conscience pure, qui n'est pas une région comme les autres, mais une région originaire, qui contient toutes les autres régions. De plus, le terme de « sol », utilisé par Husserl dans les *Méditations cartésiennes,* marque que ces différentes régions ne sont pas en exclusion réciproque : la distinction de deux types d'être, l'être de la conscience et l'être de la chose, signifie que la conscience pure est le sol à partir duquel toutes les autres régions sont pensables. Ainsi, la réduction consiste à être reconduit à l'immanence, au champ de l'expérience. Il reste à montrer que le phénomène n'est pas seulement ce qui apparaît, mais également le résultat d'une activité de la conscience : par les actes intentionnels, il est un objet de pensée. Encore une fois, la réduction n'est pas une abstraction et elle ne fait rien perdre du champ d'expérience. La façon naturelle d'avoir un monde *(natürliche Welthabe)* est seulement montrée comme limitée et non comme une illusion qu'il s'agirait de dissiper. Tout ce qui avant apparaissait au sujet continue de lui apparaître et, de ce point de vue, rien n'est changé au contenu du vécu. On peut même ajouter que la croyance naturelle à l'être ne disparaît pas puisqu'elle est incluse dans la structure du vécu. Si elle disparaissait, elle ne pourrait être un objet de réflexion. Cela vaut de tous les vécus : les perceptions sensibles, les représentations non intuitives (entièrement confuses), les images, les jugements, etc. Rien n'est perdu de l'évidence au sens large, ni les actes de visées ni les objets visés.

L'*époché* ne nous met donc pas devant un pur néant, mais cette affirmation demande, pour être fondée, que l'on distingue les différentes formes de l'immanence : l'immanence effective et l'immanence autodonnée. Cette distinction à elle seule marque le tournant idéaliste de Husserl en 1907. Certes, la pensée de Husserl, à travers les analyses sur la temporalité, la découverte progressive du je transcendantal, l'idée d'une monadologie transcendantale, les analyses sur la synthèse passive et le retour au monde de la vie, est riche en élargissements et en rebondissements, mais le tournant de 1907, sans être le plus notoire, est cependant le plus décisif parce que la phénoménologie de Husserl y prend conscience de son propre principe et, de ce fait, ce tournant contient en puissance tous les élargissements futurs. La percée de 1907, qui fait époque également parce qu'elle rend possibles les avancées ultérieures de la phénoménologie, consiste dans la modification du concept d'immanence de façon à y intégrer l'objet intentionnel. A partir de ce moment, on peut établir que l'*époché* ne conduit pas à une intériorité simplement abstraite de toute relation à une extériorité. Seule la clarification de l'objet intentionnel permet d'éviter une lecture psychologiste du retour au vécu, qui enferme dans cette impasse qu'est la distinction entre le monde en soi et le monde pour moi.

L'analyse de la perception sensible montre qu'une chose est à la fois donnée en personne et qu'en même temps elle fait l'objet d'une infinité d'esquisses. En effet, avec la réduction, l'arbre n'est plus une réalité extérieure à ma conscience, existant là dans le monde, puisque je suspends cette validation. Dès lors, il n'est plus question de distinguer la représentation en moi et l'arbre hors de moi. Si je reviens vers l'expérience originaire de l'arbre, pour voir ce qui s'y joue, je dois distinguer le perçu comme tel, l'arbre qui se donne à moi en personne (sinon je ne pourrais pas dire que je le vois), et l'objet intentionnel, c'est-à-dire l'arbre constitué comme un objet transcendant. La perception me met en face de l'arbre lui-même, qui est là pour moi en chair et en os. Autrement dit, l'arbre est bien perçu comme une totalité, même si en même temps il n'est pas vu sous tous ses aspects. Il y a là une double donation. Husserl écrit :

le caractère essentiel de la perception est d'être
« conscience » de la présence en chair et en os de
l'objet *(« Bewusstsein » von leibhaftiger Gegenwart
des Objektes zu sein),* c'est-à-dire d'en être phénomène. Percevoir une maison, cela veut dire avoir la
conscience, le phénomène, d'une maison qui se tient là
en chair et en os [1].

Husserl ajoute :

La perception qui se tient sous mes yeux et sur laquelle
j'opère la réduction phénoménologique est une donnée absolue, je l'ai pour ainsi dire elle-même avec tout
ce qui la compose essentiellement. Elle est une
« immanence ». L'objet intentionnel en revanche est
précisément une transcendance. Oui, il apparaît en
chair et en os, et c'est l'essence de la perception que de
l'exposer en chair et en os. Mais l'ai-je effectivement
lui-même, donné avec les moments qui le constituent
réellement ? La table par exemple, dans son extension
tridimensionnelle, qui pourtant appartient à son
essence ? Ai-je effectivement son essence ? Et pourtant j'ai l'évidence qu'elle est tridimensionnelle au
sens de cette exposition en chair et en os. Elle apparaît
comme étant tridimensionnelle et, outre cela, comme
offrant tel et tel caractères.
En tout cas, la donation propre à la perception, au phénomène même est autre que la donation propre au
« perçu comme tel *(Wahrgenommenen als solchen)* » ;
donc les deux évidences sont de caractère différent. En
même temps, la seconde évidence entre manifestement, d'une certaine manière, dans le cadre de la première, dans la mesure où l'on dit qu'il appartient à
l'essence de la perception même d'exposer un objet en
chair et en os, qui est exposé comme intrinsèquement
constitué de telle et telle façon [2].

La réduction conduit donc à ne plus confondre la chose
présente elle-même, comme unité noématique [a] ponc-

---

a. Le noème est l'objet comme sens constitué par la conscience,
mais il sera décrit plus rigoureusement par la suite.

tuelle, c'est-à-dire le perçu comme tel constitué par la conscience, et l'objet constitué, qui ne cesse de se donner dans un progrès synthétique et continu de la conscience. Cette distinction de l'apparition et de l'apparaissant, du contenu effectif du vécu et de son objet intentionnel, est donc la distinction de deux modes de donation intuitive qui sont liées dans l'expérience de l'objet.

Dans les *Recherches logiques,* la différence entre l'objet intentionnel et le vécu intentionnel consiste dans le fait d'être donné à la conscience ou de ne pas l'être. A cette époque, c'est donc encore l'inclusion effective qui fait la différence entre le transcendant et l'immanent. En effet, pour les *Recherches logiques,* seuls les contenus effectifs relèvent en droit d'une phénoménologie, puisque l'objet intentionnel n'appartient pas au vécu. Plus précisément, dans la cinquième des *Recherches logiques,* Husserl retient de Brentano[a] que la relation intentionnelle est caractéristique du psychique par rapport au physique, mais Brentano détermine l'objet visé comme objet immanent et accrédite l'idée que la relation entre la conscience et son objet immanent est une relation réelle, celle de deux pôles effectivement contenus dans le vécu :

---

a. Franz Brentano, philosophe autrichien (1838-1917), introduit en psychologie le concept d'intentionnalité. Le phénomène psychique est caractérisé par une inclusion intentionnelle de l'objet : chaque conscience est en elle-même un rapport à un objet immanent qu'elle contient. Husserl reconnaît de nombreuses fois sa dette et sa rupture : « Toutefois, si grands que soient le respect et la gratitude que je porte à la mémoire de mon Maître génial, et si importante que me paraisse la découverte que représente la transformation du concept scolastique d'intentionnalité en un concept descriptif fondamental de la psychologie, qui seule a rendu possible la phénoménologie, il y a lieu cependant de faire déjà une distinction essentielle entre la psychologie pure, au sens où je l'entends, contenue implicitement dans la phénoménologie transcendantale, et la psychologie de Brentano. » « Postface à mes idées directrices », *Idées III, La phénoménologie et les fondements des sciences,* p. 201[155]. Pour Husserl, avec le concept d'intentionnalité, il s'agit précisément de penser non l'immanence de l'objet, mais sa transcendance. Cf. Jacques English, « Pourquoi et comment Husserl en est venu à critiquer Brentano », *Etudes phénoménologiques,* n° 27-28, 1998, p. 51-88.

> Il s'agirait d'un rapport entre deux choses : acte et objet intentionnel se trouvant au même titre réellement dans la conscience, d'une sorte d'emboîtement d'un contenu psychique dans l'autre[3].

Husserl rétorque :

> Il n'y a pas deux choses (nous faisons abstraction de certains cas exceptionnels) qui soient présentes dans le vécu, nous ne vivons pas l'objet et, à côté de lui, le vécu intentionnel, qui se rapporte à lui[4].

Ainsi les *Recherches logiques* définissent la conscience comme un flux des vécus fermé sur lui-même, mais sans dire que la conscience contient les objets visés. Le vécu intentionnel, l'intention qui vise l'objet, est la seule donnée véritable et, de ce fait, l'objet intentionnel ne fait pas lui-même l'objet d'une phénoménologie. L'imagination montre, avec l'exemple du dieu Jupiter qui est seulement visé sans exister, que « l'objet "immanent", "mental" n'appartient donc pas à ce qui constitue, du point de vue descriptif (réellement), le vécu ; il n'est donc, à vrai dire, en aucune façon immanent, ni mental[5] ». Ainsi est immanent ce qui est effectivement inclus dans le vécu, est transcendant ce qui ne l'est pas. Le souci de Husserl, dans la cinquième des *Recherches logiques,* est bien de retourner à la donation elle-même, en ne comprenant plus le vécu intentionnel comme la relation d'un moi réel à un objet réel, qui ne sont pas en fait donnés. En revenant au contenu effectif du vécu, Husserl s'autorise à décrire les actes de visées dans lesquels l'objet se donne.

Dans la deuxième leçon de *L'Idée de la phénoménologie,* Husserl part du fait que tout vécu en général est une donnée absolue. Les *cogitationes* au sens cartésien sont indubitables et sont la mesure de toute donation. Il est alors possible à Husserl de procéder à une élucidation des concepts d'immanence et de transcendance : « la connaissance, par la vue, de la *cogitatio* est immanente ; la connaissance des sciences objectives, des sciences de la nature (et de l'esprit), mais aussi, à y regarder de plus près, des sciences mathématiques, est transcendante[6] ». Ainsi

le débutant, et Husserl se vise ici également lui-même
dans les *Recherches logiques,* comprendra l'immanence
comme ce qui est en soi et la transcendance comme ce qui
est hors de soi. L'immanence, c'est le contenu effectif du
vécu. « Effectif » traduit ici le mot allemand « *reel* » qui
signifie « c'est bien effectivement ainsi ». En conséquence, le contenu effectif doit être compris comme les
moments que je peux rencontrer dans le vécu, à savoir les
data et l'acte par lequel la conscience donne à cette
matière le sens de ceci ou de cela. Le mot allemand
« *real* » désigne au contraire ce qui relève de l'ordre de la
chose. Une relation réelle est une relation entre deux choses
et cette relation est elle-même de l'ordre de la chose[7].

Mais Husserl ne s'en tient pas là et, revenant sur le
concept d'immanence, il distingue « immanence effective
et immanence au sens de la présence-en-personne
(*Selbstgegebenheit* : autodonnée) qui se constitue dans
l'évidence[8] ». A ce nouveau concept de l'immanence correspond un nouveau concept de la transcendance : la différence entre le vécu intentionnel et l'objet intentionnel
ne consiste plus dans le fait d'être donné à la conscience
ou de ne pas l'être, mais dans le mode de donnée. Tant
que l'on en restait, comme dans les *Recherches logiques,*
à la fameuse expérience interne, c'était l'inclusion effective qui faisait la différence entre l'immanent et le transcendant. Maintenant, il s'agit, avec ce nouveau concept de
l'immanence, de différencier ce que la tradition a toujours
confondu, à savoir ce qui est donné effectivement et le
mode de donnée. Si le vécu est indubitable, ce n'est pas
seulement parce que ce qui s'y donne est effectivement
inclus, mais parce que ce qui s'y donne, s'y donne soi-
même absolument, sans reste : « Ce qui est immanent
effectivement est considéré comme indubitable, précisément parce que cela ne figure rien d'autre, ne "vise rien
au-delà" de soi-même[9]. » Donné absolument ne s'identifie
plus à effectivement immanent. Partout où une objectivité
quelconque se donnera elle-même, absolument, elle sera
indubitable. Par suite, alors que pour les *Recherches
logiques* l'objet intentionnel n'appartenait pas au vécu, à
partir de 1907 il appartient à l'immanence, mais selon un
autre mode. Une connaissance transcendante est une

connaissance non évidente où l'objet visé n'est pas vu lui-même, absolument, sans reste.

En conséquence, il n'y a plus lieu de distinguer entre expérience interne et expérience externe, parce que cette distinction masquait le véritable fondement, à savoir la donation absolue, et rendait incompréhensible le fait que la transcendance puisse atteindre quelque chose de transcendant. Avec l'élargissement de la sphère de l'immanence, par lequel la phénoménologie de Husserl gagne sa signification propre, il devient possible de comprendre le « comment » du monde. Plus encore, à partir de cette nouvelle compréhension de la réduction, Husserl pourra montrer en quoi les essences elles-mêmes font l'objet d'un voir, d'une saisie immédiate et indubitable, et donc en quoi elles font l'objet d'une saisie immanente et non plus transcendante. En soulignant que « le voir ne se laisse pas démontrer ni déduire », Husserl marque, une nouvelle fois, que la réduction ne consiste pas à mettre hors jeu les transcendances réductibles, mais à mettre hors jeu ce qui n'est pas intuition pure. Dès lors, l'exigence d'une connaissance absolument fondée ne fait plus perdre le monde. En effet, la première phénoménologie ne pouvait pas se prononcer sur l'objet parce qu'elle n'y accédait pas. Dans les *Recherches logiques,* Husserl était bloqué dans l'immanence parce que ces objets mêmes n'étaient pas considérés comme donnés. A partir de 1907, l'objet intentionnel est une transcendance dans l'immanence qui est donnée à sa façon propre. L'énigme du monde s'identifie, pour le moment, à l'énigme de la transcendance de la chose, même si plus tard Husserl distinguera entre la transcendance de la chose et la transcendance propre du monde.

A ce stade de l'analyse, Husserl, en dégageant le sens intentionnel de la transcendance, cherche à élargir la sphère de l'immanence, afin de dépasser l'opposition du vécu et de l'objet, comme on oppose l'expérience externe à l'expérience interne. En fait, l'objet transcendant lui-même appartient à la sphère de l'immanence et sa non-saisie immédiate, le fait qu'il relève d'une connaissance non évidente, n'est pas comprise comme une déficience, mais comme son mode d'apparaître. Une connaissance transcendante est une connaissance où l'objet n'est pas

vu lui-même, absolument, sans reste, mais indirectement
et par esquisses. Cet objet intentionnel, comme transcendance dans l'immanence, est bien donné selon une façon
propre, que la phénoménologie a pu dégager. Husserl
n'est donc plus bloqué dans l'immanence, puisque la
réduction permet d'accéder au mode d'être propre du
monde, en s'arrachant à une compréhension impropre,
parce que limitée, du monde. En fait, c'est tant que l'on
en restait au premier concept de la transcendance que le
champ de l'expérience était réduit à quasiment rien,
puisque le phénomène de monde en était exclu. Ainsi, la
phénoménologie montre que la connaissance est possible
parce que l'objet intentionnel n'est pas inaccessible :
le retour aux *cogitationes* absolues permet d'expliquer le
sens de la transcendance, c'est-à-dire le sens de la visée
d'une chose transcendante.

En réalité, le problème de la transcendance se pose sur
l'horizon de l'autodonnée absolue, puisque c'est elle qui
impose une interrogation sur le mode de donnée. A partir
de la donnée absolue, il est en effet possible de distinguer
les différents modes de donation, de mesurer les différents
degrés de la donation. Cela dit, il faut préciser que la
réduction n'est pas ce qui rend possible la donation, mais
ce qui y reconduit en l'interrogeant dans ses multiples
modes. On a pu objecter que si Husserl pense l'être tel
qu'il se donne, il n'a pas vraiment interrogé l'origine de la
donation, sauf peut-être dans les leçons sur le temps où
« l'être donné » trouve son origine dans le sentir de la sensation [10]. Avant de se demander en quoi Husserl n'aurait
pas assez interrogé la donation et n'aurait pas suivi les
possibilités de sa propre percée, il est d'abord préférable
de rendre justice à la persévérance de son interrogation. En
effet, il ne s'agit pas simplement de dire que la terminolo-
gie de Husserl change en 1907, car dans une telle considération extérieure le langage lui-même n'est plus soumis
au critère de l'évidence.

Paradoxalement, dans les *Idées I* de 1913, ouvrage où la
phénoménologie se présente explicitement comme un
idéalisme transcendantal, Husserl, dans le cadre d'une
réflexion sur les actes, ne reprend pas les nouveaux
concepts d'immanence et de transcendance. Dans le § 38,

il semble bien que ce soit le fait d'être donné ou de ne pas l'être qui fonde la différence entre immanence et transcendance. L'inclusion effective est de nouveau le caractère de l'immanence. A l'opposé, si on se demande quels sont les éléments qui forment la composition effective de la perception, on ne peut que constater que la chose physique n'en fait pas partie, puisqu'elle est transcendante à l'ensemble du monde des apparences [11]. Le phénomène de monde est ici considéré comme une donnée transcendante. Il ne s'agit pas ici d'un retour en arrière, dans la mesure où immanence et transcendance n'ont ce sens-là qu'à ce moment de la démarche des *Idées I,* c'est-à-dire seulement avant la réduction. En fait, dès le § 42, qui établit la distinction entre l'être comme conscience et l'être comme réalité, Husserl modifie la compréhension de l'immanence. Pour séparer la transcendance de la chose de la transcendance d'une représentation, par exemple d'un souvenir, il faut faire appel au mode de donnée : « la distinction tient plutôt à la façon dont un objet est donné [12] ». Par principe, une chose se donne par esquisses *(Abschattungen)* alors qu'« un vécu ne se donne pas par esquisses *(ein Erlebnis schattet sich in dieser Art nicht ab)* [13] ». Un souvenir est un acte qui représente un acte et donc il n'a pas le même mode de donnée que la chose spatiale. Il est clair que cette distinction n'a pas la contingence d'une distinction liée à la particularité du psychisme humain. Le mode de donnée est ici le mode d'être même des objets. Husserl donne donc à voir de façon évidente que c'est en eux-mêmes que le souvenir et la chose spatiale possèdent leur propre mode de donnée.

On peut donc dire qu'en faisant porter l'accent sur le mode de donnée, Husserl peut vraiment assurer la possibilité d'une séparation du monde et de la conscience dont les modes d'être sont différents, c'est-à-dire assurer la possibilité de la réduction. Maintenant, le repli sur l'immanence, sur le champ de l'expérience, n'est plus une perte du phénomène de monde, puisque la distinction essentielle n'est plus celle du donné et du non-donné, mais celle « entre l'être comme conscience et l'être comme être "s'annonçant" dans la conscience, bref comme être "transcendant" [14] ». La transcendance est maintenant comprise

de façon intentionnelle, puisque les transcendances sont
constituées dans la conscience.

Dès lors, la phénoménologie constitutive a pour
domaine l'immanence au sens élargi où il faut distinguer
entre les composantes proprement dites des vécus intentionnels et leurs corrélats intentionnels (l'objet intentionnel, le noème). En effet, l'exigence de n'admettre rien de
transcendant comme déjà donné est ce qui va permettre
d'expliquer comment l'objet intentionnel est accessible :
le comment fonde le possible. Ce sont les noèses, c'est-à-
dire les actes de la conscience, qui fondent l'unité de
l'objet et donc élucider la transcendance du monde revient
à expliquer l'œuvre transcendante de la connaissance. De
plus, la réduction permet à la fois de comprendre que la
première conception de l'immanence était tributaire de
l'attitude naturelle, et de voir la nécessité d'élargir le
concept d'immanence jusqu'à la composante noématique
du vécu. En cela, la réduction est effectivement une transformation de tous les signes, de tous les concepts :

> La mise hors circuit a en même temps le caractère
> d'un changement de signe qui en altère la valeur
> *(einer umwertenden Vorzeichenänderung)* : par elle, la
> connaissance transmutée de valeur *(das Umgewertete)*
> s'ordonne en retour à la sphère phénoménologique.
> Pour parler par image, ce qui est mis entre parenthèses
> n'est pas effacé du tableau phénoménologique, il est
> précisément seulement mis entre parenthèses et par là
> affecté d'un certain indice [15].

De cette façon, la réduction se confirme comme étant
essentiellement contre nature parce qu'elle est un retourne-
ment de notre être tout entier qui modifie l'usage même
des mots.

Il se pose alors la difficile question de la langue transcendantale. La modification du concept d'immanence
montre bien qu'il serait absurde de vouloir inventer une
nouvelle langue à côté de la langue naturelle. Une telle
idée résulte en fait encore de l'attitude naturelle. En effet,
la réduction modifie la langue par une transformation de
tous les concepts dans la soumission à la règle de l'évi-

dence. C'est donc à partir de l'évidence elle-même, et d'elle seule, que les mots doivent recevoir leur sens[16]. Il s'agit donc de reconduire la langue elle-même à la donation, puisque le noème est intégré dans l'immanence comme sens constitué par la conscience. Une telle inclusion intentionnelle du noème permet de dire comment il y a un monde.

Le monde noématique ne vient-il pas doubler le monde réel ? Une telle question manifeste une incompréhension de la réduction puisque pour faire cette distinction entre le monde réel et un monde noématique, qui est alors un monde d'images, il faut être encore auprès du monde réel. Le noème n'est pas une image, mais la chose même qui se donne en chair et en os. En effet, où ailleurs que dans les *cogitationes* serait-il possible d'étudier le sens de la visée du monde transcendant ? La réduction libère d'une compréhension du monde comme être absolu pour comprendre l'être du monde à partir de la visée transcendante elle-même. En cela, la phénoménologie fait entrer dans l'univers du sens et c'est pourquoi, pour comprendre le monde, il faut revenir au lieu où se constitue le sens : le sens « monde » est ce qui se constitue dans l'immanence de la conscience.

2. La *cogitatio* comme donnée absolue

La réduction dégage un champ d'expérience transcendantal dans lequel le monde transcendant, et d'une façon générale tout existant, est pensé dans sa relation à la subjectivité transcendantale. Pour expliciter cela, il est nécessaire de déterminer à nouveau la *cogitatio* comme une donnée absolue et, pour cette raison, indubitable. Le sujet doit se retourner sur ce qui fait sa propre vie, à savoir non seulement les perceptions, mais aussi tout ce qu'il évalue ou veut. La difficulté d'une telle description est d'éviter le « psychologisme transcendantal[16] » qui est un concept monstrueux, puisqu'il consacre l'élévation au champ transcendantal de quelque chose qui en est dérivé. En fait,

il s'agit d'éviter l'ambiguïté qui pèse sur l'expression
« vécu de conscience », puisqu'elle est utilisée aussi bien
par la psychologie que par la phénoménologie. Non seulement il faut s'affranchir de toute causalité psychophy-
sique, mais même une psychologie purement descriptive
de la conscience ne s'identifie pas à la phénoménologie.
Husserl parle dans le § 14 des *Méditations cartésiennes*
d'un « parallélisme » entre les deux disciplines, qui ne sont
séparées que par une « nuance », puisque la vie du sujet est
tout aussi bien mondaine que transcendantale.

   Expliquer le sens de cette nuance est donc décisif et cela
d'autant plus que c'est la psychologie phénoménologique,
avec Brentano, qui a mis au jour le concept d'intentionnalité. Psyché et conscience semblent avoir le même
contenu, mais il y a ici un changement de signe, une modification de sens. On ne peut confondre ce contenu dans sa
signification transcendantale et donc constituante avec ce
même contenu objectivé en qualités d'un psychisme particulier. Cette nuance est de ce point de vue essentielle,
pour qui ne veut pas s'en tenir à une psychologie pure de
la conscience, pour au contraire dévoiler les structures
d'essence qui possèdent une évidence apodictique. Certes,
une psychologie pure peut dévoiler des *a priori,* mais ils
demeurent des idéaux empiriques. En effet, en demeurant
dépendante de la facticité dont elle part, la psychologie ne
peut que manquer la subjectivité transcendantale dans sa
propriété unique de constituer le monde.

   C'est finalement à la fonction constituante des structures
d'essence que la psychologie pure demeure aveugle. En
effet, une psychologie de la connaissance demeure une
science des faits, elle ne s'occupe que des événements
mondains et, ainsi, elle est aussi mondaine que son objet.
On ne peut donc expliquer la connaissance du monde par
une science elle-même du monde. Autrement dit, les phénomènes de la psychologie ne sont pas des phénomènes
purs, puisqu'en elle les choses ne se donnent pas sans
reste, mais font l'objet d'une construction infinie. Seule la
phénoménologie, en s'en tenant à la sphère des données
absolues, peut être une science des essences qui dévoile
en même temps l'essence des choses et les structures
d'essence de la conscience. La « nuance » évoquée par

Husserl est donc une litote qui marque toute la radicalité d'une conversion totale qui, seule, permet au sujet de s'arracher au monde pour saisir dans le vécu de conscience l'origine du sens de toute transcendance.

L'examen, en régime réductif, des *cogitationes* est une élucidation de l'intentionnalité, qui n'est pas ce qui pourrait être défini une fois pour toutes. Dans la pensée de Husserl, l'intentionnalité demeure une énigme, un sujet d'étonnement : « L'expression "conscience de quelque chose" se comprend très bien de soi et pourtant elle est en même temps suprêmement incompréhensible [18]. » En fait, l'explicitation de l'intentionnalité est la tâche infinie de la phénoménologie transcendantale, comme en témoigne Heidegger : « Aujourd'hui encore cette expression n'est pas un mot de passe, mais le titre d'un problème central [19]. » Il s'agit, par une réflexion sur la vie transcendantale, de dégager un *a priori* de corrélation entre le *cogito* et son *cogitatum*. Si l'existence du monde n'est pas apodictique, le fait que toute conscience ait un objet semble posséder une évidence apodictique. On ne peut pas penser sans penser à quelque chose. La conscience de soi est toujours en même temps la conscience d'un objet de conscience. On peut objecter que dans certains cas, comme l'angoisse, il y a bien un vécu de conscience, mais sans *cogitatum*. Le propre de l'angoisse est de ne pouvoir se fixer sur un objet à la différence de la crainte. Il reste à savoir s'il s'agit vraiment d'une absence d'objet ou d'une forme limite de l'intentionnalité dans laquelle l'objet ne parvient pas à se constituer. L'impossibilité de déterminer l'objet de l'angoisse n'est elle pas nécessairement vécue sur l'horizon d'une détermination d'objet et comme un échec de la vie constituante ? Quoi qu'il en soit de cette difficile question, il y a pour Husserl une vérité qui résiste au doute : les *cogitationes* se rapportent au monde :

> Il est une chose que l'*époché* concernant l'existence du monde ne saurait changer : c'est que les multiples *cogitationes* qui se rapportent au monde portent en elles-mêmes ce rapport ; ainsi par exemple, la perception de cette table est, avant comme après, perception de cette table. Ainsi tout état de conscience en général

est, en lui-même, conscience de quelque chose, quoi qu'il en soit de l'existence réelle de cet objet et quelque abstention que je fasse, dans l'attitude transcendantale qui est mienne, de la position de cette existence et de tous les actes de l'attitude naturelle. Par conséquent, il faut élargir le contenu de l'*ego cogito* transcendantal, lui ajouter un élément nouveau et dire que tout *cogito* ou encore tout état de conscience vise quelque chose, et qu'il porte en lui-même, en tant que visée (en tant qu'objet d'une intention) son *cogitatum* respectif [20].

Il faut prendre ici le terme « monde » dans son sens ordinaire, puisqu'il s'agit seulement d'établir que les *cogitationes* se rapportent à leur *cogitatum*, c'est-à-dire au monde comme phénomène. Plusieurs modalités du vécu sont possibles. La perception est l'un des modes de l'intentionnalité : cette maison est alors visée sur le mode de l'actualité ; celle-ci que je vois ici et maintenant. Cependant, je peux aussi viser la maison selon la modalité du souvenir : cette maison que j'ai vue hier ou dans mon enfance. Je peux également penser à la maison de mes rêves. Tous ces vécus sont des données absolues et l'intentionnalité peut aussi bien être la visée d'une singularité que la visée d'une objectivité idéale. De plus, les différents vécus intentionnels peuvent s'ordonner les uns aux autres : cette maison est située ici et donc elle est bien ou mal située, etc.

Avec l'idée d'intentionnalité, il s'agit de mettre fin à l'idée de représentation selon laquelle l'idée est telle ou telle, mais que c'est un rapport extrinsèque qui permettra de la dire vraie ou fausse. En ce sens, la reconnaissance de l'intentionnalité de la conscience met un terme au psychologisme transcendantal, qui pose une extériorité impossible à atteindre, puisque cette intentionnalité phénoménologique résulte de la réduction du monde au phénomène de monde. On s'arrache ainsi, en même temps, à une double illusion : celle d'une intériorité vide, qui ne serait pas rapport à une transcendance, et celle d'une transcendance, qui ne serait pas une transcendance dans l'immanence.

Pour approfondir la description du champ de l'expérience, il est nécessaire de faire la distinction entre la réflexion sur ce qui est visé par la conscience, qui est déjà une première modification du vécu, et la réflexion sur les actes eux-mêmes. Cela doit permettre de séparer plus clairement entre réflexion naturelle et réflexion transcendantale. Il y a donc en fait trois plans du vécu qui se distinguent par leur objet : la perception, par exemple de la maison ; la réflexion sur la perception et enfin la réflexion de cette réflexion. L'objection d'une régression à l'infini de réflexion en réflexion ne tient pas ici, puisque l'expérience transcendantale se comprend comme le retour vers la source de toute réflexion et c'est ce qui la distingue de la réflexion naturelle. La réflexion naturelle n'est pas pleinement libre parce qu'elle demeure liée à la position du monde comme déjà là. La réflexion transcendantale n'a pas vraiment le même contenu parce que le propre de ce vécu est d'être inconditionné : le sujet y est libre de tout engagement personnel dans le monde. Cependant, la description libre du *cogito* transcendantalement réduit ne supprime pas le monde, mais est une tout autre façon de le voir en ce que ce voir est libre de tout intérêt pratique. La réflexion n'est donc pas une répétition du vécu, mais une affirmation de la liberté essentielle du sujet, qui peut élucider le vécu initial.

Ainsi, la réduction, en suspendant tous les intérêts finis et mondains, rend possible une attention aux pures données de la réflexion transcendantale, c'est-à-dire une attention purement phénoménologique pour l'être. Tous les intérêts pratiques inférieurs (l'agréable, ce qui est individuellement utile) ou supérieurs (le bien commun) sont momentanément suspendus, en tant qu'ils sont liés à des choses du monde, pour pouvoir prendre le monde lui-même pour thème. Dans la vie naturelle, on a certes toujours une certaine conscience du monde à titre d'horizon, mais il n'est pas pour autant le thème de la réflexion. Heidegger, dans un texte de 1927, a également marqué l'importance de la réduction, qui est bien aussi pour lui un élément essentiel de la méthode phénoménologique, même s'il souligne sa différence avec Husserl :

L'élément fondamental de la méthode phénoménologique, au sens de la reconduction du regard inquisiteur
de l'étant naïvement saisi à l'être, nous le désignons
par l'expression de *réduction phénoménologique*.
Nous nous attacherons par là, quant à sa littéralité, à un
terme central de la phénoménologie husserlienne, mais
non quant à l'affaire elle-même. *Pour Husserl,* la
réduction phénoménologique, telle qu'il l'a élaborée
pour la première fois explicitement dans les *Idées I* de
1913, est la méthode destinée à reconduire le regard
phénoménologique de l'attitude naturelle de l'homme
vivant dans le monde des choses et des personnes à la
vie transcendantale de la conscience et à ses vécus noético-noématiques, dans lesquels les objets se constituent en tant que corrélats de la conscience. *Pour nous,*
la réduction phénoménologique désigne la reconduction du regard phénoménologique de l'appréhension
de l'étant – quelle que soit sa détermination – à la
compréhension de l'être de cet étant (projet en direction de la modalité de son être-à-découvert). La
méthode phénoménologique, comme toute méthode
scientifique, se développe et se transforme en fonction
du progrès qu'elle a permis d'accomplir dans l'accès
aux choses. La méthode scientifique n'est jamais
simple technique. Dès qu'elle le devient, elle déchoit
de sa propre essence[21].

Le § 15 des *Méditations cartésiennes* montre en quoi la
réflexion transcendantale se divise elle-même en deux
domaines : il y a une phénoménologie orientée vers le
sujet et une phénoménologie orientée vers l'objet :

A ces descriptions appartiennent d'un côté celles de
l'objet intentionnel comme tel, quant aux déterminations que le moi lui attribue dans des modalités de la
conscience déterminées et aux modes propres, qui
apparaissent au regard investigateur quand celui-ci se
pose sur ces modalités. Exemple : les « modes » exis-
tentiels tels que : « existence certaine, existence possible, ou supposée », etc., ou encore les « modes temporels subjectifs » : existence présente, passée future.
Cette direction de la description s'appelle **noématique**. A elle s'oppose la direction **noétique**. Elle

concerne les modalités du *cogito* lui-même, par exemple les modalités de la conscience telles que : perception, ressouvenir, rétention, avec les différences modales qui leur sont inhérentes, telles la clarté et la distinction[22].

La description phénoménologique a donc une face noématique, qui s'attache à montrer comment l'objet intentionnel est constitué par le sujet. Une telle orientation subjective doit élucider ce que signifie « être pour la conscience ». Qu'est-ce qui apparaît et comment cela apparaît-il ? Cette phénoménologie décrit le comment de l'apparaître d'une chose dans son changement réel et possible. En effet, que l'objet soit concret ou abstrait, réel ou idéal, il a une façon propre de s'annoncer à la conscience, et c'est la détermination du phénomène comme noème qui autorise à reconnaître la conscience comme constituante. L'objet se soumet aux exigences de la conscience. La noétique, elle, se tourne vers l'acte intentionnel qui informe le vécu originaire (la matière, la sensation). En ce sens, la noèse est l'une des composantes essentielles du vécu avec la *hylé*[a] et le noème. Elle est l'acte qui donne sens, elle est le regard du moi en direction de l'objet visé. Une telle noèse (de perception ou autre) est ce qui constitue le monde, elle est ce qui unifie une multiplicité de *data* hylétiques (matérielles) (*data* de couleur, *data* de toucher, etc.). De ce point de vue, la noétique au sens fort s'identifie à l'élucidation intuitive de la conscience rationnelle :

> Ces noèses forment l'élément spécifique du *Noûs* au sens le plus large du mot ; ce *Noûs* nous renvoie, par toutes les formes actuelles de sa vie, aux *cogitationes*

---

a. La *hylé* désigne les contenus de sensation, par exemple les *data* de toucher, les *data* de son, les *data* de couleur. A cela s'ajoutent également les sensations de plaisir et de douleur. Ce contenu n'est pas en lui-même intentionnel, mais devient un moment essentiel du vécu intentionnel (car sans ce contenu la conscience ne peut pas être la conscience d'autre chose qu'elle) quand il est animé par les noèses. L'hylétique est ici soumise au noétique. Cf. *Idées I*, § 85.

et ensuite aux vécus intentionnels en général; il
embrasse ainsi tous les éléments (et pour l'essentiel
uniquement ceux-là) qui forment la présupposition
eidétique de l'idée de norme[23].

Les actes noétiques sont donc ce qui informe une
matière passive, ce qui donne sens au contenu de sensation
en y introduisant l'intentionnalité. En développant ainsi
surtout une noétique dans les *Idées I,* Husserl veut mettre
en évidence que la raison reconduit aux vécus donateurs
de sens.

3. Le monde comme horizon

Qu'est-ce qui permet de dire que, dans la réflexion transcendantale, le monde en lui-même est conservé comme
phénomène et pas simplement une diversité d'objets? La
réduction ne fait pas perdre le monde comme objet phénoménologique parce que le monde comme unité est toujours co-donné avec chaque réalité particulière :

> Nous comprenons maintenant que par l'*époché* uni-
> verselle quant à l'existence ou à l'inexistence du
> monde, la phénoménologie ne nous a pas, en réalité,
> fait perdre le monde comme objet phénoménologique.
> Nous le gardons en tant que *cogitatum,* et cela non seu-
> lement quant aux réalités particulières visées et telles
> qu'elles sont visées, ou mieux objectivées dans tels
> actes particuliers de la conscience. Car leur particula-
> risation est une particularisation au sein d'un univers
> *(Universum),* univers dont l'unité nous **apparaît** tou-
> jours même lorsque nous sommes tournés, dans la per-
> ception, vers le singulier. En d'autres termes : la
> conscience de cet univers est toujours présente dans
> l'unité d'une conscience, qui peut elle-même devenir
> perceptive et, en fait, le devient souvent. L'ensemble
> du monde *(das Weltganze)* est ici objet de conscience
> sous la forme de l'infinité spatiale et temporelle qui
> lui est propre. A travers toutes les fluctuations de la

conscience, cet univers *(Universum)*, un et unique –
encore que ses particularités perçues ou autrement
objectivées soient soumises à variation –, demeure
comme le fond *(Hintergrund)* sur lequel se projette
notre vie naturelle. Donc, en effectuant la réduction
phénoménologique dans toute sa rigueur, nous gardons
à titre noétique le champ libre et illimité de la vie pure
de la conscience, et, du côté de son corrélatif noématique, le monde-phénomène, en tant que son objet
intentionnel[24].

Dans la vie naïve, ce « tout-du-monde », co-donné avec
chaque objet, n'est pas saisi, mais néanmoins il apparaît,
car cet apparaître est une condition de visibilité de l'objet.
Le propre de la réflexion transcendantale est de faire justement prendre conscience d'une condition nécessaire de
tout apparaître de l'objet. Il y a un *a priori* de corrélation
entre la conscience de cet univers et la conscience d'objet.
En conséquence, ce qui est ainsi donné, le tout du monde,
devient lui-même un objet intentionnel sous la forme de
l'infinité spatio-temporelle. Tout vécu intentionnel a donc
lieu selon un double horizon : du point de vue noématique,
c'est l'horizon du monde, et du point de vue noétique,
c'est l'horizon constitué par l'infinité de la vie subjective
que le sujet a devant lui. La responsabilité à l'égard du
sens du monde ne prend sens qu'à partir de cette donnée
du monde. Prendre conscience que le monde est toujours
co-donné avec chaque perception particulière, cela revient
à saisir que c'est la totalité du monde qui dépend des validations d'être du sujet.

Comme tout objet constitué, le monde est une transcendance dans l'immanence : il est immanent à la conscience
à titre de noème. Il est donc hors de question de réintro-
duire le problème de la réalité absolue de l'objet à partir de
la question du monde comme horizon de tout vécu. La présence d'un objet est toujours l'immanence à la conscience
d'un sens identifiable. Le cube comme noème n'est pas
contenu réellement, mais selon une inclusion intentionnelle. Cela signifie qu'il ne faut pas confondre l'objet
intentionnel, qui est le sens que l'intention vise, et le vécu
lui-même. En effet, l'objet intentionnel est présent sous

un mode idéel ; autrement dit, il porte en lui-même une tâche infinie d'identification. Ainsi, la réduction du vécu psychique à ce que *L'Idée de la phénoménologie* nomme le « phénomène pur », réduction qui assure le passage de la psychologie à la phénoménologie, n'enferme pas dans une immanence vide, mais permet d'expliquer la visée d'une chose transcendante. En montrant que le sens noématique réside de façon immanente dans le vécu, Husserl a franchi le seuil de la phénoménologie constitutive où l'on pourra distinguer les différents sens du noème.

Le tournant idéaliste de 1907, en reconduisant à la donnée absolue de la *cogitatio,* permet de surmonter progressivement l'énigme de la présence du monde alors que dans l'attitude naturelle cette présence demeurait ininterrogée. Non seulement le monde est un sens constitué par la conscience, mais la constitution achevée du monde est une tâche infinie. Ainsi, le monde possède le caractère de ce qui est donné par esquisses et non de ce qui est donné absolument, dans une seule saisie intuitive. Plus précisément, dans la réflexion naturelle, le monde est un fond, un arrière-plan. Dans la réflexion transcendantale, et l'activité qui la caractérise, le monde devient un horizon, une Idée qui gît à l'infini ou encore une Idée au sens kantien. L'expérience d'un objet s'effectue donc selon un double horizon, celui de l'objet et celui du monde :

> Toute chose donnée dans l'expérience n'a pas seulement un horizon interne, mais aussi un horizon externe, ouvert et infini, d'objets co-donnés *(einen offen endlosen Aussenhorizont von Mitobjekten)* (donc un horizon au deuxième degré, référé à celui du premier degré, l'impliquant)[25].

Husserl marque ainsi le caractère inséparable de la conscience d'objet et de la conscience du monde, tout en dégageant le caractère du monde comme horizon, qui n'est pas un simple objet, mais qui possède son mode d'être propre. Certes, le monde comme horizon est encore pensé à partir des potentialités de la conscience, et en cela Husserl ne rend pas vraiment compte de l'être de la totalité, comme le fera Heidegger, en montrant que le monde est ce vers quoi la réalité humaine se transcende[26]. Cela dit, Husserl, dans ses analyses du monde de la vie, n'envisagera plus le monde comme horizon du seul point de vue noétique, c'est-à-dire du seul point de vue des potentialités de l'*ego,* pour le penser vraiment comme une présence originaire de la totalité, qui est le sol à partir duquel toute expérience d'un objet peut avoir lieu. Ainsi, la transcendance du monde ne serait pas seulement comprise à partir du « je peux » et « avoir un monde » ne désignerait pas seulement le pouvoir infini de l'*ego* à donner sens. En effet, la transcendance du monde reconduirait aussi à un horizon total, qui s'annonce dans chaque étant selon une intuition propre[27]. De plus, même si Husserl maintiendra toujours que le monde est une Idée au sens kantien, il lui donnera un autre sens que Kant, puisqu'il ne le comprend pas comme l'ensemble des phénomènes et la totalité de leur synthèse. Pour Husserl, le monde comme totalité est bien co-donné avec chaque perception particulière et, de ce fait, il n'est ni un objet en face du sujet et dont il pourrait s'abstraire, même si Husserl pensera un *ego* sans monde, ni la simple totalité des choses existantes. On comprend alors qu'en cherchant à décrire la présence de la totalité à partir du concept d'horizon, et donc en comprenant le monde comme une structure de la subjectivité transcendantale, Husserl a ouvert la voie à Heidegger qui radicalisera cette idée pour dégager l'être-au-monde du *Dasein.*

Il y a en quelque sorte une téléologie de la perception, puisque toute perception porte en elle l'idée d'une présence plus achevée. Si tout *cogito* porte en lui une potentialité infinie, tout moi porte en lui une tâche infinie de réalisation de ces potentialités. Cependant, cet horizon constitutif de l'intentionnalité, comme structure de l'expérience, n'a pas la fixité d'une chose en soi, mais est lui-même un continuel devenir, et ce devenir est lié à une double modification : la modification de ce qui se donne à la conscience, puisque toute discontinuité de la manifestation impose au sujet une nouvelle tâche, et la modification du rapport à soi, puisque, selon les façons dont le sujet se temporalise, ses actes ne s'effectuent pas sous le même horizon. L'impossibilité d'avoir un horizon peut alors être comprise comme une rupture de l'expérience normale, comme un cas limite et un échec de cette structure d'attente et d'anticipation de l'expérience. La réduction du monde au phénomène de monde rend pensable que l'on puisse perdre le monde. Quoi qu'il en soit, il est clair que, dans l'expérience d'une chose, il y a à la fois une donation originaire de cette chose, je vois l'arbre, et une anticipation de ce qui n'est pas encore vu : ce voir est aussi l'anticipation d'un voir.

Pour décrire cette potentialité de la vie intentionnelle, Husserl prend presque toujours le fil conducteur de la perception de l'objet sensible. Toute perception d'un cube porte en elle la visée des côtés encore inaperçus du cube. Cette anticipation se fait « à vide », puisque ces faces ne sont pas encore données. Cependant, cette protention, si elle est intentionnelle, n'est pas à proprement parler un acte intentionnel, mais une composante essentielle de l'acte intentionnel par lequel l'objet apparaît. Elle n'est pas dans le temps, mais elle est plutôt le temps lui-même comme conscience d'une anticipation continue et mouvante. Au jaillissement continu du présent répond cette visée des potentialités par laquelle la vie du moi se rassemble en une durée. Non seulement cette protention change avec chaque nouveau maintenant, mais elle est présupposée par toute nouvelle perception qui se donne ainsi comme confirmant ou infirmant cette attente. La phénoménologie descriptive a bien ici mis en évidence un nouveau trait essentiel de l'intentionnalité :

> Chaque état de conscience possède un *horizon* variant conformément à la modification de ses connexions avec d'autres états et avec ses propres phases d'écoulement. C'est un horizon intentionnel, dont le propre est de renvoyer à des potentialités de la conscience qui appartiennent à cet horizon même [28].

Cet horizon mouvant est aussi lié à la liberté du sujet qui peut anticiper les modifications de son attention liées, par exemple, à son déplacement dans l'espace : si je tourne autour de la table, alors d'autres perceptions pourraient avoir lieu. A partir de l'ici absolu de mon corps, j'anticipe les perceptions possibles, qui seraient miennes si je m'approchais de tel objet, au lieu de le regarder de loin. La phénoménologie de la perception dévoile ainsi un horizon, qui dépend de ma liberté et qui est à l'œuvre, par exemple, dans la connaissance où c'est l'idée d'une perception adéquate qui guide les modifications de mon attention. Cette protention peut être aussi celle du souvenir, aussi étrange que cela puisse paraître à première vue, et cela de deux façons. D'une part, il est possible, de façon rétrospective, d'envisager d'autres possibilités de perception que celles que j'ai réalisées. Mon vécu passé garde son horizon de perspectives inexplorées ; c'est un irréel du passé. D'autre part, toute perception a un horizon de passé : je perçois cette table signifie que je reconnais cette table en tant que table, et cette reconnaissance ne peut avoir lieu que grâce à la sédimentation de toutes mes perceptions passées de tables qui sont réactivées par cette expérience-ci de la table. Ce passé sédimenté sous forme d'*habitus* est aussi le lieu de potentialités constitutives de l'activité.

En fait, l'ensemble de mon rapport familier aux choses est impliqué dans chaque *cogito*. Il s'agit de ce qui sera nommé, plus tard, une synthèse passive qui ouvre une potentialité infinie de réactivations. Chaque souvenir renvoie à d'autres souvenirs et ainsi son passé est une tâche infinie de donation de sens. En effet, par le système des renvois intentionnels, le passé abrite un avenir qui demeure à la charge du sujet. Le vécu est, de cette façon, orienté téléologiquement vers l'idéal d'une pure transparence à soi. Mais là encore, ces potentialités de ressouvenir ne sont anticipées que de façon non intuitive. La protention s'effectue à vide et aucune intuition ne vient remplir cette visée d'attente, sinon ce serait faire de la conscience une magicienne créatrice de l'objet intentionnel.

La mise en évidence des potentialités de la vie intentionnelle ne conduit pas à nier la finitude du sujet, puisque des inhibitions possibles peuvent toujours limiter l'exercice de la liberté. Quoi qu'il en soit, le caractère toujours allusif de l'anticipation permet d'élucider le sens objectif visé dans le *cogito* actuel, c'est-à-dire d'élucider le *cogitatum* en tant que *cogitatum*. En effet, l'analyse des virtualités de la conscience montre que, par essence, il ne peut pas y avoir de donnée achevée de l'objet. La donation parfaite de l'objet ne peut donc être qu'une idée au sens kantien. Dès lors, l'indétermination de l'anticipation n'est pas un échec pour le travail de constitution, mais est ce qui lui donne un horizon, comme idéal de détermination qui, loin de fixer à l'avance les perceptions possibles, ouvre un espace où le monde, dans son infinité, peut se donner. Le philosophe lui-même vit selon une protention permanente, sous l'horizon d'une responsabilité absolue devant la vérité, mais il n'y a pas de philosophe pour lequel la philosophie ne cesse d'être une énigme et c'est pourquoi cet horizon garde un certain flou et ne cesse de se modifier au cours de la vie. La fidélité à sa tâche comme philosophe demande une élucidation toujours recommencée de ses potentialités.

La structure d'horizon, en reconduisant à la fois aux actes donateurs de sens (les noèses) et à l'objet comme formation de sens (le noème), est donc une structure noético-noématique, qui rend pensable l'activité noétique, comme protention continue et synthèse continue, et l'objet intentionnel, le noème qui est l'index d'un système subjectif de vécus. La mise en évidence de cette intentionnalité d'horizon permet à Husserl de dépasser la perspective kantienne où le « je pense » est le seul texte de la psychologie rationnelle. Justement cette élucidation des structures de la vie intentionnelle permet d'éviter le faux départ de toute psychologie rationnelle, à savoir l'extériorité de l'objet constitué et du sujet constituant. Le tournant idéaliste de la phénoménologie révèle le phénomène de monde comme l'horizon de tout objet et donc comme l'ouverture de la conscience à la transcendance de l'objet :

> Au regard de la pensée purement transcendantale, *le monde* tel qu'il est en lui-même et dans sa vérité logique n'est en dernière analyse qu'une *idée située à l'infini* puisant son sens intentionnel dans l'*actualité* de la vie de la conscience[29].

Husserl ajoute :

> Le monde dont nous parlons et dont nous pourrons jamais parler, que nous connaissons et que nous pour-

rons jamais connaître n'est en effet rien d'autre que précisément ce monde que nous constituons dans l'immanence de notre vie de conscience, individuelle et communautaire, à travers les multiples systèmes de formations de connaissance s'unifiant que nous venons d'indiquer ; ce monde qu'en tant que sujets connaissants nous ne cessons pas d'« avoir » et auquel nous ne cessons pas d'aspirer comme au but de la connaissance ; et, en dernière analyse, ce monde n'est que notre « idée », une idée pure et simple [30].

La réduction fait apparaître l'être du monde à partir de sa source : le monde trouve son origine dans la donation de sens propre à la subjectivité pure. En reconduisant ainsi le monde au sujet transcendantal, à partir de sa détermination comme horizon, la phénoménologie échappe à la pluralité des visions du monde et peut dire en quoi il y a un seul et même monde. L'horizon comme structure de l'expérience a permis à Husserl de dépasser une conception objectiviste comme une conception subjectiviste du monde, en élucidant la corrélation transcendantale entre le monde constitué et la conscience constituante. On a bien de cette façon atteint le monde, comme tel, et on a pu voir en quoi il était une structure de la subjectivité transcendantale.

4. L'objet intentionnel
comme guide transcendantal

L'objet est un fil conducteur nécessaire pour l'étude de la vie intentionnelle, puisque tout étant est l'objet d'une conscience. En effet, l'analyse intentionnelle doit partir des objets, dont elle peut justement montrer la diversité, en élucidant leur mode de donnée. De ce point de vue, l'idéalisme phénoménologique n'est pas un pur subjectivisme, puisqu'il prend son point de départ dans un objet pourtant constitué et relatif pour expliquer les structures noético-noématiques qui le rendent possible. En partant ainsi de l'objet donné directement, l'analyse réflexive reconduit à la façon dont l'objet se donne. Parce que c'est le mode de donnée qui est le principe de toute distinction, on peut montrer que, s'il appartient à l'essence de tous les objets de pouvoir être intuitionnés, tous les objets ne sont pas pour autant intuitionnés de la même façon. D'un point de vue méthodique, le phénoménologue remonte de la conscience actuelle à la conscience potentielle[a], et de là aux modifications mêmes de l'attention. L'analyse intentionnelle peut en ce cas, à partir du type formel global de l'objet, dessiner des champs différents d'étude que sont la perception, le souvenir, l'anticipation, la synthèse de ressemblance, etc. La multiplicité des synthèses[b], qui œuvrent dans le champ transcendantal, est alors dévoilée. Ces types de l'intentionnalité, ces formes de la synthèse, ne sont cependant pas les seules dispositions obtenues en prenant l'objet comme fil conducteur transcendantal. Il convient également de distinguer entre les objectivités réelles et les objectivités catégoriales et cela en fonction des différences constitutives : l'objectivité réelle est nécessairement pré-donnée dans une synthèse passive. Elle est déjà là avant que mon attention ne se tourne vers elle. Le sujet ne fait ici que recevoir un sens pré-constitué origi-

---

a. La *conscience potentielle* désigne donc chez Husserl la conscience implicite de ce qui est présent sans que le regard soit dirigé sur lui. Il ne s'agit donc pas d'une simple idée, mais bien d'un mode de donnée, par exemple celui des aspects encore non saisis d'un cube. Tout vécu d'actualité implique en lui une zone d'inactualité, par exemple encore l'ensemble des souvenirs non réactivés ou l'ensemble des objets qui apparaissent dans le champ de perception, mais sans que je me tourne vers eux.

b. Husserl ne comprend pas la synthèse comme la liaison effectuée par l'entendement à partir du divers de l'intuition, mais comme une liaison interne à l'objet lui-même et, de ce fait, l'identité de l'objet n'est pas l'œuvre de l'esprit qui le conçoit : la synthèse est la façon dont l'objet se donne à la conscience. Husserl écrit : « L'unité de l'objet ne se légitime que dans l'unité de la synthèse qui rattache continûment les multiples perceptions, et cette synthèse continue doit être au fondement pour que la synthèse logique, celle de l'identification, produise l'évident être-donné de l'identité des objets qui apparaissent dans des perceptions différentes. » *Chose et Espace*, p. 190[155]. La synthèse est ici la perception elle-même et non ce qui l'unifie.

nairement dans la passivité. Au contraire, les objectivités
catégoriales sont pré-données dans un faire du *je* :

> Les objets de la réceptivité sont pré-donnés dans une
> passivité originelle avec leurs structures propres, leurs
> associations, leur caractère d'affects, etc. Leur saisie
> est une activité de degré inférieur, le simple acte de
> recevoir le sens pré-constitué originairement dans la
> passivité. Par contre, les objectivités d'entendement
> ne peuvent jamais être saisies originairement dans une
> réception simple ; elles ne sont pas pré-constituées
> dans une pure passivité – au moins ne le sont-elles pas
> originairement (il faudra encore parler d'une passivité
> secondaire) –, mais elles sont pré-constituées dans la
> spontanéité prédicative. *Le mode de leur prédonation
> originaire est leur production dans l'activité prédica-
> tive du je* comme opération spontanée *(Die Weise
> ihrer ursprünglichen Vorgegebenheit ist ihre Erzeu-
> gung im prädikativen Tun des ich als* eine spontanen
> Leistung)*[31].

Autrement dit, pour les objets de la réceptivité, le faire
du *je* peut bien être involontaire et il y a pré-constitution
que l'objet soit finalement saisi ou non. Pour les objectivités catégoriales, par exemple le rouge en général
(essence individuelle) ou la catégorie de ressemblance
(essence générale), le faire du *je* ne peut être que volontaire et cet objet doit être saisi par le *je* pour être prédonné. Husserl dégage une deuxième distinction : l'objet
perçu est d'une certaine manière déjà là d'un seul coup
(mit einem Schlage da), je vois l'arbre devant moi, même
si ensuite son apparaître s'enrichit de plus en plus. C'est
le même arbre dont je peux avoir une vue de plus en
plus complète de par ma propre activité. Au contraire,
pour l'objectivité d'entendement, c'est l'état de chose
(Sachverhalt) lui-même qui est le résultat de mon activité.
Cet objet d'entendement est en ce cas un objet idéal, un
objet réduit à son apparaître pour une conscience. Husserl
dévoile enfin une troisième différence entre les objets de
la réceptivité et les objectivités de l'entendement. Il n'y a
pas de conscience d'objet qui ne soit temporelle et de ce
fait la différence dans le mode de donnée doit être égale-

ment une différence de leur temporalité. L'objet sensible comme l'arbre a sa place dans le temps du monde. Au contraire, l'objet irréel *(irreal)*, comme l'objet mathématique, l'idéalité comme objet non sensible issu du faire du *je*, a un autre rapport au temps. Une proposition, ou l'ensemble des propositions d'une théorie, est un objet « en tout temps le même » :

> le monde, *tout* monde possible, est l'ensemble total des réalités parmi lesquelles nous comptons tous les objets individualisés dans la spatio-temporalité, qui est la forme du monde, par leur localisation spatio-temporelle. Les objectivités irréelles font leur apparition spatio-temporelle dans le monde, mais elles peuvent se présenter simultanément en plusieurs places spatiotemporelles, et être pourtant numériquement identiques en tant que les mêmes. Il appartient par essence à leur surgissement qu'elles soient des formations subjectives, localisées donc dans la (spatio-temporalité) mondanéité *(Weltlichkeit)* par les localisations des sujets. Mais elles peuvent être produites en différents moments du temps d'un même sujet comme *les mêmes*, les mêmes par rapport à leurs productions répétées, et les mêmes par rapport aux productions de différents sujets [32].

Ainsi, dans sa phénoménalité propre, l'objet idéal n'est pas lié à son surgissement spatio-temporel et c'est ce qui fonde sa répétition par tout sujet possible. De ce fait, il est absolument vrai parce qu'indépendant de toute facticité. Tout objet mathématique est bien dans le monde, mais il n'y est pas comme un objet sensible parce que sa localisation spatio-temporelle (être conçu par tel ou tel, être réactivé par tel ou tel) ne l'individue pas. Une proposition évidente est une vérité éternelle ; elle possède une omnitemporalité comme mode de la temporalité :

> l'absence de situation temporelle des objectivités d'entendement, leur « partout et nulle part », se présente donc comme une forme privilégiée de temporalité, forme qui distingue de façon essentielle et fondamentale ces objectivités des objectivités individuelles.

Elle consiste en ce qu'une unité supra-temporelle traverse la multiplicité temporelle : cette supra-temporalité signifie omni-temporalité *(diese Überzeitlichkeit besagt Allzeitlichkeit)* [33].

La distinction de la nature matérielle, de la nature animale et du monde de l'esprit indique également qu'il est nécessaire à chaque fois d'élucider dans une description rigoureuse le sens du genre d'objectivités régionales dont il est question. Cela permet de souligner l'étendue et la variété du champ à explorer : la tâche de la phénoménologie est d'explorer l'apparaître de chaque espèce d'objet. En prenant ainsi l'objet dans ses multiples espèces comme guide transcendantal, Husserl marque une rupture radicale avec Kant : l'analyse intentionnelle ne peut plus prendre comme fil conducteur les catégories comme divisions obtenues à partir du pouvoir de juger. Husserl cherche donc à montrer que le mode de donnée de l'*a priori* est nécessairement manqué par toute théorie de l'abstraction, puisque l'*a priori* n'est pas ici obtenu par une méthode régressive, n'est pas la simple condition de possibilité de ce qui n'est pas pensable sans... En dénonçant ce qu'il y a encore finalement d'empirisme dans la conception kantienne de l'*a priori,* Husserl veut souligner que l'*a priori* lui-même est objet d'intuition. Par exemple, il m'est donné dans une intuition donatrice originaire que toute évidence fonde un acquis durable, c'est-à-dire qu'il y a une possibilité *a priori* de pouvoir réactiver une évidence. D'une façon plus générale, l'élargissement du domaine de l'intuition à l'*a priori* permet à Husserl de dégager l'*a priori* universel du monde, c'est-à-dire de mettre en évidence que le monde lui-même peut maintenant apparaître dans la rationalité qui lui est propre.

Il n'est pas non plus question pour la phénoménologie de revenir à une recherche des catégories qui s'effectue au hasard. Elle se propose, au contraire, de changer de fil conducteur en substituant au pouvoir de juger, l'objet lui-même. Les formes *a priori* de la vie intentionnelle ne sont pas dégagées à partir d'une réflexion sur les formes générales du jugement, mais à partir de l'intentionnalité elle-même. Cet *a priori* est un *a priori* concret offert lui-même

à l'intuition et non une simple forme logique vide. L'objet
lui-même, comme guide transcendantal, conduit aux
concepts purs de l'entendement. En effet, les catégories
formelles et logiques (l'individuel, le général, la pluralité,
le tout, l'état de chose, la relation, etc.) sont déduites
transcendantalement à partir du fil conducteur de l'objet
puisque, comme le montrent les objectivités catégoriales,
toute catégorie est en fait un objet constitué qui ne peut
donc prescrire l'objectivité. Kant, en prenant le fil
conducteur du jugement, rend raison de l'objectivité à
partir d'objets constitués, et donc d'une science constituée, et, de ce fait, il manque la subjectivité transcendantale. Expliquer ainsi l'étant par d'autres étants conduit
à manquer le phénomène de monde et l'être de la
conscience originaire :

> Aussi pénétrants qu'aient été les regards qu'il [Kant]
> est le premier à jeter sur l'*a priori* de la vie de
> conscience donatrice de sens et des corrélations entre
> la donation de sens et le sens lui-même – en particulier
> dans la première édition de la *Critique de la raison
> pure* dans le chapitre intitulé « Déduction subjec-
> tive » –, il ne reconnaît pas encore qu'une philosophie
> transcendantale ne se laisse pas facilement enfermer
> dans un cadre aussi étroit qu'il l'a cru et qu'une mise
> en œuvre radicalement clarifiée, donc radicalement
> scientifique d'une telle philosophie n'est possible qu'à
> la condition qu'on soumette à l'étude la vie et l'œuvre
> de la conscience dans sa *plénitude* concrète en consi-
> dérant *tous* les côtés corrélatifs et en fonction de toutes
> ses différenciations possibles – et cela dans le cadre
> de la subjectivité transcendantale qui est une unité
> intuitive concrète. Une logique transcendantale n'est
> possible que dans le cadre d'une noétique transcen-
> dantale ; les théories transcendantales des formes de
> sens objectives, pour autant qu'il s'agisse d'atteindre à
> une connaissance pleinement satisfaisante et partant
> absolue, sont indissociables de la recherche transcen-
> dantale portant sur l'essence de la vie constituant le
> sens objectif. En dernière analyse, elles ramènent à une
> étude de l'essence de la conscience en général, étude
> des plus universelles qui soient – bref à une « phéno-
> ménologie transcendantale ». C'est cette conséquence

qui nous contraint à élargir le concept de « transcendantal » propre à Kant, élargissement qui était d'ores et
déjà sous-jacent à notre exposé[34].

Contre le réalisme, Husserl reprend l'idéalisme kantien,
mais élargit le concept de transcendantal qui signifie plus
simplement les conditions de possibilités *a priori* qui précèdent l'expérience. Dès lors, si, pour Husserl comme
pour Kant, la philosophie transcendantale se comprend
comme une critique de la raison, la phénoménologie
donne un tout autre sens à l'interrogation transcendantale,
qui ne consiste plus à dégager les conditions de possibilité
de l'expérience, mais, directement, à voir ce qui de soi-
même se donne dans l'expérience. Kant n'effectue donc
pas pleinement la réduction transcendantale qui reconduit
à l'origine du sens en montrant que l'*a priori* lui-même est
absolument donné[a]. Guidé par l'idée de science et l'idée
d'une phénoménologie transcendantale qui, en étant
affranchie de tout psychologisme, est une philosophie première assurant la fondation ultime de toute science,
Husserl, par la réduction phénoménologique, détermine
une tout autre méthode qui donne accès à un *a priori* lui-
même intuitif et idéal. En cela, la philosophie n'est pas
une philosophie première comme science d'un étant privilégié, mais elle l'est de par son universalité : en n'évo-
luant que dans le cadre de l'évidence rationnelle, l'universel, en elle, est livré à l'intuition. Elle est donc bien une
science apriorique comprise comme science de l'*a priori*
concret des choses, puisque l'évidence, en s'ouvrant à la

a. Kant écrit : « J'appelle transcendantale toute connaissance qui
s'occupe en général non pas tant d'objets que de notre mode de
connaissance des objets en tant qu'il est possible en général. » *Critique de la raison pure,* introduction, trad. franç., Paris, Gallimard,
« Bibliothèque de la Pléiade », t. I, p. 777. Mais, c'est bien parce
que, pour Husserl, la possibilité de la connaissance est la possibilité d'atteindre le monde transcendant, qu'il estime que « Kant ne
reçoit jamais le choc de cette énigme même (celle du monde) ». *La
Crise des sciences européennes,* § 25, p. 112[100]. Le propre de la
réduction transcendantale est au contraire de reconduire à cette
énigme du monde *(das Welträtsel).*

saisie des principes, montre que sans elle l'objet particulier
ne peut être ni pensé ni surtout donné.

Le renversement de la perspective kantienne consiste à
ne plus se contenter d'une subjectivité transcendantale qui
précéderait l'expérience, mais revient au contraire à
remonter de l'objet, tel qu'il se donne, jusqu'à la subjectivité opérante. La réduction, comme méthode originaire
qui fonde la validité de toutes les méthodes philosophiques, est bien un saut vers l'objet tel qu'il se donne,
qui permet de ne pas manquer la diversité des régions,
même si les différentes régions fusionnent dans la théorie
d'un objet en général. C'est à partir du monde qu'il faut
être reconduit à la sphère immanente de la conscience
pure. Dès lors, la connaissance *a priori* n'est plus une
connaissance déterminée par son antériorité vis-à-vis de
toute connaissance d'objet, mais est une connaissance de
l'être même des choses :

> Est *a priori* tout ce qui se fonde sur l'essence pure.
> (...) N'est pas *a priori* ce qui est certain pour moi
> avant l'expérience, par exemple, par inspiration divine,
> ou ce qui est certain pour moi avant l'expérience de par
> les mécanismes psychologiques de l'hérédité, mais ce
> qui, en général, est certain pour moi pendant que je
> mets en question toute expérience et toute supposition
> transcendante, et ce qui est certain pour moi, non pas
> parce que, de façon contingente, j'en ai l'impression,
> mais parce que je le vois dans l'intuition pure de l'état
> de choses comme fondé de façon inéliminable sur
> l'essence immanente des concepts concernés[35].

Husserl distingue également, à côté de la chose sensible et de l'objectivité d'entendement, un troisième type
d'objet qui sert de guide pour des recherches constitutives
et qui possède son mode propre de constitution. Ces objets
purement subjectifs sont des unités de compréhension
purement immanentes qui possèdent leur propre mode de
donnée. La chair, par exemple, se spatialise et se temporalise d'une tout autre façon que le corps ; elle ne se constitue pas comme une chose et appartient de plein droit à la
subjectivité transcendantale. Le corps *(Körper)* se donne

sur l'horizon de la séparation des corps dans l'espace alors
que la chair *(Leib)* est la façon dont le sujet s'éprouve dans
son mouvement de spatialisation. Dès lors, toute chose
peut apparaître ou disparaître alors que la chair est partout
là où je suis : « dans les termes du langage courant : toute
chose, dans le monde, peut me fuir, ma chair seule ne le
peut pas [36] ». De ce point de vue, la chair relève de l'auto-
constitution du sujet. Ainsi, il y a bien des objets qui ne
sont ni réels ni idéaux et que Husserl nomme des objets
investis d'esprit *(begeistete Objekte)*. Parmi ces objets, il y
a non seulement la chair, la mienne comme celle d'autrui,
mais également le livre, l'œuvre d'art et d'une façon générale toutes les œuvres de l'esprit. Le propre de ce type
d'objet est que le sens traverse, pénètre de fond en comble,
la réalité physique :

> Le livre avec ses feuilles de papier, sa reliure, etc., est
> une chose. A cette chose, il n'y en a pas une autre, le
> sens, qui se raccrocherait, mais au contraire celui-ci,
> d'une certaine manière, pénètre de fond en comble le
> tout physique en l'« animant » ; à savoir dans la mesure
> où il anime chaque mot, mais, encore une fois, non pas
> chaque mot pour soi mais des chaînes de mots qui sont
> liées de façon à former des configurations plus éle-
> vées, etc. Le sens spirituel, en animant les apparences
> sensibles *fusionne* d'une certaine manière avec elles
> *(Der geistige Sinn ist, die sinnlichen Erscheinungen
> beseelend, mit ihnen in gewisser Weise verschmolzen)*,
> au lieu de leur être lié dans une simple juxtaposition [37].

Ainsi, le propre de l'objet investi d'esprit est de se donner comme la fusion des apparences sensibles et du sens
intelligible. Cette détermination vaut en fait pour tous les
objets du monde de la culture, pour tous les objets du
monde ambiant de la vie quotidienne (une maison, l'Etat,
etc.). L'essentiel, si on ne veut pas manquer la phénoménalité de ce type d'objets, est de comprendre qu'il ne s'agit
pas d'une juxtaposition de données, l'une sensible et
l'autre intelligible, mais qu'une maison ou un poème se
donnent en eux-mêmes comme indissociablement sensibles et intelligibles.

N'y a-t-il pas dans l'analyse intentionnelle une région privilégiée ? Autrement dit, y a-t-il un type d'objets qui soit préférable pour mettre en évidence les problèmes constitutifs universels et pas seulement les problèmes constitutifs particuliers ? Sur cette question de l'objectité en général, il y a une certaine indétermination de Husserl. Dans le § 150 des *Idées I,* c'est la région chose qui sert de fil conducteur pour décrire les structures noético-noématiques de l'expérience, parce qu'il s'agit de comprendre l'apparaître du monde à partir de la structure d'horizon. Dans *Expérience et Jugement,* l'objet idéal, qui est d'emblée réduit à son apparaître, est le fil conducteur pour décrire les opérations prédicatives. Enfin, dans les *Idées II,* l'objet investi d'esprit est le fil conducteur pour décrire le monde environnant du sujet qui porte un sens spirituel[38]. Qu'il s'agisse du monde perçu, du monde idéalisé ou du monde environnant, à chaque fois il s'agit de décrire le phénomène de monde sans que l'on puisse pleinement privilégier tel monde limité par rapport aux autres. Il est hors de question de rigidifier la distinction entre objet réel, idéal et investi d'esprit, puisque à chaque fois il s'agit pour le sujet de saisir un aspect de sa propre activité. Dès lors, c'est toujours le monde dans son unité qui est « un problème égologique universel[39] » et par là le titre d'une tâche infinie. Ainsi, la réduction phénoménologique, en reconduisant au phénomène de monde, n'a pas pour but de décrire les mille et un aspects du monde, mais de mettre en évidence l'origine du monde, ce qui donne lieu à l'apparaître du monde. Il s'agit de décrire à chaque fois comment le sujet constitue le monde.

Heidegger, lui, ne cherchera pas à dégager l'*a priori* de corrélation entre l'objet de l'expérience et ses modes de donnée ; l'être des étants apparaîtra au sein de l'expérience effective du *Dasein,* c'est-à-dire de la réalité humaine comme étant essentiellement être-au-monde, et non plus à partir du retour à un *ego* sans monde qui prend le monde comme fil conducteur. Si, comme le soutient Husserl, l'apparaître prend toujours la forme de l'objectité, qu'elle soit réelle ou idéale, est-il vraiment possible d'élucider la pure présence à soi du sujet ? La présence à soi et au monde prend-elle nécessairement la forme de l'objectivation ou n'y a-t-il pas des dimensions inobjectivables de cette présence ? C'est pour satisfaire à l'exigence d'un retour aux choses mêmes que Husserl prend l'objet comme fil conducteur et peut ainsi interroger vraiment la mondanéité du monde, et c'est également au nom de ce retour que sera, de diverses façons, remis en cause le privilège de l'objet comme modèle de l'apparaître et du même coup la détermination du phénomène comme noème constitué dans l'intentionnalité[a].

5. Le noème

La réduction et l'analyse constitutive ont conduit à montrer que le noème n'est pas une image mentale qui viendrait doubler la réalité. Le noème répond donc à la question suivante : comment la conscience absolument close peut-elle poser quelque chose qui lui soit opposé en tant qu'objet ? Dans cette perspective, il est clair que c'est la région chose (et non les autres types d'objets) et la perception (plus que le souvenir ou l'imagination) qui servent de fils conducteurs. Après avoir montré l'écart entre la chose apparaissante et transcendante et le vécu immanent, Husserl, dans la troisième section des *Idées I,* montre comment l'être transcendant est constitué par la conscience. La forme et la matière de la perception sont pensées tout autrement avec la réduction qui, encore une fois, inverse les signes. Il ne s'agit plus d'opposer la forme, comme ce que le sujet possède originairement lui-même, et la matière, comme ce qui est donné de l'extérieur[40]. Avec l'accès au phénomène pur, la matière n'est

---

a. Les développements ultérieurs de la phénoménologie tenteront de ne pas s'en tenir à la seule intentionnalité objectivante, dans la mesure où n'envisager qu'elle conduit à manquer la question de l'altérité. Ce sera Heidegger avec l'événement du monde, Lévinas avec l'altitude irréductible d'autrui, Merleau-Ponty avec la chair, Henri Maldiney avec la pathique, Jean-Luc Marion avec l'adonné, Jean-Louis Chrétien avec l'inouï et Didier Franck avec le corps.

pas extérieure au sujet, mais est déjà une relation au sujet.
Elle est un vécu originaire, qui par la rétention est offert à
la réflexion. Mais la matière sensuelle, les *data* hylétiques,
ne devient un vécu intentionnel que par la noèse, par l'acte
intentionnel qui donne sens. Le noème est le sens *(Sinn)*
donné par la noèse :

> Tout vécu intentionnel, grâce à ses moments noétiques,
> est précisément un vécu noétique ; son essence est de
> receler en soi quelque chose comme un « sens »[41].

Au § 89 des *Idées I,* Husserl commence par distinguer
« l'arbre pur et simple » et « le perçu de l'arbre comme
tel », qui est le noème, le sens de la perception. Cette distinction de la chose relevant de la nature empirique et du
noème a pour but de séparer le « réal » de l'« idéal ».
Certes, l'arbre comme être appartenant à la nature peut
brûler, mais le perçu comme tel, le « sens » comme corrélat noématique ponctuel n'a aucune propriété spatiale ou
physique et donc ne peut pas brûler. En effet, si l'arbre
tout court peut brûler, une pure composante du vécu, un
sens ne peuvent pas brûler :

> l'arbre pur et simple, la chose dans la nature, ne s'iden-
> tifie nullement à ce perçu d'arbre comme tel qui, en
> tant que sens de la perception, appartient à la percep-
> tion et en est inséparable. L'arbre pur et simple peut
> flamber, se résoudre en ses éléments chimiques, etc.,
> mais le sens – le sens de cette perception, lequel appar-
> tient nécessairement à son essence – ne peut pas brû-
> ler, il n'a pas d'élément chimique, pas de force, pas de
> propriétés naturelles[42].

Husserl, dans ce § 89, cherche à montrer que c'est seulement à partir du phénomène au sens de la phénoménologie, et non au sens de la psychologie, qu'il est possible
de clairement marquer l'idéalité du sens. Cela dit, il est
certain que le noème, cette fois conçu comme objet constitué, peut brûler. La capacité de brûler est une propriété
chosale, phénoménologiquement constituée, de l'arbre. Là
encore la réduction est un changement de regard, elle

libère le regard en faisant comprendre que le sens noématique, l'objet intentionnel, est inséparable de la conscience constituante.

Les *Idées I,* comme mise en œuvre de la réduction, qui ouvre aux analyses constitutives, est un livre nécessairement ambigu où la conceptualité par principe est mouvante pour ne pas faire écran à la recherche. Cela dit, la quatrième section intitulée « Raison et réalité » offre une présentation des différentes figures du noème :

1. Le noème désigne le perçu comme tel, l'apparence noématique, ou encore l'unité noématique ponctuelle. Il s'agit de l'arbre tel qu'il est vécu dans un maintenant. Ce corrélat ponctuel d'acte est le « sens » compris de façon très large.

2. Le noème est également l'arbre dans son sens idéalement identique. Il s'agit de l'*eidos*[a] de l'arbre qui demeure à travers tous les changements.

3. Le noème est enfin ce qui ne cesse de se donner dans le progrès synthétique et continu de la conscience et qui est cependant, par essence, toujours autre que ce qui est donné. C'est une unité identique idéale, l'X porteur de sens ou encore « le sens selon son mode de plénitude *(Sinn im Modus seiner Fülle)*[43] ».

Il ne s'agit en aucun cas de trois choses, mais de la chose même dans le comment de ses modes de données. L'analyse de la perception montre que l'arbre se donne à la fois comme unité ponctuelle (ce que je vois maintenant), comme sens idéal (l'*eidos* de l'arbre) et comme Idée au sens kantien d'une donnée adéquate. Si avec l'objet constitué comme unité téléologique idéale on retrouve l'objet réel dans sa transcendance, on n'a vraiment rien perdu du monde, mais c'est le sens de la transcendance qui est radicalement modifié. En montrant que la transcendance doit être comprise à partir de l'immanence, et

_____

a. Pour maintenir la différence entre le concept kantien d'Idée et le concept général d'essence, Husserl fait appel au terme *eidos* qui désigne donc l'essence formelle ou matérielle d'un objet. Cf. *Idées I,* p. 9[9].

non l'inverse, l'objet constitué peut apparaître comme l'index d'un travail infini de constitution. C'est ainsi toute la séparation du sensible et de l'intelligible qui est remise en cause, puisque dans la perception d'un arbre le sens ne vient pas s'adjoindre de l'extérieur à l'objet perçu, comme le confirmera l'étude de l'intuition catégoriale. On ne peut voir l'arbre qu'en l'appréhendant sur l'horizon de sa signification. En rompant de cette façon avec la séparation kantienne de la sensibilité et de l'entendement, Husserl offre une véritable idéalisation de la sensibilité.

La phénoménologie, comme attention au phénomène, commande donc d'écarter comme fils conducteurs aussi bien le pouvoir de juger que l'objet déjà constitué des sciences de la nature. Seul le noème, comme objet phénoménologiquement réduit, et sous sa triple forme, peut être le guide d'une analyse intentionnelle. Cela dit, un objet n'est jamais seul et le monde n'est pas une simple somme d'objets. Il y a dans l'objet lui-même une relation aux autres objets et cela renvoie aux potentialités de la conscience. Si les objets n'avaient pas en eux-mêmes, et non en fonction d'une « construction extérieure », une liaison aux autres objets, alors les analyses phénoménologiques se disperseraient dans une multiplicité de constitutions sans lien les unes avec les autres. L'étude du noème a montré que l'objet définit une règle universelle au sens où c'est lui qui détermine la conscience possible que l'on peut avoir de lui. Autrement dit, il porte en lui des potentialités selon des formes déterminées. Par exemple, c'est selon une typique bien précise que le cube perçu porte en lui la possibilité d'être un cube imaginé. La subjectivité transcendantale n'est donc pas une suite sans ordre de vécus, puisqu'il y a liaison des vécus selon des nécessités d'essence. De plus, il y a également une liaison nécessaire entre les objets qui n'appartiennent pas au même type constitutif (réel, idéal, investi d'esprit). Dès lors, par-delà la multiplicité des constitutions, les objets forment une totalité, un système des objets et donc un monde :

> La subjectivité transcendantale n'est pas un chaos d'états intentionnels. Elle n'est pas davantage un chaos de types de structure constitutifs, dont chacun serait

ordonné en lui-même par son rapport à une espèce ou forme d'objets intentionnels. Autrement dit : la totalité des objets et types d'objets que je puis concevoir, ou, pour parler en langage transcendantal, que le je transcendantal peut concevoir, n'est pas un chaos, mais un ensemble ordonné ; de même, corrélativement, la totalité des types des multiplicités indéfinies (de phénomènes) liées noétiquement et noématiquement, qui correspondent aux types d'objets.

Ceci nous fait prévoir une synthèse constitutive universelle, où toutes les synthèses jouent de concert suivant un ordre déterminé, et qui embrasse par conséquent toutes les entités réelles et possibles, en tant qu'elles existent pour le je transcendantal, et, corrélativement, tous les modes de conscience correspondant, réels ou possibles. En d'autres termes, une tâche formidable *(eine ungeheure Aufgabe)* se dessine, qui est celle de toute la phénoménologie transcendantale. Cette tâche, la voici : dans l'unité d'un ordre systématique et universel, en prenant pour guide mobile le système de tous les objets d'une conscience possible – système qu'il s'agira de dégager par degrés – et, dans ce système, celui de leurs catégories formelles et matérielles, *effectuer toutes les recherches phénoménologiques en tant que recherches constitutives,* en les ordonnant systématiquement et rigoureusement les unes par rapport aux autres[44].

La constitution du monde ne se réalise que de proche en proche, en fonction des liaisons que l'objet indique. Ce travail de constitution, qui ne peut pas être anticipé en toute clarté, est pourtant guidé par l'idée d'une synthèse universelle. Le monde comme horizon, comme système de tous les vécus d'une conscience possible, est le « fil conducteur mobile » *(bewegliche Leitfaden)*[45] de cette tâche d'élucidation constitutive de tous les objets. La phénoménologie est bien un idéalisme porté par l'idée d'une parfaite transparence, mais, comme elle ne part pas des sciences achevées dont la validité n'est pas remise en cause, elle ne prétend pas poser à l'avance la façon dont la totalité va se structurer. Soucieuse du phénomène et de sa richesse, la phénoménologie explore la conscience pour découvrir des liaisons dont elle ignore la nature et c'est cette ignorance qui justifie l'expression de « fil conducteur mobile » car ce guide s'adapte à la variété des objets à décrire sans leur imposer une règle extérieure. Encore une fois, les catégories ne sont pas posées à l'avance, avant toute recherche constitutive.

Le monde est donc ici une idée régulatrice infinie *(eine unendliche regulative Idee)* comme idée d'un système des objets possibles. Il en va de même que pour le noème compris comme l'X porteur de sens, puisque le monde comme idée infinie est une présence-absence. L'idée d'un système de tous les objets n'est pas la vue de ce système, mais elle est la présence à la conscience d'une tâche qui possède une valeur absolue. La réduction permet de saisir la validité absolue d'une telle idée découverte en prenant l'objet comme fil conducteur. En reprenant l'expression kantienne d'idée régulatrice, Husserl lui fait subir un changement de signe. L'idée kantienne n'est pas constituante puisqu'elle résulte seulement de l'entendement[46]. Au contraire, l'idée régulatrice husserlienne ne consiste pas à faire comme si le monde avait un ordre, mais à découvrir cette idée d'un achèvement de la connaissance à partir d'une écoute du monde. En d'autres termes, cette idée n'est pas ce que la conscience se donne pour rendre le monde pensable, mais ce qui se donne à la conscience en prenant le monde comme fil conducteur.

L'idée que le monde dans sa totalité a un sens n'est plus un postulat qui rend la connaissance possible, ou qui soutient l'impératif pratique, mais elle possède une évidence, et par là une validité théorique et pratique. La phénoménologie est alors la véritable ontologie concrète qui, au-delà de sa division en des ontologies fort complexes, qui possèdent des problèmes spécifiques, a une unité de par cet horizon d'un système des objets possibles. L'idée régulatrice n'est donc pas l'évidence d'un universel, mais l'évidence de la potentialité propre à la recherche de la vérité, qui est aussi l'évidence d'une responsabilité. C'est le même sujet qui se détache du monde, non pour le quitter, mais pour mieux le prendre comme fil conducteur et qui, engagé dans ce travail de constitution, prend conscience de son propre devoir.

*

NOTES

1. *Chose et Espace,* leçons de 1907, § 4, p. 36-37[15].
2. *Chose et Espace,* § 6, p. 40[18].
3. *Recherches logiques* V, t. II, 2, p 174[371-372].
4. *Ibid.*
5. *Ibid.,* t. II, 2, p. 175[373].
6. *L'Idée de la phénoménologie,* résumé des cinq leçons, p. 105[5].
7. Cf. la note 2 p. 59 d'A. Löwit à sa traduction de *L'Idée de la phénoménologie.*
8. *L'Idée de la phénoménologie,* p. 106[5].
9. *Ibid.*
10. Cf. *Leçons pour une phénoménologie de la conscience intime du temps,* supplément III au § 23.
11. Cf. *Idées I,* § 41.
12. *Idées I,* § 42, p. 136[96].
13. *Ibid.,* § 42, p. 137[97].
14. *Ibid.,* § 76, p. 243[174].
15. *Ibid.*
16. Sur la question de la langue transcendantale, cf. E. Fink, *Sixième Méditation cartésienne,* trad. franç. N. Depraz, Millon, 1994, notamment le § 10 avec les virulentes objections de Husserl.
17. *Méditations cartésiennes,* § 14, p. 27[70].
18. *Idées I,* § 87, p. 302[217].
19. *Leçons pour une phénoménologie de la conscience intime du temps,* remarque préliminaire de l'éditeur, p. XII[XXV].
20. *Méditations cartésiennes,* § 14, p. 28[71].
21. *Les Problèmes fondamentaux de la phénoménologie,* G.A. T.24, Klostermann, 1975, p. 29 ; trad. franç. J.F. Courtine, Paris, Gallimard, 1985, p. 39-40.
22. *Méditations cartésiennes,* § 15, p. 31[74-75].
23. *Idées I,* § 85, p. 291[210].
24. *Méditations cartésiennes,* § 15, p. 31[75].
25. *Expérience et Jugement,* § 8, p. 38[28].
26. « *Ce vers quoi* la réalité-humaine comme telle transcende, nous l'appelons monde, et la transcendance, nous la définissons maintenant comme *être-dans-le-monde.* Le monde appartient à la structure unitaire de la transcendance, et c'est en tant que faisant partie de cette dernière que le concept de monde est appelé concept *transcendantal.* » *Questions I,* « Ce qui fait l'être-essentiel d'un fondement ou "raison" », trad. franç. Paris, Gallimard, 1968, p. 107.
27. Cette transcendance plus profonde du monde, comme sol d'une familiarité, a été particulièrement étudiée par Gerd Brand, à

partir des manuscrits de Husserl. Cf. Gerd Brand, *Welt, Ich und Zeit*, Martinus Nijhoff, La Haye, 1955, p. 15-18.

28. *Méditations cartésiennes*, § 19, p. 38[82].

29. *Philosophie première*, t. I, p. 350[274].

30. *Ibid.*, p. 354[277].

31. *Expérience et Jugement*, § 63, p. 303[300].

32. *Ibid.*, § 64c, p.314[311-312].

33. *Ibid.*, § 64c, p. 315[313].

34. *Philosophie première*, t. I, p. 360[281-282].

35. *Introduction à la logique et à la théorie de la connaissance*, § 39, p. 277-278[235].

36. *Chose et Espace*, p. 330[280].

37. *Idées II, Recherches phénoménologiques pour la constitution*, § 56h, p. 326[238].

38. Cf. D. Franck, « L'objet de la phénoménologie », revue *Critique*, mars 1989, p. 180-196.

39. *Méditations cartésiennes*, § 21, p. 45[59].

40. Cf. Kant : « Dans la représentation du sens est contenu d'abord quelque chose que l'on peut appeler *matière*, à savoir la *sensation*, et aussi quelque chose que l'on peut appeler forme, à savoir la *configuration* des sensibles, qui se révèle dans la mesure où les objets divers qui affectent les sens sont coordonnés par une loi naturelle de l'esprit. » *Dissertation de 1770*, § 4, trad. franç., Paris, Gallimard, « Bibliothèque de la Pléiade », t. I, p. 638.

41. *Idées I*, § 88, p. 304[181].

42. *Ibid.*, § 89, p. 308-309[184].

43. *Idées I*, § 132.

44. *Méditations cartésiennes*, § 22, p. 46[90].

45. *Ibid.*

46. « Un concept provenant de notions et qui dépasse la possibilité de l'expérience est l'idée, c'est-à-dire le concept de la raison. » *Critique de la raison pure*, « Dialectique transcendantale », A320/B377, trad. franç., Paris, Gallimard, « Bibliothèque de la Pléiade », t. I, p. 1031.

CHAPITRE TROIS

L'idéalisation du monde

1. Vérité et réalité du monde

Le projet phénoménologique est une recherche des origines, qui doit rendre accessibles les normes ultimes et absolues de la connaissance. De ce point de vue, la réduction phénoménologique a déjà donné accès à une sphère d'être, celle de la *cogitatio* comme donnée absolue. Cela a permis de montrer que toutes les sciences sont des rameaux d'une seule activité constitutive, celle de la subjectivité transcendantale, qui constitue en elle le sens d'être du monde : « La fondation originelle de toutes les sciences et de l'ontologie formelle des deux espèces exerçant à l'égard des sciences une fonction épistémologique, c'est-à-dire normative, leur confère l'unité, à elles toutes, en tant qu'elles sont des rameaux de l'effectuation constitutive provenant d'une seule et même subjectivité transcendantale [1]. » Ainsi, l'*épochè* dégage un champ d'expérience transcendantal dans lequel tout existant est pensé dans sa relation à la subjectivité transcendantale. En cela, la réduction eidétique, c'est-à-dire celle qui permet d'accéder aux essences comme données absolues, n'est pas une seconde réduction qui viendrait se juxtaposer à la première, mais l'approfondissement du seul et même acte de la réduction. Il n'y a pas, dans la pensée de Husserl, de séparation entre les différentes formes de la réduction (phénoménologique, eidétique, transcendantale, monadologique, etc.), mais plutôt une recherche continue du sol de toute validité. De ce fait, l'idéal d'une fondation de la connaissance conduit Husserl à élargir ce champ d'expérience transcendantal, pour y inclure les essences, dans la

mesure où elles appartiennent à la sphère de la pure donnée en personne. Dès lors, la science authentique, c'est-à-
dire la philosophie, est une science apriorique, qui détermine les conditions de l'apparaître de l'objet, comme la
géométrie étudie l'essence des figures possibles de la
chose ou comme la logique fixe les conditions de toute
théorie possible. La phénoménologie se veut donc une
eidétique descriptive des purs vécus. Il s'agit donc d'une
science *a priori* d'un genre tout à fait nouveau, qui a sa
méthode propre pour dégager les structures d'essence de la
subjectivité. A côté des sciences eidétiques formelles,
comme les mathématiques, la phénoménologie se veut une
eidétique matérielle, puisqu'il s'agit pour elle d'accéder à
l'essence même des choses. En effet, élucider l'*a priori*
matériel, la catégorie comme structure de l'être, est ce qui
ouvre la visibilité même de l'être. De ce fait, l'accès à
l'essence des choses, qui ne peut être donné dans la seule
intuition sensible, ni par une simple abstraction, est ce qui
permet de passer de la chose singulière vue à ce qui lui
donne d'être. Ainsi, la phénoménologie, comme « théorie
descriptive de l'essence des vécus transcendantalement
purs dans le cadre de l'attitude phénoménologique[2] »,
dévoile un *a priori* intuitif et concret et non pas construit
et abstrait comme les objets mathématiques.

La réduction eidétique approfondit la réduction phénoménologique en évitant l'impression d'un éparpillement
des différents types de constitution par l'élucidation du
regard eidétique comme accès aux catégories de l'être. Ce
retour sur la noétique, au sens étroit du terme, doit montrer
que la « raison » n'est pas une détermination contingente
de la subjectivité transcendantale, mais sa détermination
essentielle, parce qu'elle est la forme de l'intentionnalité
active, dans laquelle l'être se donne à voir. Autrement dit,
si la réduction a conduit à mettre entre parenthèses tout
jugement sur l'existence ou sur la non-existence des
objets, cela ne consistait pas à laisser de côté la question de
la réalité ou de la non-réalité des objets. D'une part, l'idéalisme transcendantal ne peut pas ne pas poser la question
de la vérité et, d'autre part, il a pour but de montrer que la
question de la réalité est un moment du « sens objectif ».
Il s'agit donc d'approfondir la thèse selon laquelle l'être

est pleinement réductible au sens, de façon à montrer que l'être et le non-être trouvent leur origine dans les actes de la vie intentionnelle.

A partir du moment où la conscience est comprise comme déterminant l'être même des phénomènes, il n'est plus possible de définir la vérité soit comme une adéquation de la pensée avec l'objet, soit comme un pur accord de la pensée avec elle-même. La réduction ne consiste pas non plus à être reconduit au phénomène de la vérité comme manifestation de l'être, mais à comprendre la vérité à partir de l'intentionnalité elle-même. Elle est une recherche de concordance dans la visée elle-même, c'est-à-dire une confirmation et une validation d'être[a]. En conséquence, la rupture avec la définition traditionnelle de la vérité est irréversible à partir du moment où l'être et le non-être sont eux-mêmes des prédicats de l'objet intentionnel. La tâche de la noétique est alors d'élucider les structures *a priori* de la conscience rationnelle :

> La raison n'est pas une faculté ayant le caractère d'un fait accidentel ; elle n'englobe pas sous sa notion des faits accidentels, mais elle est une forme de structure universelle et essentielle de la subjectivité transcendantale en général. (*Vernunft ist kein zufälligfaktisches Vermögen, nicht ein Titel für mögliche zufällige Tatsachen, vielmehr für eine universale wesensmässige Strukturform der transcendentalen Subjektivität überhaupt*)[3].

La raison est donc le processus même d'amener à l'évidence comme accomplissement du vécu. L'évidence est, en effet, la forme fondamentale de la conscience rationnelle, parce qu'elle est le voir donateur originaire. Seule la conscience présentative (perception, vision) donne lieu à une évidence rationnelle, mais pour cela il faut qu'il y

---

a. La confirmation (*Bestätigung*) est ce qui conduit à l'évidence et donc à une légitimation rationnelle. De même, la validation (*Geltung*) d'être signifie que ce qui se donne n'est pas seulement représenté, mais vaut pour ce qu'il est. Autrement dit, l'identité d'un objet renvoie à sa façon de se confirmer et de se valider dans la conscience.

ait plénitude du sens selon un mode intuitif. Dans la
conscience représentative (imagination, souvenir), il ne
peut y avoir évidence car il ne s'agit pas d'une conscience
donatrice originaire. En conséquence, la conscience présentative d'un jugement prédicatif comme $1 + 2 = 2 + 1$ est
une évidence rationnelle parce que la vérité s'y donne sans
reste, ce qui n'est pas le cas pour la perception d'un pay-
sage. La conscience rationnelle est donc une conscience
présentative avec une plénitude de sens selon un mode
intuitif. Ainsi, l'évidence comme phénomène originaire
exclut l'être-autrement, et le véritable voir est une intuition
des essences et non pas l'intuition de quelque chose
d'individuel : le voir est « la vision intellectuelle d'une
essence ou d'un état de chose eidétique[a] ». Ainsi, dans
l'évidence, ce qui se donne se donne vraiment, qu'il
s'agisse d'une chose, d'une généralité ou d'une valeur. Si
tous les objets ne donnent pas lieu à un voir apodictique,
compris comme regard eidétique, il est clair que toute évidence, au sens large du terme, porte en elle le *telos* d'un
voir apodictique, qui se réalise pleinement avec l'intuition
des essences.

Pourtant, cela ne va pas de soi que le général puisse faire
l'objet d'une donation indubitable et sans reste. N'est-il
pas, en effet, ce qui se dévoile peu à peu dans un travail
infini ? Cela dit, si l'idée d'une intuition intellectuelle est
loin d'être elle-même « évidente », poser que le général
comme tel transcende la connaissance conduit inévitablement à déclarer la connaissance impossible et à retomber
dans le scepticisme. En fait, soutenir que le général transcende la connaissance est encore une forme d'empirisme,
puisque le général ne serait saisi qu'après et à travers les
cas particuliers. Husserl a très souvent critiqué cette
méthode d'abstraction en montrant que l'objet général
peut lui aussi faire l'objet d'une pure vue : on peut saisir le
cercle de façon apodictique, indépendamment de tous les
objets ronds. Autrement dit, l'objet général, comme tous
les objets, se donne à la conscience, et c'est à partir de

---

a. *Idées I*, § 137, p. 463[337]. Dans ce § 137, Husserl identifie
Evidenz et *Einsicht* pour exprimer l'idée d'un voir apodictique.

cette donation qu'il peut et doit être compris. Le propre de l'objet général va être de se réduire à son apparaître pour une conscience et c'est pourquoi il y a donation absolue. L'universel est un sens intelligible et la connaissance du monde consiste à accéder à cet *eidos,* à ce sens idéalement identique. Cet *eidos* n'est donc pas comparable à un simple idéal empirique qui serait obtenu par une généralisation de l'expérience singulière, comme l'idéal empirique d'une rondeur parfaite est formé à partir de l'expérience d'objets ronds. Ainsi, de même que la première étape de la réduction consistait à libérer la *cogitatio* de toute appartenance à un sujet singulier, la réduction eidétique a pour but de libérer l'essence de toute dépendance à l'égard du fait.

L'analyse intentionnelle a maintenant les moyens de dire ce qu'il faut entendre par « réalité ». Déjà, le dévoilement des structures d'essence de la subjectivité transcendantale, de ses formes *a priori,* permet de mettre en évidence des concepts fondamentaux formels et logiques, comme la « confirmation évidente » ou le « mouvement synthétique ». Or, si ces principes eux-mêmes font l'objet d'une intuition, ils sont, malgré leur caractère formel et logique, l'indice que la conscience est téléologiquement orientée vers la vérité et la réalité. En fait, toute conscience positionnelle inclut la validité de l'objet posé, que cet objet soit une chose réelle ou une idéalité d'entendement. Exister pour moi ne signifie pas d'emblée évidence, mais que cet objet est la tâche d'un sens à constituer, qu'il est pour moi l'index d'un système subjectif de vécus dont je cherche à élucider le sens. Ainsi, la validité absolue des principes est l'indice que la loi de la conscience est l'évidence qui donne l'objet et le donne lui-même parfaitement ou imparfaitement. L'évidence se confirme donc comme étant la vie même de la conscience car ce n'est que par elle que la conscience est précisément conscience de quelque chose. Donation des choses elles-mêmes, confirmation, vérification *(Bewährigung),* mais aussi la fausseté (la contradiction entre la synthèse d'identité et ce qui se donne) : tout cela sont des formes structurelles *a priori* de la vie de la conscience. Il est ainsi manifeste qu'avec l'évidence Husserl refuse de s'en tenir à l'idée d'une vérité propositionnelle pour donner accès à une vérité proprement

phénoménologique. Tout jugement vrai se fonde sur une
vérité qui se donne dans l'évidence. De ce point de vue, la
phénoménologie transcendantale rend la vérité à sa signification première : elle est la manifestation même de la
réalité. En effet, c'est l'objet lui-même qui se découvre
dans l'évidence ; certes, selon des modes différents. La
réalité effective est ce qui est identifié comme le même
dans la vérification effective : est vraie une connaissance
qui donne à voir la réalité effective de l'objet. Au contraire,
une connaissance est fausse quand le conflit d'intentionnalités rend le voir impossible. Par exemple, quand on
pense en même temps le sujet comme chose et comme
fondement de la connaissance, il y a un conflit d'intentionnalités qui rend impossible la saisie de l'essence du
sujet, c'est-à-dire sa donation : le sujet ne peut pas se donner à la fois comme chose et comme fondement, comme
relatif et comme absolu, comme dérivé et comme principe. Par conséquent, en libérant la subjectivité transcendantale comme sol de toute validité, comme origine de
tout sens, la réduction a donc bien conduit à modifier la
compréhension traditionnelle de la vérité pour comprendre
la vérité comme un mode de la donation. La vérité logique
est en cela reconduite à une vérité ontologique, c'est-à-dire
à l'être-donné de la chose dans la vérification évidente :

> Nous savons aussi que nous ne pouvons être assuré de
> l'être réel que par la synthèse de confirmation véri-
> fiante, la seule qui nous présente la réalité vraie. Il est
> clair qu'on ne peut puiser la notion de la vérité ou de
> la réalité vraie des objets ailleurs que dans l'évidence ;
> c'est grâce à l'évidence seule que la désignation d'un
> objet comme *réellement* existant, vrai, légitimement
> valable – de quelque forme ou espèce que ce soit –,
> acquiert pour nous un sens, et il en est de même en ce
> qui concerne toutes les déterminations qui – pour
> nous – lui appartiennent véritablement[4].

Néanmoins, si l'objet était seulement l'identité de l'adéquation entre la synthèse actuelle d'identification (le sens
actuel) et l'objet visé (l'X porteur de déterminations), il
semblerait perdre son caractère d'« en soi », et donc sa réa-

lité, car il se retrouverait dépendant de la subjectivité actuelle. En conséquence, l'idéalisme conduirait à la dissolution de l'idée même de réalité. Pour surmonter cette difficulté, il est nécessaire de tenir compte de la temporalisation de la connaissance afin de montrer en quoi la réalité, comme corrélat de la vérification évidente, ne se limite pas à la pure actualité du maintenant. En effet, la question de la réalité est étroitement liée à celle de l'auto-constitution du moi. *A priori,* toute évidence fonde un acquis durable, une habitualité, parce qu'elle contient la possibilité inconditionnée de pouvoir être réactualisée. Ce qui a été une fois vu est définitivement vu parce qu'il peut toujours être revu. De ce fait, parce que l'évidence de tel vécu peut toujours être retrouvée, le passé est l'un des lieux privilégiés de la constitution du moi. Le propre d'un souvenir étant de pouvoir toujours être retrouvé par des liens intuitifs, le passé est en quelque sorte un avenir : il est un horizon potentiel de réactivations. Cela montre que la réalité de l'objet reconduit à son être durable, c'est-à-dire à la possibilité *a priori* de pouvoir réactiver une évidence et donc de pouvoir viser le même objet. En effet, parce que la temporalité de l'objet renvoie à la temporalité des actes intentionnels, la « réalité » reconduit nécessairement à la conscience potentielle et cela libère de la seule conscience actuelle. Autrement dit, la réalité renvoie nécessairement, par les liens intuitifs du souvenir, à des évidences passées, et l'« en soi » *(Ansich)* ne signifie pas chez Husserl une extériorité substantielle, mais une unité de durée qui n'est pas liée au pour soi du maintenant. La table, qui se donne maintenant à voir à moi, est un « en soi », une réalité stable, parce que cette perception n'est pas isolée, mais reliée, par des lois nécessaires, à toutes mes perceptions passées de tables, qui, comme données immanentes, sont en droit réactivables. Il est clair que cela ne vaut pas que pour les objets transcendants, mais aussi pour les idéalités d'entendement comme le nombre. Ainsi, rien n'est perdu avec l'idéalisme transcendantal, et surtout pas la réalité, puisque la réduction phénoménologique, loin de conduire à dissoudre la réalité du monde dans le subjectivisme, est ce qui permet d'expliquer ce que signifie, pour le monde, « exister ». Au contraire, la limitation de l'attitude naturelle, en étant aveugle à la sphère de la subjectivité absolue et en identifiant réalité et matérialité, manque le sens d'être propre à la réalité, c'est-à-dire manque la réalité comme mode de donnée de l'objet.

Husserl peut maintenant montrer en quoi la phénoménologie transcendantale lève l'énigme de la transcendance du monde en élucidant le sens de la réalité du monde et le sens de sa transcendance :

> L'être du monde est donc nécessairement *transcendant* à la conscience, même dans l'évidence originaire, et y reste nécessairement transcendant. Mais ceci ne change rien au fait que toute transcendance se constitue uniquement dans la vie de la conscience, comme inséparablement liée à cette vie, et que cette vie de la conscience – prise dans ce cas particulier comme conscience du monde – porte en elle-même l'unité de sens constituant ce monde, ainsi que celle de ce monde *réellement existant*. Seule l'explication des horizons de l'expérience éclaircit, en fin de compte, le sens de la réalité du monde et de sa *transcendance*. Elle nous montre ensuite que cette transcendance et cette réalité sont inséparables de la subjectivité transcendantale dans laquelle se constituent toute espèce de sens et toute espèce de réalité [5].

Puisque l'on a déjà explicité l'idée que l'évidence de l'existence du monde n'est pas apodictique, l'analyse constitutive peut maintenant dire que la réalité du monde est le corrélat d'une vérification infinie. Le problème est donc bien plus complexe pour les données transcendantes que pour les données immanentes. Encore une fois, à la différence d'un vécu, l'objet du monde se donne par esquisses et selon une infinité d'apparitions. Cependant, il se donne aussi en lui-même et donc comme excédant toujours ses esquisses. Or, ce qui vaut pour un objet transcendant pris à part vaut *a fortiori* pour le monde dans son entier. Toute donnée du monde renvoie nécessairement à une infinité d'autres données qui seront concordantes. En effet, toute donation du monde possède un horizon multiforme d'anticipations non comblées et donc renvoie à une infinité d'expériences possibles. La conscience potentielle désigne cette fois la synthèse continue et indéfinie de l'expérience. Par essence, l'évidence du monde est inachevée et, même si toute évidence en appelle d'autres, on ne saurait atteindre l'évidence adéquate. Dès lors, l'« en soi » n'a pas le même caractère pour les données immanentes que pour les données transcendantes. La stabilité de l'objet transcendant ne peut être que relative, puisque ce qui est visé comme le même peut se révéler être inexistant ou simplement autre. Cela dit, il n'y a pas d'autre stabilité de l'objet transcendant que celle qui se fonde dans la conscience potentielle de la subjectivité transcendantale. Autrement dit, une chose n'est effectivement existante que sous l'horizon d'une infinité d'expériences possibles, infinité qui révélera peut-être pourtant que ce qui est visé comme le même est autre.

Cette nouvelle compréhension de la vérité comme évidence permet de répondre à la question directrice de toute théorie de la connaissance : comment une intériorité pourrait-elle sortir d'elle-même pour faire l'expérience d'une extériorité[6] ? Le monde est ce qui s'annonce peu à peu dans une synthèse continue et indéfinie, active et passive, dans la sphère de l'immanence. En conséquence, le monde est ce qui possède ce mode propre d'identification et de confirmation. Dès lors, comprendre l'évidence comme structure originaire de la conscience ouvre à une détermination transcendantale de la transcendance du monde : le monde est en même temps le sens que je lui donne et cette réalité qui ne cesse de se confirmer dans l'expérience. Il n'est donc plus possible d'élucider la transcendance du monde uniquement à partir du caractère de la non-donnée absolue, mais également à partir de cet horizon infini d'expérience par rapport auquel la subjectivité transcendantale comprend le sens de sa tâche, comme tâche infinie de constitution du monde. Ainsi, la vérité-évidence révèle le monde comme une « idée infinie, se rapportant à des infinités d'expériences concordantes et *cette idée est corrélative à l'idée d'une évidence empirique parfaite (eine Korrelatidee zur Idee einer vollkommenen Erfahrungsevidenz),* d'une synthèse complète d'expériences possibles[7] ». Parce que l'évidence est une structure de la conscience, le monde existe dans la mesure où j'en ai toujours une évidence présomptive. De plus, ces infinités de l'expérience sont à unifier de manière concordante, et telle est la tâche de la science. De ce fait, l'idée de science et l'idée de monde comme idées infinies sont indissociables. Husserl déploie ainsi comme un argument ontologique : l'existence du monde est obtenue par l'élucidation du concept de monde. En effet, si par essence le monde est ce qui ne sera jamais donné dans une expérience actuelle, cela ne marque pas sa non-existence, mais au contraire qu'il existe à sa façon propre. Il est alors légitime de dire que l'analyse intentionnelle met définitivement fin au scepticisme en évitant le réalisme transcendantal, qui repose sur une erreur ontologique. Que l'évidence du monde ne soit que présomptive ne rend pas son existence présomptive, puisque justement le fait que le monde soit une idée infinie appartient à son mode de donnée. Le monde se donne dans l'évidence comme le titre d'une tâche infinie et la science du monde trouve dans le mode de donation du monde le fondement de sa vérité.

En comprenant l'objet comme l'index d'un système d'évidences, Husserl a bien montré en quoi l'objet porte en lui les lois de son apparaître, les modes de sa donation. Ainsi, le but de la phénoménologie n'est pas le projet insensé de produire l'évidence adéquate, notamment pour les objets transcendants, mais de dégager la structure même de l'objet, son *eidos*. De ce point de vue, la phénoménologie constitutive, qui comprend le monde comme une idée infinie que la conscience porte en elle et dont elle doit répondre, s'ouvre sur la phénoménologie eidétique, qui veut mettre en évidence l'essence des choses et l'essence de la personne, comme celle de la communauté des personnes. Il y a une intentionnalité qui est propre à chaque objet (la nature, le moi, autrui) et c'est la force de la phénoménologie que de reconnaître le mode spécifique de donnée des différents types d'objets. Justement, pour n'avoir reconnu qu'un seul type d'objets, pour n'avoir pas été à l'écoute des choses mêmes, la philosophie antérieure n'a pas pu dégager les lois de la constitution du monde ; elle a manqué l'*a priori* de corrélation entre l'objet de l'expérience et ses modes de données. Dès lors, si la phénoménologie veut constituer tous les objets possibles de l'expérience, comme idéalisme transcendantal, elle veut être également l'ontologie en laquelle s'unifient toutes les ontologies.

2. Fait et essence

La phénoménologie ne veut pas être une simple science de l'expérience, mais bien une connaissance rationnelle du monde. En cela,

> la phénoménologie transcendantale, systématiquement et pleinement développée, est *eo ipso* une authentique ontologie universelle. Non pas une ontologie formelle et vide, mais une ontologie qui inclut toutes les possibilités régionales d'existence, selon les corrélations qu'elles impliquent[8].

En conséquence, l'idéalisme transcendantal, comme ontologie universelle et concrète, non seulement rassemble toutes les ontologies régionales, mais est également la science du monde, la science de tout monde possible[a], c'est-à-dire imaginable. Dès lors, cette science transcendantale de toutes les possibilités pures, cette ontologie universelle et absolue, doit fonder toute science des faits. Ainsi, avec la réduction eidétique, la phénoménologie devient une science des essences, qui montre en quoi la rationalité du fait ne peut se trouver que dans l'*a priori*. Cette recherche des essences *(Wesensforschung)* est une intuition des essences pures comme connaissance apriorique. La détermination de la nature de l'*eidos* est ce qui permet de donner son sens philosophique à l'*a priori* : « Ce concept d'*eidos* définit en même temps le seul des concepts de l'expression à signification multiple : *a priori*

---

a. Dans ce contexte, le possible ne désigne pas chez Husserl le probable, mais, d'une façon bien plus large, ce qui est simplement pensable.

à être reconnu par nous comme philosophique. C'est lui exclusivement qui est donc visé, chaque fois où dans mes écrits il est question d'*a priori*[9]. » Une nouvelle fois, c'est la façon dont l'*eidos* va se révéler qui va expliciter son idéalité.

En montrant que les recherches constitutives sont des recherches aprioriques, la phénoménologie va se libérer, à nouveau, de toutes les formes de naturalisme qui « réduisent à des faits de nature les idées, donc toutes les normes et tous les idéaux absolus[10] ». La distinction du fait et de l'essence est donc déterminante et la phénoménologie doit d'abord être considérée comme une « méthode » qui permet de s'élever des faits aux structures mêmes de l'être et donc qui permet aux sciences de gagner leur véritable scientificité. En effet, « le singulier sera toujours un *apeiron*[11] » et, de ce fait,

> la phénoménologie ne laisse tomber que l'individuation, mais elle retient tout le fonds eidétique *(Wesensgehalt)* en respectant sa plénitude concrète, l'élève au plan de la conscience eidétique, le traite comme une essence dotée d'identité idéale qui pourrait comme toute essence s'individuer non seulement *hic et nunc* mais dans une série illimitée d'exemplaires[12].

Il ne s'agit donc pas de perdre le fait, mais d'en saisir la rationalité comme exemplaire singulier d'une essence. Par suite, « le fait lui-même, avec son irrationalité, est un concept structurel dans le système de l'*a priori* concret[13] ».

La première section des *Idées I* montre en quoi « l'intuition empirique ou intuition de l'individu peut être convertie en vision de l'essence *(Wesenschauung, Ideation)*[14] ». Cette idée de conversion indique bien qu'il ne s'agit pas de s'ouvrir à un monde idéal, parallèle au monde empirique, mais d'apprendre à voir autrement le même monde en se tournant vers ce qui fait sa rationalité. L'idéalisation du monde ne conduit donc pas Husserl à la séparation d'un monde sensible et d'un monde intelligible et, de ce fait, l'accusation de platonisme ne tient pas. Pour répondre à cette accusation de platonisme, qui a été formulée dès la parution des *Recherches logiques,* il faut souligner que

l'essence ne s'identifie pas, pour Husserl, au simple
ensemble des déterminations essentielles de l'objet singulier. L'essence est la *species*[a], l'unité identique qui correspond à la multiplicité des objets individuels :

> Si nous retenons le premier concept de l'*a priori* (celui
> qui n'est pas faussé par l'empirisme), alors la phéno-
> ménologie a affaire à l'*a priori* dans la sphère des ori-
> gines, des données absolues, à des *species* qui sont à
> saisir dans la vision générique et à des états-de-choses
> aprioriques qui se constituent, de façon accessible à
> une vue immédiate, sur la base de ces *species*[15].

Entre deux objets rouges, la ressemblance n'est pas établie par abstraction, mais est interne aux objets eux-mêmes
et donc peut être intuitionnée comme unité idéale. Il n'y a
ici de connaissance que parce que l'*a priori* des choses
vient à la donnée : la *species* rouge est donnée de façon
évidente comme une et absolument identique. En cela,
l'essence rouge n'est ni liée aux objets rouges ni une
construction psychique et c'est ce qui fait dire à Husserl :
« cette essence générale est l'*eidos*, l'*idea* au sens platoni-
cien, mais saisie dans sa pureté et libre de toutes interpré-
tations métaphysiques, prise donc exactement telle qu'elle
nous est immédiatement et intuitivement donnée dans la
vision des idées qui résulte de ce cheminement[16] ». Ainsi,
le mode de donnée de l'essence permet à Husserl de soutenir qu'il n'y a qu'un seul monde parce que c'est l'intuition sensible qui se convertit en intuition de l'essence. En
effet, l'intuition de l'essence arbre suppose que l'on puisse

---

a. Le terme de *species* (l'espèce) est utilisé par saint Thomas
d'Aquin pour désigner une réalité intermédiaire entre le sujet et
l'objet. La chose serait connue par la présence de la *species* dans
la pensée qui connaît sans que la *species* soit un autre être que
l'objet : l'objet dans son espèce, c'est-à-dire dans sa forme, se présente à la pensée. Contre le nominalisme, Husserl a recours au
terme de *species* pour signifier que l'identité du général n'est pas
nominale et qu'il y a bien une conscience originaire du général.
Cf. *Recherches logiques* II, 1 : « L'unité idéale de l'espèce et les
théories modernes de l'abstraction. »

tourner le regard vers tel arbre, réel ou imaginé, bref suppose une conscience d'exemple, sans pour autant que cette
intuition soit dépendante des cas particuliers individuels.
Par conséquent, la science eidétique est, par principe, indépendante de toute science de fait. Au contraire, les sciences
eidétiques formelles (logique formelle et ontologie formelle comme disciplines aprioriques qui déterminent les
vérités qui appartiennent à l'essence de l'objectité en général) et les sciences eidétiques matérielles (les différentes
ontologies régionales) sont les conditions de possibilité
de toute science d'expérience. L'idéation permet donc de
passer de la perception de cet arbre à la saisie du sens
pur arbre et même à l'idée de chose qui désigne un « cadre
catégorial [17] ». Même si c'est d'abord d'une façon non
consciente que l'idéation rend conscient, avec toute perception sensible est également donné un tel cadre, c'est-à-
dire l'essence chose. Ainsi, chaque *a priori* régional (chose
en général, âme en général) assure, dans la région ouverte
par lui, la possibilité même des connaissances de fait. De
ce point de vue, la phénoménologie est une ontologie universelle et concrète en un double sens : d'une part elle est
« en tant que science de la conscience transcendantale dans
le cadre de l'intuition immédiate d'essence, le grand
Organon de la connaissance transcendantale en général [18] », parce qu'elle explique notamment comment est
faite la conscience de chose. D'autre part, comme égologie
transcendantale, elle identifiera l'autoconstitution de l'ego
et la constitution du monde. Pour le moment, il s'agit pour
Husserl de montrer qu'elle est la méthode à laquelle toutes
les méthodes reconduisent. C'est pourquoi, c'est en appli-
quant le regard eidétique, comme source de toute clarification ultime, que l'on peut transformer les sciences de fait
en de véritables ontologies rationnelles. Si le terme *eidos*
vient marquer, pour Husserl, l'être objectif de l'essence, qui
est donné dans l'intuition, le terme d'*a priori* vient marquer
que les vérités essentielles précèdent toute facticité de par
leur validité. Dès lors,

> juger des réalités selon les lois de leurs pures possibi-
> lités, ou en juger d'après les « lois d'essences », les
> lois *a priori,* est une tâche universelle qui doit être

effectuée pour toute réalité, et qui est absolument nécessaire. Ce qui est aisé à comprendre sur l'exemple de la pensée mathématique et de la science mathématique de la nature vaut de façon tout à fait générale pour toute sphère objective. A chacune d'elles appartient la possibilité d'une pensée *a priori,* par suite d'une science *a priori* ayant la même capacité d'application que cette science – dans la mesure où nous donnons partout à l'*a priori* le même sens strict, le seul qui soit intéressant[19].

L'idéalisation du monde, dont les mathématiques sont un exemple sans en être le modèle universel[a], est ce qui permet d'accomplir l'idée de science.

L'intuition des essences n'a rien de mystique[b], elle ne relève pas d'une inspiration divine, mais elle est la donation en personne de ce qui rend possible un fait singulier : « Si j'ai intuitionné cela, je suis alors en possession d'une vérité absolue, d'une vérité qui se fonde purement sur elle-même et qui ne peut être atteinte par aucune relativisation au moi ni au monde ni à une quelconque sphère contingente d'individualité[20]. » L'essence n'est pas une propriété de l'objet individuel, qui serait obtenue par induction, et elle n'est pas non plus une simple fiction, mais elle est un sens pur qui doit être intuitionné pour que l'on puisse saisir la rationalité du monde. Avec l'eidétique, la réduction se confirme bien être anti-naturelle, parce que les principes de la connaissance ou de l'éthique (bref toutes les normes et valeurs absolues) ne sont précisément absolus qu'en tant que leur vérité ne se fonde que sur eux-mêmes et non sur le monde. Une action singulière ne peut

---

a. Si les mathematiques sont une science apriorique, la démarche mathématique se fonde avant tout sur la déduction, puisque c'est là que s'exerce l'évidence. En phénoménologie, on procède dans le cadre d'une pure vue, sans pour autant déduire.

b. Pourtant Husserl fait une analogie avec l'intuition mystique pour souligner le caractère immédiat de l'évidence : « C'est en effet le langage des mystiques, décrivant la vision intellectuelle qui ne serait pas un savoir de l'ordre de l'entendement, qui nous vient à l'esprit. » *L'Idée de la phénoménologie*, p. 88[62].

apparaître comme juste ou injuste qu'à partir de l'intuition des normes absolues de l'agir (ce qui est absolument exigé), et prétendre qu'une telle intuition n'est pas possible revient à nier la possibilité même d'une rationalité de l'agir. Tout retour à l'empirisme ne peut ici conduire qu'au nihilisme, c'est-à-dire à l'affirmation arbitraire de normes finies et relatives. Ici également, il s'agit de s'affranchir de la limitation propre à l'attitude naturelle qui, en demeurant aveugle aux normes ultimes, conduit à faire du monde un chaos absurde. Ainsi, la phénoménologie comme méthode s'identifie à cette conversion vers les principes *a priori* comme données de la raison intuitive. De ce point de vue, elle permet à chaque science particulière de prendre conscience de l'*a priori* qui fonde toute recherche empirique. Dans l'idéation, l'objet idéal (l'idéalité) se montre de manière originaire.

3. L'intuition catégoriale

L'intuition catégoriale définit à elle seule la méthode de la phénoménologie eidétique, comme phénoménologie centrale et radicale. En cela, la phénoménologie est bien un tournant dans l'histoire de la philosophie en ce qu'elle met fin à la séparation entre l'intuition sensible et l'intuition catégoriale. Plus précisément, l'intuition catégoriale ne va plus être comprise comme l'autre de l'intuition sensible ; elle est au contraire l'achèvement de l'autodonation de l'étant. Les principes mêmes de l'être se donnent dans l'intuition, mais à travers l'intuition sensible, et c'est ce qui fonde l'unicité du monde. Le monde se donne à voir et notre rapport au monde ne peut être suspendu, puisque la donation ne dépend pas de moi. Néanmoins, c'est dans l'intuition que le sujet prend conscience de cette donation et c'est pourquoi l'intuition est l'acte par lequel le sujet a un monde. De ce point de vue, l'intuition catégoriale n'est pas comprise comme une expérience parmi d'autres, mais comme la vérité même de l'expérience. Ainsi, le retour à la sphère de la subjectivité absolue ne fait pas quitter le monde, mais montre que le rapport de soi à soi passe par le monde, puisque toute la tâche du sujet est de dévoiler cet être qui se donne à lui. Avant d'étudier cette double donation, la pré-donation passive et la donation dans l'acte d'intuition, il faut élucider cet élargissement du concept d'intuition.

Dans la sixième des *Recherches logiques,* Husserl montre que si l'intuition désigne tout acte de remplissement en général, il y a une multiplicité d'intuitions et notamment une intuition du général. A côté de l'intuition de cet objet rouge, il y a également l'intuition du rouge en général. Plus encore, l'intuition ne porte pas seulement sur les objets généraux comme or et jaune, mais porte aussi sur des relations comme « l'or est jaune » :

> Car on tiendra d'emblée pour évident : de même qu'un concept quelconque (une idée, une unité spécifique) ne peut « naître », c'est-à-dire ne peut être donné en lui-même qu'en vertu d'un acte qui nous mette sous les yeux, tout au moins imaginativement, une chose singulière quelconque qui lui corresponde, de même le concept d'être ne peut surgir que si un être quelconque est placé réellement ou imaginativement sous nos yeux. Si nous considérons l'être comme un être prédicatif, un état de choses *(Sachverhalt)* quelconque doit donc nous être donné, et cela naturellement au moyen d'un acte *qui le donne* – *l'*analogon *de l'intuition sensible ordinaire*[21].

Il y a donc des remplissements qui ne sont pas sensibles et, de ce fait, l'intuition catégoriale est un acte de connaissance qui donne un objet idéal. En réalité, toute connaissance rationnelle suppose que les formes catégoriales soient elles-mêmes données. Dire que A ressemble à B suppose aussi l'intuition de la catégorie de la ressemblance. Cependant, il ne s'agit pas là d'une simple juxtaposition d'intuitions différentes :

> Le rapport entre le concept large et le concept étroit, le concept suprasensible *(übersinnlich)* (c'est-à-dire qui s'édifie au-delà de la sensibilité, ou concept catégorial) et le concept sensible de la perception, n'est visiblement

pas un rapport extrinsèque ni contingent, mais un rapport qui trouve son fondement dans la chose même[22].

La distinction ne signifie donc pas une séparation entre l'objet sensible et l'objet catégorial. La catégorie ne doit pas être comprise comme extérieure à l'objet, mais comme donnée avec l'objet lui-même, même si elle n'est pas donnée sur le mode de la perception :

> Jamais la simple sensibilité ne peut fournir un remplissement à des intentions catégoriales, plus précisément à des intentions incluant des formes catégoriales ; le remplissement réside au contraire toujours dans une sensibilité informée par des actes catégoriaux[23].

L'intuition catégoriale ne supprime donc pas l'intuition sensible dans laquelle un objet se constitue d'une manière simple et directe. En effet, à partir de l'appréhension simple d'un objet sensible, il est également possible d'appréhender le même objet de façon à l'expliciter, et ce second acte de perception est en même temps la saisie de la structure propre de l'objet, ainsi que de ses relations externes (A plus grand, plus clair, plus sombre que B). Cela dit, il est tout à fait essentiel que, même si la perception des objets sensibles sert de fondement à la constitution d'une forme catégoriale, il s'agit de la saisie d'une nouvelle forme d'objectivité. En retour, la saisie catégoriale « A ressemble à B » ne modifie pas l'objet sensible :

> L'objet n'apparaît pas avec de nouvelles déterminations réelles, il est là, bien le même, mais *selon un mode nouveau*. L'insertion dans le contexte catégorial lui confère une place et un rôle déterminés, le rôle de membre d'une relation, spécialement d'un membre sujet – ou objet ; et ce sont là des différences qui se manifestent phénoménologiquement[24].

On est donc ici très loin d'une théorie de l'abstraction, puisque c'est le mode de donnée de l'objet qui est modifié dans l'intuition catégoriale et non le contenu sensible de l'objet phénoménal. Cela confirme à nouveau que le regard eidétique consiste à se laisser guider par l'intuition, à être fidèle à la manifestation du monde : la conversion du regard ne modifie pas le monde dans son contenu réel, mais le donne à voir dans sa structure intelligible. Dès lors, ce n'est que dans l'intuition catégoriale que le monde se donne vraiment comme un monde. Il n'y a là aucune rupture avec le monde et c'est pourquoi l'intuition d'une vérité logique ou mathématique n'est pas totalement séparable de l'intuition sensible. Plus généralement, toute intuition catégoriale se rapporte immédiatement ou médiatement à la sensibilité :

> Nous avons qualifié de sensibles les actes d'intuition simple, de catégoriaux les actes fondés qui nous ramènent immédiatement ou médiatement à la sensibilité. Il est cependant important de distinguer, à l'intérieur de la sphère des actes catégoriaux, entre actes purement catégoriaux, actes de l'« entendement pur » et actes mixtes, « mêlés » de sensibilité. Il est dans la nature même de la chose qu'en dernière analyse tout ce qui est catégorial repose sur une intuition sensible, bien plus, qu'une intuition catégoriale, donc une vision évidente de l'entendement, une pensée au sens le plus élevé, qui ne serait pas fondée dans la sensibilité, est une absurdité. L'idée d'un « intellect pur », interprété comme une « faculté » de pensée pure (ici d'action catégoriale) et totalement isolée de toute « faculté de la sensibilité », ne pouvait être conçue qu'avant une analyse élémentaire de la connaissance dans ses composantes évidemment irréductibles[25].

L'intuition catégoriale, comme saisie de l'universel, ne consiste donc pas à informer ce qui de soi serait informe : les formes catégoriales « ne donnent pas une forme au sens où le potier modèle une forme[26] ». Husserl insiste sur l'idée que la connaissance n'est pas une altération du donné, mais bien son élucidation, et c'est pourquoi l'intuition catégoriale permet de se libérer de toute construction intellectuelle d'entendement. En conséquence, si, pour le phénoménologue, le sens de l'être est de pouvoir être intuitionné, la distinction du singulier et de l'universel n'est plus celle de l'être et de la pensée : l'universel lui-même, et ainsi l'idéa-

lisation du monde, n'enferme pas dans une pensée pure
totalement séparée de la sensibilité. Au contraire, avec
l'intuition catégoriale, c'est la sensibilité elle-même qui
s'idéalise et qui devient intelligente. On voit donc maintenant précisément que c'est parce qu'il n'a pas su élargir
l'intuition au domaine catégorial que Kant n'a pas pu réaliser l'idéalisation du monde et que « le concept authentique
phénoménologique de l'*a priori* lui a manqué[27] ». Ainsi,
pour Husserl, l'objet n'est plus une diversité sensible organisée par des concepts de l'entendement, mais il a son unité
propre, qui se donne à voir dans l'intuition catégoriale.
L'être même des choses n'est pas un concept obtenu par un
travail d'abstraction, mais précisément ce qui se donne et
peut faire l'objet d'une élucidation[a].

Apprendre à voir revient donc à prendre conscience que
l'intuition donne beaucoup plus qu'il n'y paraît pour la
simple pensée naturelle et que le monde des objets s'étend
aux objets idéaux qui, eux aussi, sont. Dès lors, par l'idéalisation, le monde lui-même s'arrache à la limitation que
lui imposait l'attitude naturelle : il devient une totalité infinie d'objectivités idéales. En ce sens, l'élargissement que
Husserl fait subir au concept d'intuition ne consiste pas
seulement à l'ouvrir à de nouveaux objets, mais aussi surtout à montrer que l'intuition sensible elle-même est déjà
une intuition catégoriale. La donnée sensible de tel objet
rouge est en même temps la donnée catégoriale du rouge.
En effet, sur la base des intuitions sensibles d'objets
rouges, je peux obtenir l'intuition du rouge en général,
c'est-à-dire l'intuition de l'essence. Cet *a priori* saisi par

---

a. Tout en reprochant à Husserl d'avoir identifié être et être-objet,
Heidegger, lors du séminaire de Zähringen, en 1973, reconnaît
qu'il a donné le sol sur lequel la question de l'être va pouvoir être
posée : « Pour pouvoir même déployer la question du sens de l'être,
il fallait que l'être soit donné, afin de pouvoir interroger son sens.
Le tour de force de Husserl a justement consisté dans cette mise en
présence de l'être, phénoménalement présent dans la catégorie. Par
ce tour de force j'avais enfin le sol : "être", ce n'est pas un simple
concept, une pure abstraction obtenue grâce au travail de déduction. » *Questions IV*, trad. franç. Paris, Gallimard, 1976, p. 315. Sur
toute cette question, cf. Jean-François Courtine, *Heidegger et la
Phénoménologie*, Paris, Vrin, 1990.

intuition n'enferme pas dans une subjectivité, puisque l'essence du rouge est indépendante de toute subjectivité particulière. Mais cette saisie du général n'a rien de comparable avec un processus d'abstraction. En cela, Husserl rompt avec les analyses classiques de la perception qui consistent à prendre comme point de départ un objet singulier et à faire abstraction de tout le reste. Avec l'intuition catégoriale, c'est aussi l'entre-appartenance des objets entre eux qui est donnée à la conscience et c'est donc l'unité propre du monde qui s'offre au regard eidétique, puisque l'objet général est bien saisi en lui-même et pour lui-même, même s'il est saisi dans son lien avec l'objet individuel. C'est par une nouvelle orientation du regard que je regarde, dans une pure vue, le rouge en général dont le rouge individuel n'est qu'un exemple.

Avec cet élargissement du domaine de l'intuition, Husserl ne se contente pas de dénoncer le caractère encore empirique de l'*a priori* kantien, mais montre en quoi c'est le monde lui-même qui se donne dans l'intuition. Le monde apparaît comme monde sous le regard eidétique dans la mesure où ce sont les relations d'essences qui constituent sa rationalité qui viennent à la donnée. C'est bien un seul et même monde qui se donne dans l'intuition sensible et dans l'intuition catégoriale, mais en un sens la première suppose la seconde parce que sans la saisie des formes catégoriales il n'y a pas de monde qui apparaisse. En ce sens, la conversion du regard doit aller du simple fait jusqu'aux lois d'essence qui font que le monde se donne dans l'unité qui lui est propre. A partir du monde donné en fait, il faut remonter jusqu'à l'*a priori* universel de monde. Mais, qu'est-ce qui peut assurer que l'idéalisation du monde est achevée et donc qu'on ne s'en tient pas à l'*eidos* d'un monde particulier ? Pour le moment, il est clair que c'est dans l'intuition catégoriale que l'on peut connaître le monde parce que c'est en elle qu'il se phénoménalise véritablement, qu'il se donne dans son ordre propre.

On a parfois considéré un peu vite comme « évident » que Husserl, à partir du primat de l'intuition, demeure bloqué dans l'immanence et ne peut donc rendre compte du monde dans sa transcendance. C'est oublier que la réduction libère de toute subjectivité actuelle et que l'intuition

catégoriale ne construit pas le monde, mais laisse le phénomène de monde avoir lieu, c'est-à-dire laisse le monde
se manifester dans son *logos* propre. Il n'y a de monde
que parce que le monde se donne en personne, à la fois
comme horizon de toute expérience et comme une totalité
possédant une structure qui peut faire l'objet d'une évidence apodictique. Encore une fois, l'intuition catégoriale
ne consiste pas à voir un monde qu'on n'avait jamais vu,
mais à voir le monde comme on ne l'avait jamais vu. Dans
l'intuition sensible d'un objet quelconque, le monde apparaît comme le « Tout du monde » et c'est ainsi qu'il est,
comme horizon, la condition de visibilité de l'objet. Dans
l'intuition catégoriale cette fois, le monde est toujours une
condition de visibilité d'une forme catégoriale (l'*eidos* du
son, l'*eidos* de la personne…), mais il apparaît comme une
structure rationnelle. Le monde est donc bien pris comme
fil conducteur en élucidant toute la complexité d'une
simple perception sensible. Certes, les actes catégoriaux
sont définis par Husserl comme des actes fondés, parce
qu'ils supposent l'intuition sensible et sont seulement une
façon de tourner le regard vers un autre mode de donation
de l'objectivité, mais c'est seulement dans cette seconde
façon de regarder que le monde se donne comme monde,
c'est-à-dire comme une unité organisée où des ensembles
apparaissent. Cette saisie de l'universel à même le monde
sensible fonde la possibilité de la connaissance en ouvrant
l'accès à un *a priori* qui est un *a priori* de l'être en tant
qu'il est intuitif et idéal. De ce point de vue, la phénoménologie de Husserl ne se perd pas dans la diversité des
multiples ontologies régionales et c'est pourquoi il était
essentiel de ne pas rigidifier la distinction entre les différents types d'objets (naturels, idéaux, investis d'esprit).
Quel que soit le type d'objet, être signifie qu'un *a priori*
intuitif et idéal se donne à la conscience. La connaissance
du monde donné exige donc une connaissance apriorique
universelle du monde : « la connaissance du monde factice
est précédée par la connaissance universelle des possibilités d'essence sans lesquelles un monde en général, donc
aussi un monde factice, ne saurait être pensé comme
étant[28] ». Ainsi, la réduction, en conduisant à s'arracher
au monde, permet de mieux prendre le monde comme fil

conducteur et donc permet de mettre en évidence « la pure *ratio* du monde[29] » par la saisie des formes catégoriales. Avec cette saisie de la forme essentielle et invariante du monde, la phénoménologie gagne son nom d'ontologie à la fois universelle et concrète :

> Il ne faut jamais perdre de vue que cette phénoméno-logie transcendantale ne fait rien d'autre que de questionner *le* monde, celui qui en tout temps est pour nous le monde effectif (qui vaut pour nous, se légitime pour nous, qui seul a sens pour nous), rien d'autre que de questionner intentionnellement ses sources de validité et de sens qui recèlent évidemment son véritable sens d'être[30].

4. La force de l'imagination

Ce mouvement par lequel le sujet s'élève, à partir du monde donné, jusqu'à l'*a priori* universel du monde, qui manifeste son sens d'être, doit être encore précisé en montrant comment on accède à l'*a priori* concret. En effet, comment est-il possible d'accéder aux essences en partant de la donnée de fait du monde ? N'est-on pas alors toujours dépendant de son point de départ ? Comment l'essence pourrait-elle être libre de tout lien avec la facticité ? La saisie des formes catégoriales dans un voir apodictique suppose en fait le pouvoir de l'imagination qui permet d'effectuer une destruction de l'individualité et donc de la contingence. Ainsi, l'imagination va être comprise comme donatrice de l'*a priori* par la réduction de l'*a posteriori*.

La phénoménologie ne reconnaît la fonction indispensable de l'imagination dans la connaissance que par une rupture radicale avec la conception traditionnelle de l'image selon laquelle l'image ne serait qu'une forme dégradée de la perception. Certes, l'image avait déjà pu être reconnue dans sa fonction auxiliaire, mais à la condition de perdre sa forme d'image pour devenir signe ou schème[31]. Au contraire, la phénoménologie, en dégageant les différents modes de l'intentionnalité, peut prendre en considération l'image comme image. Elle n'est plus alors limitée au fait d'être un simple mode dérivé en tant que prolongement affaibli d'une perception extérieure, mais elle est cette fois reconnue comme un mode propre de la conscience du monde. Viser une chose sur le mode de l'imagination, ce n'est pas la viser sous le mode de la perception. Il faut donc déterminer le type de conscience auquel correspond l'imagination. Mieux que le signe, l'image participe à la donation de la chose parce que le signe peut n'avoir rien de commun, quant au contenu, avec le désigné : « l'image, par contre, a avec la chose un rapport de ressemblance, et, si ce rapport fait défaut, on n'est plus en droit de parler d'image [32] ». En cela, l'imagination se caractérise par une certaine forme de la synthèse : celle du semblable avec le semblable. En effet, dans l'imagination la chose se donne par ressemblance alors que dans la perception c'est la chose même qui se donne et non une image. Dès lors, dans quelle mesure l'imagination peut-elle rendre la connaissance possible si l'objet ne s'y donne pas en personne ? Il semble bien y avoir un privilège de la perception comme mode d'appréhension dans la mesure où l'objet de l'imagination n'apparaît pas en tant que présent lui-même, « en chair et en os », mais seulement là pour ainsi dire, comme si. Il faut donc distinguer entre présentation et présentification *(Vergegenwärtigung)*, c'est-à-dire distinguer entre la présence immédiate de ce qui est « en chair et en os » et la donnée de ce qui n'est pas « en chair et en os » (l'imagination, le souvenir, l'attente), mais seulement une re-présentation. Entre l'impression et la modification reproductive, il y a une différence de nature et non de degré.

Cependant, la pure imagination, qui est à distinguer de la conscience d'image[a], n'est pas une présentification du

---

a. La conscience d'image *(Bildbewusstsein)* se distingue de la pure imagination *(Phantasie)* en ce qu'elle a besoin de la médiation de quelque chose qui apparaît à la perception dans le présent. Ainsi, en marquant une rupture avec la conscience perceptive, l'imagination éloigne du monde, mais c'est peut-être en cela qu'elle peut plus librement donner le monde à voir dans sa vérité.

même type que celle du souvenir. Le propre de l'imagination *(Phantasie)* est d'être une modification de neutralité[a] ou une conscience non positionnelle d'un type tout à fait universel qui peut concerner tous les vécus. En effet, la quasi-présence du souvenir ne peut pas se confondre avec la quasi-présence de l'image, parce que l'imagination est une *époché* spontanée et libre par rapport à toute position d'existence. D'une façon générale, la différence entre le souvenir et l'imagination recouvre la différence entre ce qui a été vécu et ce qui ne l'a pas été, puisque le souvenir, par essence, garde toujours un lien, plus ou moins lointain, avec une donnée originaire :

> Une nouvelle équivoque dangereuse apparaît dans l'expression « se figurer simplement par la pensée » ; du moins il faut se garder d'une confusion très facile entre la *modification de neutralité* et l'*imagination*. Ce qui déroute, et ce qui en réalité n'est pas aisé à débrouiller, c'est que l'imagination elle-même est en fait une modification de neutralité ; en dépit du caractère particulier que représente son type, elle est d'une signification universelle, elle peut s'appliquer à *tous* les vécus ; elle joue même un rôle dans la plupart des formes qu'adopte la conscience quand elle se figure simplement par la pensée ; et pourtant dans ce cas on doit la distinguer de la modification générale de neutralité avec les multiples formes qui se conforment à toutes les espèces diverses de position.
> Plus exactement, l'*imagination* en général est *la modification de neutralité appliquée à la présentification « positionnelle »,* donc au souvenir au sens le plus large qu'on puisse concevoir[33].

Les images sont des modifications de neutralité des souvenirs en ce qu'il n'y a pas position d'une existence, mais que le monde, dans cette attitude neutre, est visé sur le mode du comme si. Cette modification de sens, qui trans-

---

a. Husserl définit la modification de neutralité comme n'étant pas une action, mais comme étant, pour la conscience, le simple fait de s'abstenir de poser une thèse d'existence. Cf. *Idées I*, § 109.

forme le souvenir en imagination, est toujours possible
pour tout vécu qui devient en ce cas une pure possibilité.
Le monde de l'imagination est totalement un monde du
comme si, un monde affranchi de situations spatiales et
temporelles absolues. Plus encore, la neutralité de la fan-
taisie, comme conscience intuitive d'un objet fictif, fait
que la liaison des intuitions de l'imagination ne se fait que
par rapport au *je*, mais non relativement aux objets. Dès
lors, les imaginations ne sont pas nécessairement dans une
connexion ordonnée comme les souvenirs :

> Par là est devenu clair le sens de l'affirmation d'une
> absence de liaison entre les intuitions de l'imagination.
> La situation temporelle absolue fait défaut aux objec-
> tivités de l'imagination, et ainsi elles ne peuvent même
> pas avoir entre elles, comme les objets de la percep-
> tion, une unité temporelle, un ordre temporel unique
> – dans la mesure où, comme précédemment, nous
> parlons d'imaginations qui ne constituent pas entre
> elles un lien co-visé par la conscience, une unité de
> l'imaginaire. *Une telle constitution d'unité, bien que*
> *possible, reste toutefois extérieure à l'essence des ima-*
> *ginations.* Il n'appartient pas à leur essence de se pro-
> duire nécessairement dans un enchaînement continu
> qui soit, comme unité, une continuité d'imagination.
> Des imaginations séparées n'ont *a priori* aucun lien
> nécessaire, et également, en règle générale, aucun lien
> dans notre expérience factice [34].

Le phantasme peut être isolé parce qu'il possède son
temps imaginaire propre : le centaure que j'imagine maintenant n'est ni antérieur ni postérieur à l'hippopotame que
j'imaginais ou à la table que je perçois maintenant. Il n'y
a donc ni véritable unité de l'imaginaire ni véritable individuation dans l'imaginaire. Chaque imagination se
déploie librement dans l'unité d'un monde possible qui
possède son propre temps imaginaire. Cette absence de
lien de l'imagination avec l'expérience factice est-elle ce
qui interdit à l'imagination d'être le lieu d'un voir ?
    Ce qui semble une insuffisance de l'imagination par rap-
port à la perception peut aussi se révéler être une force. En
effet, dans la mesure où l'imagination est un autre mode de

l'intentionnalité et non un mode dérivé, le possible n'est plus en elle ce qui peut avoir lieu selon des degrés de probabilité, mais ce qui est tout simplement concevable. En conséquence, l'imagination va être l'exercice même de la liberté de l'esprit face au simple fait. Encore une fois, puisque ce qui est visé l'est sur le mode du comme si, l'imagination ne vise pas la vérification évidente ou la donnée en chair et en os des objets du monde. Tout au contraire, cette liberté est ce qui rend possible la saisie des essences. En effet, l'imagination pure étant le libre jeu de la pensée de par la suspension naturelle du jugement d'existence, elle est le lieu de la pure représentation. Et même si l'image est toujours liée à une donnée originaire par le souvenir, il n'en demeure pas moins qu'elle donne à voir son objet hors des contraintes du temps. Il y a donc là un mode tout à fait privilégié de la présence au monde. De par la neutralité de l'imagination, ce qui se donne en elle possède un mode de donnée spécifique : ce qui se donne ce sont les possibilités pures et elles se donnent en personne. Avec la mise en évidence de cet élément essentiel que la possibilité pure est donnée en personne, la phénoménologie montre que l'imagination appartient de plein droit à la recherche de la vérité. Si on ne peut voir l'être qu'en accédant au voir catégorial, c'est l'imagination qui permet d'expliquer comment les essences peuvent accéder à la donnée absolue, comment l'*a priori* peut être intuitionné. De l'imagination dépend donc la possibilité même de la science, car si on ne parvient pas à expliquer comment les catégories sont données intuitivement, c'est le projet même de la phénoménologie comme science rigoureuse qui s'effondre. Le rôle de l'imagination est d'assurer le passage de la donnée sensible à la donnée catégoriale et elle confirme donc que l'objectivité catégoriale ne peut apparaître que sur le fondement de l'objectivité sensible. Une telle loi d'essence vaudrait pour Dieu même. Ainsi, l'imagination pure assure la priorité de l'esthétique transcendantale sur la logique transcendantale en montrant comment à partir de la sensibilité les catégories peuvent être données absolument. Cette imagination pure, loin d'enfermer dans une subjectivité particulière, ouvre au monde en dévoilant l'*a priori* des choses.

Dans le § 4 des *Idées I,* Husserl montre en quoi l'accès
à la pure essence demande de faire appel à des exemples,
mais que ces exemples ne sont pas nécessairement
empruntés aux données de l'expérience. Ils peuvent également venir des données de l'imagination et ces intuitions
purement fictives consacrent mieux l'indépendance de
l'essence par rapport aux faits. Pour accéder à l'essence de
l'agréable, je peux me référer à des expériences passées,
comme je peux imaginer tel exemple d'une situation
agréable. Ainsi, c'est l'appel fait à l'imagination qui permet d'établir que « la saisie de l'essence d'abord par intuition n'implique à aucun degré la position d'une existence
individuelle quelconque ; les vérités concernant les
essences ne contiennent pas la moindre assertion relativement à des faits[35] ». Cependant, c'est au § 70 des *Idées I*
que Husserl fait véritablement l'éloge de l'imagination en
lui attribuant des qualités que d'habitude on lui dénie,
notamment par la mise en évidence de la *clarté* de l'imagination. Pour ne plus comprendre l'imagination comme
obscure et confuse, Husserl part du privilège habituellement accordé à la perception pour finalement reconnaître
qu'en phénoménologie il y a un privilège de l'image libre
par rapport à la perception :

> Il y a des raisons qui font que, en phénoménologie
> comme dans toutes sciences eidétiques, les présentifi-
> cations et, pour parler plus exactement, les images
> libres *(freie Phantasien)* ont une position privilégiée
> par rapport aux perceptions ; cette supériorité s'affirme
> même jusque dans la phénoménologie de la percep-
> tion, à l'exception bien entendu de celle des *data* de
> sensation[36].

Husserl fait, lui aussi, appel à la géométrie pour exposer
la fonction rationnelle de l'imagination, mais l'usage de
l'imagination s'affranchit cette fois de toute limitation
dans la mesure où l'on ne confond plus le pur acte d'imagination et le simple dessin :

> Le géomètre, au cours de ses recherches, recourt
> incomparablement plus à l'imagination qu'à la per-

ception quand il considère une figure ou un modèle ; cela est vrai même du « pur » géomètre, à savoir celui qui renonce à la méthode algébrique. Sans doute il lui faut bien, quand il use de l'imagination, tendre à des intuitions claires dont le déchargent le dessin et le modèle. Mais s'il recourt au dessin réel ou élabore un modèle réel, il est lié ; sur le plan de l'imagination il a l'incomparable liberté de pouvoir changer arbitrairement la forme de ses figures fictives, de parcourir toutes les configurations possibles au gré des modifications incessantes qu'il leur impose, bref de forger une infinité de nouvelles figures ; et cette liberté lui donne plus que tout accès au champ immense des possibilités eidétiques ainsi qu'aux connaissances eidétiques qui leur font un horizon infini. Dès lors le dessin *suit* normalement les constructions de l'imagination et la pensée eidétiquement pure qui s'élabore sur le fondement de l'imagination ; son rôle principal est de fixer les étapes du progrès de pensée déjà accompli et ainsi de faciliter sa présentation. Même lorsqu'on « réfléchit » sur la figure, les nouveaux processus de pensée qui viennent s'adjoindre aux précédents sont, quant à leur soubassement sensible, des processus imaginatifs dont les nouvelles lignes ajoutées à la figure viennent fixer les résultats [37].

Le dessin est toujours lié à la facticité alors que l'imagination manifeste une incomparable liberté. C'est le caractère « arbitraire » *(willkürlich)* des changements qu'elle effectue qui marque la totale liberté de l'imagination et sa capacité aux connaissances eidétiques. Par l'imagination, le géomètre peut envisager une infinité de nouvelles figures, et le dessin, en fait, n'est qu'une conséquence de l'imagination et non l'imagination elle-même. Pour avoir confondu le dessin, qui facilite la présentification, et l'imagination elle-même, Descartes n'a pas reconnu l'authentique pouvoir de l'imagination et donc n'a pas vraiment eu accès aux idéalités libres qui seules peuvent permettre une compréhension du monde. Ainsi, le phénoménologue et le géomètre s'appuient sur la force de la fiction, comme variation volontaire et arbitraire des images, pour accéder aux possibilités pures. L'imagination libère de la facticité et ouvre l'horizon infini et *a priori* des possibles. C'est pourquoi Husserl reconnaît un privilège à l'art, et plus particulièrement à la poésie, qui consacre la puissance sans limites de l'imagination produisant des fictions originales, riches et claires :

> On peut tirer un parti extraordinaire des exemples fournis par l'histoire et, dans une mesure encore plus ample, par l'art et en particulier par la poésie ; sans doute ce sont des fictions ; mais l'originalité dans l'invention des formes, la richesse des détails, le développement sans lacune de la motivation, les élèvent très au-dessus des créations de notre propre imagination ; la puissance suggestive des moyens de représentation dont dispose l'artiste leur permet de se transposer avec une particulière aisance dans des images parfaitement claires dès qu'on les a saisies et comprises.
>
> Ainsi peut-on dire véritablement si on aime les paradoxes et, à condition de bien entendre le sens ambigu, en respectant la stricte vérité : *la « fiction » constitue l'élément vital de la phénoménologie comme de toutes les sciences eidétiques ;* la fiction est la source où s'alimente la connaissance des « vérités éternelles »[38].

Bien évidemment, il ne s'agit pas de dire que les essences sont des fictions, mais que l'imagination libre donne d'une façon parfaitement claire, c'est-à-dire sans reste, absolument, les essences. L'être du monde se donne à voir dans l'imagination pure.

C'est à la variation imaginative que va revenir la tâche d'ouvrir l'*a priori* à l'intuition en permettant d'éprouver la résistance de l'essence à la variation et donc sa nécessité. Cette variation imaginative accomplit la réduction eidétique et confirme la phénoménologie comme méthode. Comment donc obtient-on une essence ? La méthode exige que l'on parte d'un exemple quelconque d'un type quelconque d'objet. Ce caractère arbitraire de l'exemple initial doit libérer de toute description empirique. En prenant pour point de départ n'importe quel son, entendu ou imaginé, la variation imaginative n'est pas empirique, puisqu'elle demeure totalement libre à l'égard du fait. Cela confirme donc l'idée que la philosophie doit se donner à elle-même sa propre méthode en demeurant totalement indépendante vis-à-vis de toutes les sciences de fait et de leurs méthodes. Ensuite on fait subir à ce son toutes les variations imaginaires possibles (durée, intensité, timbre, etc.) sans qu'il perde jamais son caractère de son :

> En d'autres termes, nous nous laissons conduire par le fait *(Faktum)* pris comme modèle, et nous suivons sa métamorphose dans l'imagination pure. Il faut pour cela que des images analogues toujours nouvelles soient obtenues dans l'imagination comme images dérivées qui, dans leur concrétion totale, soient analogues à l'image originelle. Nous produisons ainsi des variantes par un libre vouloir, chacune intervenant dans le mode subjectif de l'« arbitraire », ainsi que le processus total de la variation. Il apparaît alors qu'à travers cette multiplicité de figures successives il y a une unité, que dans ces variations libres d'une image originelle, par exemple d'une chose, un *invariant* reste nécessairement maintenu comme la *forme générale nécessaire (die notwendige allgemeine Form)*, sans laquelle quelque chose comme cette chose, prise comme exemple de son espèce, serait d'une manière générale impensable [39].

Ce mode subjectif de l'arbitraire fait que la variation imaginative n'a pas d'autres limites que celles de la chose même et qu'à travers cet exercice volontaire de la variation une essence générale se donne à voir. L'*eidos* son est ce qui est nécessairement commun à toutes les variantes du son et chaque variante apparaît comme une singularisation arbitraire de cet *eidos*. En effet, à travers la multiplicité des variantes possibles se donne à voir une forme générale sans laquelle ce qui est présent à titre d'exemplaire ne peut recevoir un sens. La variation va du réel au possible pour libérer l'invariant et ce dernier fait l'objet d'une donation originaire comme universel qui est vu ; aux conditions expresses que la variation soit arbitraire et ouverte à l'infini, c'est-à-dire qu'elle s'accompagne du « ... et ainsi de suite à gré... ». Husserl ajoute encore une troisième condition à l'intuition du général comme *eidos*

à savoir le fait de garder en prise *(das Im-Griff-behalten)*
la multiplicité totale de la variation :

> C'est seulement dans ce processus de recouvrement
> qu'*un même* général devient congruent *dans son
> ipséité* et peut être intuitionné purement pour soi. Cela
> veut dire qu'il est *pré-constitué passivement* comme
> tel et que l'intuition de l'*eidos* repose sur la *saisie
> intuitive active* de ce qui est ainsi pré-constitué[40].

Il y a donc une liberté spécifique de l'intuition des
essences qui s'oppose en cela à l'expérience de l'individuel. La perception de cette table particulière possède des conditions nécessairement contraignantes : une
chose n'étant jamais perçue seule, mais sous l'horizon du
monde, l'expérience doit être concordante et toutes les
déterminations ne sont pas compossibles. Il en va de
même de l'imagination liée qui mime le réel sur le mode
du quasi. Au contraire, dans l'intuition des essences la
liberté est totale puisqu'il est possible d'attribuer à l'objet
des prédicats contraires sans que son identité soit altérée.
Par exemple, quand je me représente une table qui est
actuellement blanche, je peux la penser comme rouge,
bleu, jaune, etc., ayant une autre forme, une autre matière,
etc. En opposant ainsi la simple altération perceptive de la
table et la variation imaginative de la table, l'intention de
Husserl est une nouvelle fois de s'opposer aux anciennes
théories de l'abstraction qui sont toujours liées à des
formes de psychologisme. Je peux imaginer comment,
dans le temps, cette table peut s'altérer tout en demeurant
la même, mais ce qui demeure le même c'est bien alors un
individu réel, cette table. Une telle altération imaginative
n'est pas libre ; elle subit des contraintes, puisque je ne
peux pas appliquer à cette table des prédicats contraires
sans que comme individu elle disparaisse. Ce qui est alors
donné à voir n'est pas une essence indépendante de toute
subjectivité, puisque au mieux j'ai obtenu l'essence de
cette table, mais non pas l'essence table, l'*eidos* table.
Au contraire, la variation imaginative pleinement libre
n'obtient pas un individu, mais une irréalité :

Un *eidos* pur, une généralité essentielle, telle est par exemple l'espèce rouge, ou le genre : couleur ; mais c'est seulement quand elles sont saisies comme généralités pures, donc libres de tout présupposé relatif à un existant de fait quelconque, à un rouge factice quelconque, ou à n'importe quelle réalité colorée effective. Tel est aussi le sens des énoncés de la géométrie : par exemple, quand nous désignons le cercle comme une espèce de section conique, c'est-à-dire quand nous le saisissons dans une intuition eidétique, il n'est pas question alors d'une surface réelle en tant qu'appartenant à la réalité naturelle factice. En conséquence, *un juger général purement eidétique* comme le géométrique, ou comme celui qui porte sur des couleurs, des sons, idéalement possibles, etc., n'est dans sa généralité *lié à aucune réalité présupposée*[41].

En montrant que la mise hors jeu du lien au monde de fait ouvre à un monde de possibilité absolument pure, Husserl répond définitivement à toute critique de platonisme : l'essence, comme irréalité, n'existe pas de la même façon qu'un objet empirique. Autrement dit, elle est à la fois intuitive et non mondaine. Dès lors, en se libérant du reproche de platonisme, Husserl se libère en même temps du reproche de psychologisme, puisque l'essence n'a pas non plus une existence « mentale » : toute attache au moi empirique est supprimée, ce qui n'est pas le cas pour la simple altération perceptive.

La réduction eidétique, par l'idéalisation du monde, conduit donc au domaine de la possibilité idéale ou pure, antérieure à toute différenciation individuelle. En cela, Husserl distingue clairement entre noème et essence, même si la saisie du noème peut se convertir en saisie de l'essence qui lui correspond. Le noème est bien le sens de la noèse : « Le noème en général n'est, quant à lui, rien d'autre que la généralisation de l'idée de signification au domaine total des actes[42]. » L'essence demeure un sens idéal, une pure possibilité, qui possède un autre mode de saisie. En conséquence, la variation, dans sa liberté, possède des degrés : si on peut passer de cette table au genre table, on peut également passer du genre table au genre objet usuel. Même si on imagine la table changée en pain, il y aura encore quelque chose de commun, à savoir que la table et le pain sont étendus spatialement. De là on atteint le genre suprême « chose ». Ainsi, chaque région ayant son genre, les singularités eidétiques sont subordonnées à un genre suprême. Cette diversité de régions sera reconduite par Husserl à l'unité de l'*a priori* subjectif, puisque la variation elle-même suppose la structure temporelle. Comme on l'a vu, pour faire apparaître l'invariant, il faut retenir les variantes, et l'intuition des essences suppose donc la rétention. De plus, comme elle implique aussi que je puisse passer d'une imagination à une autre, elle suppose également la protention. L'accès à cette structure temporelle des actes engagera une nouvelle phase de la réduction phénoménologique. Déjà, la réduction eidétique est un prolongement de la réduction phénoménologique, puisque la capacité à saisir l'essence dans une vision pure suppose la suspension de la thèse du monde. Mais cette intuition des essences relève d'une phénoménologie qui est fondamentalement idéaliste, c'est-à-dire égologiquement constituante. En montrant que la constitution de l'*ego* a valeur de fondement pour toute constitution en général, la phénoménologie de Husserl ne renoncera pas à son caractère eidétique, puisque la constitution de l'*ego* doit être la constitution transcendantale de l'essence *ego*. La phénoménologie est par principe eidétique.

5. Le monde des possibilités pures

Il a été montré que l'imagination permet de libérer le général de toute réalité en tant que telle et, de ce fait, que la variation dévoile des généralités non plus empiriques, mais essentielles. Cela dit, il faut maintenant préciser le mode de saisie de cette généralité de façon à élucider son statut ontologique :

> Du fait que nous sommes partis de l'expérience et de la comparaison et formation de concepts se produisant

sur son fondement, nous étions justifiés jusqu'à présent à ne pas nous occuper encore des généralités pures. Ce que nous avons décrit est l'acquisition des généralités *empiriques*. Tous les concepts de la vie naturelle apportent avec soi, sans que cela affecte leur idéalité, la co-position d'une sphère empirique dans laquelle ils ont le lieu de leur réalisation possible en singularités. Si nous parlons d'animaux, de villes, de maisons, etc., nous visons par là *a priori des choses du monde*, et en fait du monde de notre expérience réelle, factice (non d'un monde simplement possible); en conséquence, nous pensons ces concepts comme des généralités *réelles*, c'est-à-dire attachées à ce monde. L'extension de tels concepts est assurément infinie, mais c'est une extension réelle, l'extension de choses réelles et réellement *(real)* possibles dans le monde donné. Ces possibilités réelles *(real)*, qui appartiennent à l'extension des concepts empiriques, ne doivent pas être confondues avec les possibilités *pures* auxquelles se rapportent les généralités pures [43].

La saisie de l'idéalité pure ne va donc pas de soi et pourtant c'est à cette condition que l'analyse eidétique peut se substituer à toute théorie empirique de l'abstraction. Accéder à la possibilité pure, à l'idéalité libre de toute facticité, revient à saisir un objet idéal qui ne présuppose jamais la réalité de ce qu'il subsume, mais seulement la possibilité. Cette réévaluation du possible, qui n'est plus une simple extension de choses réelles, est la conséquence d'une analyse constitutive où l'objet est pris comme guide intentionnel. C'est en prenant pour point de départ l'objet constitué, en s'attachant à faire apparaître la corrélation entre objet visé et acte de visée, qu'il est possible de mettre en valeur la série hiérarchisée d'actes, suivant un ordre imposé par l'objet, selon laquelle l'objet général prend sens devant nous comme être constitué. Ce n'est pas le sujet qui fixe à l'avance le cadre de l'apparaître de l'objet idéal, mais l'objet lui-même qui impose sa norme. Encore une fois, Husserl répond donc en même temps aux accusations de platonisme et de psychologisme en montrant que l'idéalité n'est ni un être-en-soi dépourvu de toute relation à la subjectivité, ni un être-pour-moi dépendant de

ma subjectivité actuelle et de sa finitude, mais qu'elle renvoie « aux processus de la spontanéité productrice qui lui
appartiennent corrélativement et dans lesquels il accède à
une donnée originaire. L'être du général à ses différents
degrés est par essence un être-constitué dans ces processus[44] ». L'idéalité est la possibilité pure, l'essence qui rend
possible et sans laquelle on ne peut comprendre le réel.
Ainsi, l'intuition des essences permet de dire comment la
transcendance peut avoir son sens de transcendance, mais
l'accès à l'origine du sens suppose qu'on ne confonde plus
l'idéalité libre et la simple généralité empirico-typique.
S'élever au possible pur revient à passer d'un monde sensible fini à un monde non sensible et infini, le monde idéalisé, qui est beaucoup plus vaste et d'une tout autre nature
que le simple ensemble des mondes possibles compris
comme modifications du monde réel. C'est à partir du
monde des possibilités pures que l'on peut comprendre le
monde réel et non l'inverse.

Dans la *Crise des sciences européennes,* Husserl s'appuie
sur la mathématisation galiléenne de la nature pour décrire
l'enchaînement des actes, des opérations subjectives, qui
ont donné lieu à l'idéalisation de la nature. Cet exemple
d'analyse historico-intentionnelle montre en quoi le type
pur (l'idéalité) se distingue fondamentalement du type
empirique de par leur mode même d'appréhension. Sur le
fond du souvenir de nos expériences passées, on peut
construire le type empirique « chien » qui permettra, en
fonction de la synthèse du semblable avec le semblable, de
reconnaître un chien. Ce type empirique possède différents
degrés de généralité, mais il est toujours frappé de contingence de par son lien à la facticité. Dès lors, un tel type
empirique évolue au fil des expériences nouvelles, mais il
est seulement le résultat de la répétition d'individus indé-
pendants et semblables à la fois. Il est manifeste qu'avec
une telle méthode on ne peut jamais atteindre les généralités pures et que ce qui fait l'unité du monde est manqué.
La mathématisation de la nature consiste au contraire à
s'affranchir d'un tel type empirique de façon à ne pas
chercher l'explication de l'idéalité en dehors de l'idéalité.
C'est ce que fait la géométrie pure comme science des
idéalités pures, qui s'applique à tout ce qui dans l'expé-

rience quotidienne relève du formel en général. Il faut donc savoir comment s'effectue l'idéalisation et quelles sont les opérations subjectives sédimentées dans l'idéalité, et pour cela il faut distinguer entre l'idéal empirique de perfection et l'idéal absolu :

> Les choses du monde ambiant intuitif se tiennent d'une façon générale, et pour toutes leurs propriétés, dans une certaine oscillation autour du type pur ; leur identité avec elles-mêmes, leur être-égal-à-soi-même et leur durée temporaire dans une égalité ne sont que des à-peu-près, de même que leur être-égal à d'autres choses. Cet état de chose s'étend à toutes les modifications qu'elles peuvent subir, y compris aux égalités et modifications de ces modifications *elles-mêmes*. La même situation vaut donc aussi pour les formes des corps empiriques de l'intuition et pour celles de leurs relations lorsqu'elles sont saisies abstraitement. Cette gradualité se caractérise comme un degré de plus grande ou moins grande perfection. Pratiquement, il y a, ici comme ailleurs, un état de perfection type, en ce sens que l'intérêt pratique spécifique qui en est cause s'en satisfait pleinement. Mais si les intérêts changent, ce qui est pour l'un pleinement et exactement satisfaisant ne l'est plus pour l'autre. Il faut d'ailleurs remarquer ici que la faculté technique normale de perfectionnement, la faculté, par exemple, de rendre ce qui est droit encore plus droit, ce qui est plan encore plus plan, rencontre une limite imposée à son pouvoir. Mais avec l'humanité la technique progresse, comme progresse également l'intérêt pour une plus grande finesse technique ; ainsi l'idéal de perfection recule-t-il toujours plus loin. De là vient que nous ayons aussi toujours un horizon ouvert d'amélioration *imaginable (erdenklicher)*, et qu'il faut toujours pousser plus loin [45].

Ainsi, dans le monde ambiant de l'activité quotidienne s'opère un classement suivant des types morphologiques et suivant des degrés de perfection. Le potier peut viser le vase dans l'horizon d'une rondeur parfaite et cet idéal empirique de perfection est bien un horizon relatif au progrès technique. C'est par rapport à cette rondeur idéale qu'il est possible d'apprécier la rondeur plus ou moins parfaite du vase.

Cependant, cet idéal empirique de perfection n'est pas seulement relatif à l'activité quotidienne, mais il est lui-même orienté vers une perfection ultime, à savoir la forme-limite comme pôle infiniment lointain :

> Nous pouvons déjà comprendre que partout s'annoncent, issues de cette *praxis* de perfectionnement et du libre élan qui la porte « toujours à nouveau » vers les horizons d'un perfectionnement imaginable, des formes-limites *(Limes-Gestalten)* vers lesquelles tend, comme vers un pôle invariant et inaccessible, chaque série de perfectionnements.

En effet, on ne peut viser une rondeur empiriquement parfaite que sur l'horizon inatteignable du cercle. Le pôle invariant est en ce cas l'idéalité géométrique qui est infiniment lointaine de la pratique. Ainsi, être géomètre revient à se consacrer à ce domaine des pures formes-limites par un processus d'idéalisation qui se comprend comme un passage à la limite. Il est clair que ce passage à la limite appartient à l'*eidos* de la géométrie et que d'une façon générale les actes d'idéalisation sont des actes proto-fondateurs de toute science. Sans cette idéalisation, il ne serait pas possible de saisir les propriétés des objets géométriques dans une évidence apodictique. En cela, les idéalités géométriques sont « objectives » au sens où elles ne sont pas dépendantes d'une subjectivité particulière, mais sont au contraire d'une accessibilité totale pour toute personne qui s'intéresse à la géométrie. Si les objets sensibles sont saisissables de façons différentes par les multiples subjectivités, il n'en va pas de même des objectivités idéales qui ne peuvent être pensées que de la même façon. De plus, comme le montre Husserl dans *L'Origine de la géométrie*, à la différence d'autres produits spirituels du monde de la culture, l'idéalité géométrique n'existe qu'une seule fois parce qu'elle ne donne pas lieu à une incorporation :

Les œuvres de cette classe n'offrent point, comme les outils (marteau, tenailles), ou comme les œuvres d'architecture et les produits du même genre, une possibilité de réédition en plusieurs exemplaires semblables entre eux. Le théorème de Pythagore, toute la géométrie n'existent qu'une seule fois, si souvent et même en quelque langue qu'ils puissent être exprimés. La géométrie est identiquement la même dans la « langue originale » d'Euclide et dans toutes les « traductions » ; elle est encore une fois la même en chaque langue, si souvent soit-elle, à partir de son énonciation orale ou de sa notation écrite originales, exprimée sur le mode sensible dans les innombrables expressions orales ou consignations écrites et autres. Les expressions sensibles ont une individuation spatio-temporelle dans le monde comme tous les événements corporels ou comme tout ce qui est incorporé comme tel dans les corps ; mais cela n'est pas vrai de la forme spirituelle elle-même, qu'on appelle ici « objectité idéale »[46].

En cela, l'idéalité géométrique manifeste la nature de toute idéalité qui est d'être délivrée de tout lien à la sensibilité. La seule présence sensible de l'idéalité géométrique est la langue, mais elle demeure indifférente à la diversité des langues. Il appartient à l'essence d'une objectivité idéale d'être traductible, directement ou non, sinon son accessibilité totale serait remise en cause. Une objectivité idéale ne doit donc pas être confondue avec l'une de ses incorporations spatio-temporelles.

Ainsi, l'objectivité idéale se donne nécessairement en toute transparence dans une évidence apodictique et c'est pourquoi, comme formation de sens, elle possède une omni-temporalité. Certes, dans l'évidence sensible, la première évidence (je vois cet objet grand) peut être contredite par une évidence ultérieure, mais dans l'évidence rationnelle il ne peut y avoir que la répétition de la même chose :

Maintenant, si c'est la production originairement évidente, en tant que pur remplissement de son intention, qui constitue le rénové (le ressouvenu), une activité de production effective se présente nécessairement en solidarité avec le ressouvenir actif du passé et du même coup, dans un « recouvrement » originaire, jaillit l'évidence de l'identité : ce qui est originairement effectué maintenant est la même chose que ce qui a été évident auparavant. Solidairement, se trouve aussi fondée la faculté de répéter à volonté la formation, dans l'évidence de l'identité (recouvrement d'identité) à travers la chaîne des répétitions[47].

La répétabilité à l'infini est une forme fondamentale de l'idéalité et cela est déjà une idéalisation dans la mesure où cette répétition infinie est établie en droit plus qu'en fait :

Qu'il me suffise de rappeler la *forme fondamentale* – qui n'a jamais été mise en relief par les logiciens – du *et ainsi de suite*, de l'« infinité » obtenue par itération qui a son corrélat subjectif dans le *on peut toujours à nouveau*. C'est déjà une idéalisation manifeste, car *de facto* personne ne peut toujours à nouveau. Mais pourtant cette forme fondamentale joue partout dans la logique son rôle de détermination du sens[48].

Husserl ajoute que cette possibilité de réactiver l'évidence reconduit à la fonction décisive de l'écriture, qui non seulement transmet les formations de sens, mais en outre les rend disponibles en dehors de toute subjectivité actuelle. L'écriture est un champ sans sujet actuel où le sens idéal est parfaitement disponible à toute reprise active et en cela elle est une condition de l'objectivité de l'idéalité bien qu'aucun concept, aucune signification verbale, ne précède l'*eidos*. Bien au contraire, c'est de l'idéalisation que doit surgir la clarté du langage. Il revient donc au chercheur de se soucier de l'univocité des mots de telle sorte que les évidences passées soient librement réeffectuables par les autres hommes. En conséquence, c'est bien le mode de donnée de l'objectivité idéale qui peut fonder la responsabilité à l'égard du sens. Avec l'idéalité géométrique, qui est exemplaire parce qu'elle est la plus objective possible, la phénoménologie peut montrer que les idéalités libres dans leur sens ne renvoient à aucune réalité du monde :

> Quand nous parlons de vérités, d'états de choses vrais
> au sens de la science théorique, et du fait que la validité
> « une fois pour toutes » et « pour quiconque » appar-
> tient à leur sens comme *telos* de la position ferme qui
> constitue le juger, ce sont alors des *idéalités libres*.
> Elles ne sont pas liées à un territoire, ou plutôt elles ont
> leur territoire dans la totalité de l'univers et dans tout
> univers possible. Elles ont une omni-spatialité et une
> omni-temporalité en ce qui concerne leur réactivation
> possible. Les idéalités liées sont liées à la Terre, à
> Mars, à des territoires particuliers, etc. Mais les libres
> sont elles aussi en fait, mondaines, de par leur surgis-
> sement historique et territorial, de par leur « être-
> découvert », etc.[49].

Les langues, comme idéalités liées, renvoient à un territoire. Dès lors, plus une idéalité est libre, plus l'historicité
du sens est possible par sa réactivation par d'autres
hommes. La réalité historique d'une science ne doit donc
être expliquée que par l'idéalité.

Cette idéalisation est donc décisive pour toute science,
puisqu'elle y engage son caractère de science. Cela est
particulièrement clair pour l'anthropologie : tant que l'on
s'en tient à des méthodes empiriques, on se contente de
classer d'une façon tout à fait contingente, et la plupart
du temps arbitraire, les différents types anthropologiques
qui ne sont que des types empiriques et donc relatifs.
L'anthropologue ne peut voir le monde qu'à la condition
qu'il n'absolutise pas abusivement un simple type empirique, puisque cet ethnocentrisme consiste précisément à
être aveugle à la façon dont d'autres cultures se vivent et
se comprennent de l'intérieur. L'anthropologie ne peut
donc devenir une science du monde humain qu'à la condition de s'élever à la saisie du type pur « homme », à la saisie de l'*eidos* de la personne. Seule une telle eidétique
de la personne, en libérant de la facticité, peut rendre
l'anthropologie à sa tâche de donner le monde à voir.

Dans ce processus d'idéalisation, Dieu lui-même est
compris comme un concept limite, puisqu'il est l'idée de
la personne idéalement achevée, en tant que pôle que tout
homme doit viser sans jamais pouvoir l'atteindre :

En un sens analogue à celui dans lequel la mathématique parle de points, de lignes, etc., infiniment éloi-
gnés, on peut employer cette figure : Dieu est
« *l'homme infiniment éloigné* » *(unendlich ferne
Mensch).* Le philosophe, en effet, corrélativement à la
mathématisation du monde et de la philosophie, s'est
idéalisé lui-même mathématiquement d'une certaine
façon, et Dieu du même coup[50].

L'idéalisation du monde est indissociable d'une idéalisation de l'homme, qui est ainsi libéré de sa finitude et
peut être polarisé par une idée infinie. La forme-limite
donnée à voir contraint apodictiquement le vouloir et
devient une forme-finale. Dès lors, si pour la phénoménologie eidétique, qui prend la chose elle-même comme fil
conducteur transcendantal, l'esthétique transcendantale
fonde la logique transcendantale, elle fonde également
l'éthique transcendantale.

On peut donc dire maintenant que la réduction eidétique
est bien ce qui conduit à « une conscience intuitive et apodictique de l'universel[51] ». L'*eidos* étant un universel vu
ou visible et l'évidence étant le mode de l'intentionnalité
qui donne la chose même, il faut conclure que l'intuition
eidétique est ce qui rend la connaissance possible. Tout le
processus d'idéalisation permettant de présenter l'essence
à une vision pure, la phénoménologie eidétique est la philosophie première, la science des principes absolus, inconditionnés et indubitables. Mais les normes de l'expérience
étant mises en évidence à partir de la sensibilité, il faut à
la fois faire une distinction entre l'*eidos* donné dans une
évidence apodictique et l'idée au sens kantien d'une évidence adéquate, et montrer leur caractère indissociable.
L'objet en imposant sa norme impose également un travail
de constitution et, de ce fait, l'idéalité est indissociablement *eidos* et idée : elle est à la fois ce qui est premier
comme catégorie et ce qui est dernier comme fin et c'est
pourquoi elle commande. Le propre d'un *a priori* concret
est d'être à la fois au commencement et à la fin de la
connaissance du monde, donc d'être origine. Par exemple
pour la table, accéder à l'essence de la table revient à saisir ce qui est chaque fois visé quand je regarde une table.

Or, en accédant à la norme de toute perception de table, je peux viser l'idée d'une perception achevée de table. Dès lors, la variation imaginative reconduit bien à ce qui est à penser en brisant tous les concepts, toutes les expressions verbales, et en les subordonnant à la vue de l'*eidos*. Il en va de même pour l'idéalisation de la philosophie : être philosophe ne consiste pas à s'en tenir à une signification verbale et figée de ce qu'il faut entendre par philosophie, pas plus que cela ne signifie suivre une généralité empirico-typique contingente issue d'une observation extérieure à la tradition. La différence eidétique entre le philosophe et l'érudit est que pour l'érudit ce qu'il faut entendre par philosophie va de soi alors que pour le philosophe c'est une énigme. Le seul vrai philosophe est celui qui retourne à l'origine et qui, de ce fait, ne fait pas de l'acte de philosopher quelque chose de mort.

On peut se demander si la réduction eidétique permet totalement de libérer l'*a priori* de la facticité. Dans la mesure où l'idéalité libre n'est objective qu'au moyen de la langue, qui est une idéalité liée, on peut voir ici la persistance d'une facticité. Toute la difficulté est de savoir si l'écriture n'est qu'une incorporation sensible de l'idéalité, et dans ce cas il n'y a pas de difficulté, ou si l'écriture est, comme le dit Husserl dans *L'Origine de la géométrie*, une « chair linguistique ». Dans la seconde possibilité, l'écriture serait liée au monde et à sa propre disparition contingente. L'*a priori* du monde ne suppose-t-il pas malgré tout le monde ? L'*a priori* historique ne suppose-t-il pas l'être historique ? L'*eidos ego* n'est-il pas lié au monde par la chair ? Quoi qu'il en soit de cette difficulté réelle d'un accès à l'idéalité libre et omni-temporelle, il n'en demeure pas moins que « le monde idéalisé est donc alors une infinité idéale de choses, dont chacune est elle-même l'index d'une infinité idéale de manifestations relatives, dont elle est – *idealiter* – l'unité et l'identité univoque[52] ». En conséquence, l'idéalisme transcendantal est l'ontologie universelle qui rassemble toutes les ontologies, puisqu'elle est la science des nécessités apodictiques gouvernant les possibilités pures. On explique donc le réel par le possible, mais un possible libre de toute réalité, et saisi dans une évidence apodictique, en prenant l'objet

comme fil conducteur. L'idéalisation du monde est donc
le contraire d'une fuite dans une pure fiction, puisqu'elle
est l'expérience du monde lui-même qui, dans son unité,
est à la fois *eidos* et idée. Elle n'est rien d'autre que la
continuation de l'acte de questionner le monde quant à
ses sources de validité et de sens. Ainsi, par l'idéalisation,
le sujet s'élève du monde fini au monde infini, il s'arrache
à un piétinement indéfini dans le fini pour accéder en
toute certitude aux normes absolues de toutes choses et
donc à l'unité du monde.

*

NOTES

1. *Logique formelle et Logique transcendantale*, § 130, p. 361-
362[240].
2. *Idées I*, § 75, p. 238[139].
3. *Méditations cartésiennes*, § 23, p. 48[92].
4. *Méditations cartésiennes*, § 26, p. 51[95].
5. *Ibid.*, § 28, p. 52-53[97].
6. Cf. *L'Idée de la phénoménologie*, p. 41[20].
7. *Méditations cartésiennes*, § 28, p. 53[97].
8. *Ibid.*, § 64, p. 132[181].
9. *Logique formelle et Logique transcendantale*, § 99, p. 332[219].
10. *La Philosophie comme science rigoureuse*, p. 20[295].
11. *Ibid.*, p. 53[36].
12. *Idées I*, § 75, p. 239[172].
13. *« Dabei ist aber nicht zu übersehen, das Faktum und seine
Irrationalität selbst ein Strukturbegriff im System des konkreten
Apriori ist. »* *Méditations cartésiennes*, § 39, p. 68[114].
14. *Idées I*, § 3, p. 19[13].
15. *L'Idée de la phénoménologie*, p. 78[52].
16. *Expérience et Jugement*, § 87, p. 415[411].
17. *Idées III, La phénoménologie et les fondements des sciences*,
p. 41[33].
18. *Ibid.*, p. 94[78].
19. *Expérience et Jugement*, § 90, p. 430[427].
20. *Introduction à la logique et à la théorie de la connaissance*,
§ 40, p. 278[236].
21. *Recherches logiques* VI, t. III, p. 174[141].
22. *Ibid.*, § 45, t. III, p. 176[143].
23. *Ibid.*, introduction, t. III, p. 16[5].
24. *Ibid.*, t. III, p. 191[157].

25. *Ibid.*, t. III, p. 220-221[183].

26. *Ibid.*, § 61, t. III, p. 224[186].

27. *Ibid.*, § 66, p. 243[203].

28. « Phénoménologie et anthropologie », trad. franç. dans *Notes sur Heidegger*, Paris, Ed. de Minuit, 1993, p. 59-60.

29. *Ibid.*

30. « Phénoménologie et anthropologie », trad. franç. dans *Notes sur Heidegger, op. cit.,* p. 71.

31. Sur la réduction de l'image au signe, cf. Descartes, *La Dioptrique*, discours quatrième. Sur la réduction de l'image au schème, cf. Kant, *Critique de la raison pure*, « Analytique transcendantale ».

32. *Recherches logiques* VI, § 14, t. III, p. 72[54].

33. *Idées I,* § 111, p. 370-371[267-268].

34. *Expérience et Jugement,* § 39, p. 202-203[198].

35. *Idées I,* § 4, p. 25[17].

36. *Ibid.*, § 70, p. 225[161-162].

37. *Ibid.*, § 70, p. 225-226[162].

38. *Ibid.*, § 70, p. 226-227[163].

39. *Expérience et Jugement,* § 87, p. 414[411].

40. *Ibid.*, § 87, p. 417[414].

41. *Ibid.*, § 89, p. 428[425].

42. *Idées III, La phénoménologie et les fondements des sciences,* § 16, p. 106[89].

43. *Expérience et Jugement,* § 82, p. 401[397-398].

44. *Ibid.*, § 82, p. 401[397].

45. *La Crise des sciences européennes,* § 9a, p. 29-30[22-23].

46. *Ibid.*, appendice III au § 9a, p. 407[368].

47. *Ibid.*, appendice III, p. 409[370].

48. *Logique formelle et Logique transcendantale,* § 74, p. 254[167].

49. *Expérience et Jugement,* § 65, p. 324[321].

50. *La Crise des sciences européennes,* p. 77[67].

51. *Méditations cartésiennes,* § 34, p. 60[105].

52. *La Crise des sciences européennes,* appendice II au § 9a, p. 397[360].

CHAPITRE QUATRE

Ego et monde

1. Un *ego* sans monde

La réduction phénoménologique, en suspendant la validité du monde, remet également en cause l'existence du moi empirique comme partie du monde composée d'une âme et d'un corps. En effet, si dans l'attitude naturelle on est spontanément tourné vers le monde, cela vaut *a fortiori* pour le moi humain qui n'est jamais interrogé quant à son mode de donnée. Or, ce moi humain, plus que toute autre chose du monde, est considéré naïvement comme déjà donné. On peut dès lors se demander si une critique de la raison, qui remet pourtant en cause l'existence absolue du monde, peut ébranler la certitude de mon existence comme chose du monde. Dans cette interrogation sur la possibilité de mettre entre parenthèses le moi mondain, la phénoménologie joue sa radicalité. En effet, si la nouveauté radicale de la phénoménologie se marque par un renversement de notre être tout entier, il faut reconnaître que le saut nécessaire pour entrer en phénoménologie consiste à s'arracher à son attachement au monde, à transcender son moi humain naturel. On a vu que pour résoudre l'énigme du monde, il faut commencer par s'en détacher, mais cette mise à distance doit s'effectuer également vis-à-vis de soi puisque tout ce qui m'apparaît comme mien appartient au monde et doit donc être mis entre parenthèses si l'on veut remonter jusqu'à l'origine du monde. Il est clair, de ce point de vue, que la réflexion sur le moi chez Husserl ne part pas d'une interrogation sur le mode d'être de la subjectivité, puisque la réduction du moi mondain s'effectue dans le but de clarifier ce que signifie pour un objet être pour la conscience. Cette réflexion est donc une étape essentielle dans le retour réflexif que la connaissance effectue sur elle-même pour prendre conscience de sa propre essence, c'est-à-dire pour dégager librement le sens de la relation à l'objet.

L'un des motifs du maintien ou d'une retombée dans l'attitude naturelle consiste à présupposer cet « en soi » qu'est le moi humain existant. S'il appartient à l'exigence d'une connaissance absolument fondée de ne commencer que par une connaissance qu'elle pose elle-même, on ne peut maintenir cette validité de la façon dont le sujet s'apparaît à lui-même dans son rapport au monde. On ne peut expliquer le monde à partir d'une chose du monde, fût-elle une chose qui pense. En effet, la donnée du moi humain n'est pas une donnée absolue, mais une donnée douteuse, problématique, obscure. Dès lors, le pur voir phénoménologique implique de mettre entre parenthèses toute donnée transcendante et en particulier le moi empirique qui ne fait pas l'objet d'une évidence apodictique et qui ne se donne pas en toute transparence, sans reste. Ainsi,

> au commencement de la critique de la connaissance par conséquent, l'ensemble du monde, la nature physique et psychique, *finalement aussi mon propre moi humain,* avec toutes les sciences qui se rapportent à ces objectivités, sont à marquer de l'indice du *problématique* [1].

Le moi lui-même et la science qui s'y rapporte, la psychologie, sont mis en question. Il s'agit, pour Husserl, de montrer que la phénoménologie de la connaissance se sépare radicalement de toute psychologie de la connaissance, qui demeure une science des faits et une science de la réalité. Le vécu purifié, que l'on atteint par la réduction, ne se confond pas avec le vécu psychologique, qui n'est pas une autodonnée, mais ce qui se donne indirectement, par abstraction, à partir du monde. Une critique radicale de la connaissance, qui veut accéder à la pureté de l'apparaître, ne peut donc maintenir la validité du moi transcendant. Que le moi humain soit transcendant ne va pas de soi puisqu'il est donné à la conscience. Cependant, depuis 1907, une connaissance transcendante signifie une connaissance non évidente où l'objet visé n'est pas vu lui-même, absolument et sans reste, mais seulement indirectement et par esquisses. Le moi humain est bien une transcendance si on la comprend de façon intentionnelle.

Le retour à la sphère de l'immanence, et donc à la donation absolue comme mesure de toute donation, permet au rationalisme d'éviter l'absolutisation d'un moi de fait relatif et contingent qui conduit à des impasses théoriques et éthiques. En cela, l'exigence de la donnée absolue est ce qui commande de reconduire l'apparition de l'être à sa source de droit, l'*ego* transcendantal. Cependant, si pour Husserl toute la philosophie depuis Descartes a conduit à reconnaître une conscience sans monde, c'est-à-dire une conscience qui se donne absolument à elle-même en dehors de toute référence au monde, seule la réduction phénoménologique accomplit véritablement ce projet en affranchissant d'une compréhension de la conscience comme âme. Il faudra alors également déterminer en quoi cette radicalisation loin de faire perdre le monde est paradoxalement ce qui permet de ne plus définir l'esprit comme l'autre du monde, mais comme ce qui se donne un monde. Quoi qu'il en soit pour le moment de cette question décisive, il suffit de souligner que la mise hors circuit du moi humain est le moment déterminant de la rupture avec l'attitude naturelle, puisque le maintien du moi naturel comme objet inclus dans le monde naturel fait que je ne peux pas voir autre chose que le monde naturel. Ainsi, c'est l'être même de la conscience qui est occulté par l'évidence naïve du moi empirique et, de ce fait, pour apprendre à voir, il faut retourner à la source de toute visibilité. Il faut donc reconnaître que la conscience est à la fois pure et mondaine :

> D'un côté, la conscience doit être l'absolu au sein duquel se constitue tout être transcendant et donc finalement le monde psychophysique dans sa totalité ; et, d'autre part, la conscience doit être un événement réel et subordonné à l'intérieur de ce monde[2].

Parce que la conscience est d'un côté la région originaire de la donation de sens et d'un autre côté, de par la
relation empirique au corps, une conscience mondaine, on
peut se demander si la réduction ne conduit pas à une scission entre un *ego* sans monde pur et abstrait et un moi
empirique contingent :

> Est-ce que je ne dis pas deux fois moi, quand, dans la
> vie naturelle, je m'éprouve moi, en tant qu'homme,
> faisant partie du monde, et quand dans l'attitude phi-
> losophique, partant du monde et de moi en tant
> qu'homme, je reviens à des questions concernant les
> multiplicités des « modes d'apparaître », des opinions,
> des modes de conscience constituants[3] ?

Il y a là une vraie scission dans la mesure où l'*ego* pur
peut s'apparaître à lui-même comme radicalement différent du moi empirique. Si, pour Husserl, le sujet constituant le monde devra s'objectiver lui-même comme moi
empirique, il n'en demeure pas moins qu'il doit d'abord
commencer par s'arracher à lui-même pour s'apparaître
comme origine du sens puisque c'est à cette condition que
le retour à l'*ego* ne consiste pas à faire sortir d'une chose
du monde le monde dans sa totalité et qu'il est possible
d'élucider l'identité et la différence de l'*ego*-origine et du
moi facticiel. Quoi qu'il en soit de ce rapport entre un sujet
constituant et un sujet constitué, il est clair que la réduction bouleverse complètement la façon de se comprendre
puisqu'elle conduit à se détacher de toute son individualité
mondaine, de son âme *(Seele),* comme complexe de qualités réelles :

> L'unité de l'âme est une unité réelle, du fait que, en tant
> qu'unité de la vie psychique, elle est nouée au corps
> propre en tant qu'unité ontologique du flux somatique,
> lequel est, de son côté, élément-membre de la nature[4].

Ainsi, il faut commencer par s'arracher à l'appréhension de soi-même comme sujet défini par l'ensemble de
ses dépendances à l'égard du monde de la nature et du
monde de la socialité. Il faut briser sa familiarité avec son

monde environnant familier pour s'apparaître comme
ego-origine parce que justement dans cette familiarité le
sujet en reste à une compréhension impropre de lui-même
comme chose parmi les choses; il reste prisonnier de sa
propre facticité sans pouvoir tourner son regard vers les
structures d'essence de la subjectivité, vers l'*eidos ego*.
Dès lors, dans cet entrelacement du moi avec le monde, je
manque et le mode d'être de la conscience et le mode
d'être du monde. La perception du moi empirique n'est
qu'une perception transcendante, par esquisses, par principe inadéquate et dès lors son existence est bien d'une
certaine façon contingente. Un tel moi ne peut donc être
au fondement de la connaissance du monde parce qu'il
n'est qu'une abstraction à partir de la nature et non la
conscience transcendantalement pure. De ce point de vue,
la rupture avec la conscience mondaine personnelle a un
tout autre sens pour la phénoménologie que pour la physique. La physique se contente d'isoler une partie du
monde, mais qui reste finalement homogène aux autres,
puisque cette abstraction a lieu à partir de la conviction
que l'ensemble des régions forme ce qu'on appelle « le
monde ». Au contraire, la réduction ne conduit pas à la
région âme, mais à la sphère de l'immanence qui n'a
aucune frontière commune avec les autres régions parce
qu'il y a une différence eidétique entre la conscience pure
et les régions du monde. Husserl précise que la mise hors
circuit du moi mondain ne doit pas conduire, pour rendre
raison de l'ordre du monde, à la position d'un Dieu mondain compris comme support de la connexion réale-
mondaine dans laquelle le sujet est inséré[5]. Un tel Dieu
est lui-même un objet intentionnel qui ne peut être origine
du monde, qui ne peut être la source de l'apparaître. Pour
Husserl c'est un reste de psychologisme qui a conduit
Descartes à maintenir un Dieu transcendant comme fondement. Parce que Descartes n'a pas atteint la subjectivité
ultimement constituante, mais seulement un moi constitué, il a été contraint de poser la source de l'apparaître
dans une réalité transcendante. Poser un Dieu mondain
comme fondement est un reste de réalisme qu'il faut justement dépasser pour pouvoir lever l'énigme du monde.
A partir de la réduction, l'idée de Dieu ne peut être

comprise que comme un concept limite : elle est l'idée
d'une connaissance idéalement achevée du monde infini[6].

Selon Husserl, Descartes, par manque de radicalité,
aurait donc manqué le tournant transcendantal. Il n'aurait
pas suffisamment marqué la différence eidétique entre le
je pur et le moi empirique :

> C'est malheureusement ce qui arrive chez Descartes,
> avec le tournant inapparent mais fatal, qui fait de l'*ego*
> une *substantia cogitans,* une *mens sive animus*
> humaine distincte, et le point de départ de déductions
> selon le principe de causalité, bref, le tournant grâce
> auquel Descartes est devenu le père du contresens
> qu'est le réalisme transcendantal[7].

En comprenant l'*ego* comme psyché, Descartes (mais
aussi Kant) a soustrait à la réduction une parcelle de
monde et est retombé en deçà de l'exigence philosophique
en absolutisant ce qui n'est qu'une réalité constituée. En
effet, Husserl établit souvent un parallèle entre la réduction phénoménologique et le doute cartésien, mais il
reconnaît également que ces deux démarches se différen-
cient par leur but[8]. Descartes révoque en doute l'évidence
sensible à partir d'une théorie de l'idée comme représentation : il s'agit de déterminer ce qui peut assurer l'accord
de nos représentations avec le donné transcendant. Ainsi,
l'*ego* obtenu à partir du doute cartésien ne s'ajoute pas à la
cogitatio, mais est l'un des éléments qui permettent de lui
assurer la certitude de son objet. L'*ego* cartésien ayant
pour fonction d'assurer la réalité objective de nos idées, il
se distingue par principe de l'*ego* pur comme résidu de la
réduction qui s'identifie à la vision pure de la donnée
absolue, sans aucune référence à une quelconque transcendance mondaine. Contrairement à Descartes qui fait de
la conception claire et distincte la seule règle de la vérité,
Husserl donne un tout autre sens à la clarté en cherchant à
dégager la clarté propre du vécu. Cette réinterprétation de
Descartes fait que la clarté n'est plus celle du jugement,
mais celle de la donation sans reste. Descartes confondrait
encore l'évidence de l'expérience interne et l'évidence
apodictique. Ainsi, pour éviter le réalisme transcendantal,

la réduction conduit à une désubstantialisation radicale du sujet qui pourra alors vraiment se saisir comme l'unité d'une vie. En maintenant le principe de ne retenir que ce qui est apodictiquement vu, le sujet peut accéder à la pure présence à soi, à la « subjectivité transcendantale comme lieu originaire de toute donation de sens *(Sinngebung)* et de toute vérification d'être *(Seinsbewährung)*[9] ». Réagissant aux incompréhensions dont la phénoménologie transcendantale a fait l'objet, Husserl ajoute :

> On a méconnu ce qu'il y a d'essentiellement nouveau dans la « réduction phénoménologique » et par là même on n'a pas compris que l'on s'élevait de la subjectivité mondaine (c'est-à-dire de l'homme) à la « subjectivité transcendantale » ; on reste donc prisonnier d'une anthropologie, qu'elle soit empirique ou apriorique, anthropologie qui, d'après ma théorie, demeure encore loin en deçà du terrain spécifiquement philosophique, et la considérer comme philosophie, c'est retomber dans l'« anthropologisme transcendantal », ou plutôt dans le « psychologisme transcendantal »[10].

En cessant de considérer le moi apodictique comme une substance, le sujet qui effectue la réduction s'ouvre à une compréhension radicalement nouvelle de lui-même. Dès lors, la mise entre parenthèses du moi empirique est bien le tournant crucial où se joue la spécificité de la phénoménologie transcendantale. En effet, si la réduction du monde objectif se heurte déjà à nos préjugés les plus tenaces, il est encore plus difficile de réduire la personne mondaine, puisque cette invalidation semble me faire perdre toute réalité, toute ipséité, à tel point que l'expression « moi-même » peut me sembler totalement vide de contenu. En fait, l'analyse montrera qu'il n'en est rien puisque le sujet va être reconduit à l'infinie richesse de sa vie subjective. Néanmoins, le fait de mettre hors circuit son propre moi empirique ouvre pour le sujet une vraie crise dans la mesure où il se trouve placé devant la suppression de son individualité finie, devant la tâche de s'arracher à ce qu'il a toujours identifié jusqu'à maintenant comme lui-même. Il y a là une rupture fondamentale dans la façon de s'apparaître qui est lourde d'un tout autre

genre de vie. La percée de la réduction libère d'une identité mondaine qui semblait indéfectible pour s'ouvrir à la
donation absolue :

> Ce je et sa vie de je qui persiste nécessairement pour
> moi grâce à cette époché ne sont pas une partie du
> monde – et dire « je suis, *ego cogito* », cela ne veut
> plus dire : « je suis en tant que cet homme-ci ». Je ne
> suis plus celui qui se rencontre en tant qu'être humain
> dans l'expérience naturelle de soi, ni l'homme qui,
> dans la restriction abstraite aux pures données de
> l'expérience *interne* et purement psychologique de soi,
> saisit sa propre *mens sive animus sive intellectus,* ni
> non plus l'âme elle-même appréhendée séparément[11].

Il faut être hors de soi pour accéder à une tout autre
expérience de soi et cela signifie ici s'arracher au moi
mondain, qui ne possède pas d'unité propre, pour s'ouvrir
à la *cogitatio* pure. La phénoménologie se propose donc
tout autre chose que de dégager les *a priori* de tout psychisme en général : elle peut dégager un autre type
d'*a priori*, un *a priori* véritablement universel. Le danger
du réalisme transcendantal n'est pas lié à de simples cir-
constances historiques, mais il est le danger permanent de
toute philosophie du sujet : comme Descartes, on risque
toujours de confondre la source de tout apparaître, ce qui
peut donner lieu à un monde, et ce qui apparaît en premier, le vécu psychologique et le moi humain auquel il
appartient. Le vécu psychique de l'expérience interne
n'est pas premier mais dérivé par rapport au phénomène
pur qui est son fondement. Le pur voir doit ainsi ouvrir à
l'origine de toute visibilité : le je transcendantal dont les
noèses constituent les transcendances.
Il est donc au plus haut point important de mettre fin à
ce résidu de naturalisme qui consiste à comprendre le
vécu comme une *cogitatio* psychologique. En effet, à partir d'une telle compréhension du vécu, il est impossible de
dire ce que signifie être-objet et de ce fait la connaissance
est impossible. Le monde n'est ni un en-face inatteignable, ni un élément de mon intériorité, mais un sens
constitué et valide :

Le monde objectif, qui existe pour moi, qui fut toujours et qui sera, le seul qui puisse être valable pour
moi, avec tous ses objets, puise, ai-je dit, tout son sens
et sa validité d'être *(Seinsgeltung)* – celle qu'il a à
chaque fois pour moi – en moi-même, en moi en tant
que je transcendantal qui n'apparaît qu'à travers l'*époché* phénoménologique transcendantale[12].

Si la distinction entre le vécu purifié par la réduction et
le vécu psychologique est un thème constant de l'œuvre de
Husserl, *L'Idée de la phénoménologie* est sans doute le
texte qui en donne la formulation la plus décisive. Le vécu
psychologique comme vécu d'une personne particulière
dans le monde tombe sous la réduction parce que ce n'est
pas une autodonnée *(Selbstgegebenheit),* mais ce qui se
donne indirectement à partir du monde. L'enjeu de la
réduction est de donner accès à un pur vécu qui se donne
sans reste et ne se pense qu'à partir de lui-même. Pour un
tel vécu pur, il y a identité entre l'apparaître et ce qui apparaît : la pureté du phénomène est la pureté de l'apparaître
puisque c'est l'apparaître qui devient objet ; autrement dit,
la conscience pure devient l'objet d'une science absolue :

Cependant, notre position a besoin d'être assurée ici par
la *réduction gnoséologique,* dont nous allons, pour la
première fois ici, étudier *in concreto* la nature métho-
dologique. Nous avons en effet besoin ici de la réduction, afin que l'évidence de l'existence de la *cogitatio*
ne se trouve pas confondue avec l'évidence que ma
cogitatio, la mienne, existe, avec celle du *sum cogitans,*
etc. Il est nécessaire d'être en garde contre la confusion
fondamentale entre le *phénomène pur* au sens de la
phénoménologie et le *phénomène psychologique,* objet
de la psychologie comme science de la nature. Si je
dirige mon regard en homme qui pense de manière
naturelle, sur la perception que je suis en train de vivre,
alors je l'appréhende aussitôt et presque inévitablement (c'est là un fait) en rapport avec mon moi ; elle se
trouve là comme un vécu de cette personne qui la vit,
comme son état, comme son acte ; le contenu de sensation est là comme contenu donné à cette personne,
comme ce qu'elle sent, ce dont elle a conscience, et il

s'insère avec elle dans le temps objectif. La perception, d'une façon générale la *cogitatio,* appréhendée ainsi, est le *fait psychologique.* Elle est donc appréhendée comme une donnée dans le temps objectif, appartenant au moi qui la vit, au moi qui est dans le monde et dure son temps (un temps qui peut être mesuré par les moyens chronométriques empiriques). Tel est donc le phénomène au sens de la science de la nature que nous nommons la psychologie.

Le phénomène entendu en ce sens tombe sous la loi à laquelle nous devons nous soumettre dans la critique de la connaissance, sous celle de l'*épochè* à l'égard de tout ce qui est transcendant. Le moi comme personne, comme une chose du monde, et le vécu comme vécu de cette personne, inséré – fût-ce d'une façon tout à fait indéterminée – dans le temps objectif : tout cela sont des transcendances et sont comme telles gnoséologiquement nulles. Ce n'est que par une réduction, que nous allons d'ailleurs appeler déjà *réduction phénoménologique,* que j'obtiens une donnée absolue, qui n'offre plus rien d'une transcendance. Si je mets en question le moi, et le monde, et le vécu en tant que vécu du moi, alors, de la vue réflexive dirigée simplement sur ce qui est donné dans l'aperception du vécu en question, sur mon moi, résulte le *phénomène* de cette aperception : par exemple le phénomène « perception appréhendée comme ma perception ». Naturellement, ce phénomène également, je peux le rapporter, le considérant de manière naturelle, de nouveau à mon moi, en posant ce moi au sens empirique, pendant que je dis de nouveau : j'ai ce phénomène, il est le mien. Dans ce cas, pour obtenir le phénomène pur, il me faudrait une nouvelle fois mettre en question le moi, de même que le temps, le monde, et faire ainsi ressortir un phénomène pur, la *cogitatio* pure. Mais je peux aussi, pendant que je perçois, porter sur la perception le regard d'une pure vue : sur la perception elle-même telle qu'elle est là, et laisser le rapport au moi de côté, ou en faire abstraction : alors la perception saisie et délimitée dans une telle vue est une perception absolue, dépourvue de toute transcendance, donnée comme phénomène pur au sens de la phénoménologie [13].

En soutenant qu'il ne faut pas confondre l'évidence de la *cogitatio* avec l'évidence que ma *cogitatio*, la mienne, existe, Husserl fait une distinction essentielle qui contient le sens même de la phénoménologie. A première vue, lorsque j'imagine la perception de cette table, elle se révèle bien comme « ma » *cogitatio*. Le problème est de savoir à quoi renvoie le pronom possessif. Quelle est l'identité de ce sujet de la *cogitatio*? Quand je parle de « ma » *cogitatio*, le moi auquel je fais référence est en fait le moi naturel, mondain, le moi ici et maintenant, le moi qui vit dans le monde et qui a une âme et un corps, un corps qui s'inscrit dans un espace-temps unique et homogène. Ainsi, la tendance naturelle quand je parle de « ma » *cogitatio* est de la référer au moi humain qui existe dans le monde des choses et, de ce fait, la *cogitatio* devient elle-même une *cogitatio* mondaine, psychologique. Il est clair que la critique de cette confusion fondamentale entre le phénomène pur et le phénomène psychologique vise Descartes qui, selon Husserl, serait justement passé de l'évidence de l'être de la *cogitatio*, donc de la *cogitatio* comme donnée absolue, à l'évidence du sujet pensant. En référant de cette façon la *cogitatio* à une chose qui pense, et en saisissant la conscience comme âme et l'âme comme âme d'un corps, Descartes n'aurait visé rien d'autre que la *cogitatio* psychologique qui appartient au moi dans le monde. Non seulement une telle *cogitatio* vaut comme réelle parce qu'elle est mondaine, mais elle est en fait aussi mondaine que son objet, par exemple la table qu'elle vise. Prendre ainsi la conscience psychologique, la personne mondaine, comme fil conducteur de l'analyse du monde rend en fait le monde inintelligible. Si le projet est d'élucider la transcendance propre du monde, et la transcendance propre d'autrui, il est donc nécessaire d'accéder à un *ego* sans monde.

La confusion dénoncée par Husserl consiste à confondre ce qui apparaît en premier, le vécu constitué et le moi humain auquel il appartient, avec la source de toute donation. Parce que l'on confond réflexion naturelle et réflexion transcendantale, on cherche à expliquer comment l'objet transcendant est accessible à partir d'un objet lui-même transcendant. Le rapport de la connaissance à l'objet de connaissance ne peut être que manqué si on explique l'accessibilité de l'objet intentionnel par la première transcendance constituée. Toute la difficulté de la réduction réside dans le fait que cette première objectivation, qui me fait parler de « ma » *cogitatio,* est spontanée et du même coup cette présence à soi n'est pas facilement saisie dans ce qu'elle a de médiat. Elle est en fait indirecte puisqu'elle a lieu sur l'horizon du monde, sur l'horizon du temps objectif et de l'espace objectif. Dès lors, il suffit de maintenir que cette *cogitatio* est la mienne pour maintenir la thèse de l'être absolu du monde. Parce qu'il est dérivé, le vécu psychologique est une transcendance et donc, comme être relatif, ne saurait être un fondement pour la connaissance. Ainsi, le seul maintien d'une parcelle de monde conduit au maintien du monde tout entier. De ce point de vue, la réduction phénoménologique est bien un saut qui ne supporte pas de degrés et toute exception à l'exigence méthodique la ruine totalement. En conséquence, s'en tenir au moi humain issu de la réflexion naturelle consiste à remonter à « ma » conscience psychologique et non aux structures d'essence de la subjectivité inconditionnée.

On peut mesurer maintenant l'importance de la réduction du moi mondain comme « gnoséologiquement nul ». En effet, la compréhension du vécu comme vécu psychologique maintient la référence à la transcendance du monde parce que c'est une référence spontanée à ce qui n'est pas absolument donné. Toute la difficulté de la réduction est de s'en tenir rigoureusement au pur voir, mais c'est à cette condition impérative que la phénoménologie met un terme à toute la philosophie issue de Descartes qui interprète la conscience comme âme. En effet, il ne suffit pas de dire que l'âme est abstraite du corps pour accéder au phénomène pur puisqu'une telle âme demeure mondaine dans la mesure où elle demeure « abstraite de » et donc dans une nécessaire référence au monde constitué.

La conséquence de cette mise hors circuit de toute transcendance est que la *cogitatio* ne peut plus être dite mienne. Si dans le monde il n'y a pas de problème pour parler de l'être mien, il n'en va pas de même dans la sphère de la conscience pure :

> Il est certain qu'on peut penser une conscience sans
> corps et, aussi paradoxal que cela paraisse, sans âme
> *(seelenloses)*, une conscience non personnelle, c'est-à-
> dire un flux du vécu où ne se constitueraient pas les
> unités intentionnelles empiriques qui se nomment
> corps, âme, sujet personnel empirique et où tous les
> concepts empiriques, y compris par conséquent celui
> du vécu au sens psychologique (en tant que vécu d'une
> personne réelle objective, d'un moi animé), perdraient
> tout point d'appui et en tout cas toute validité [14].

Ainsi, le retour à la vie propre de l'*ego* n'est pas un retour
à une vie personnelle au sens mondain du terme, mais le
retour à une veille éternelle d'où tous les éveils peuvent
avoir lieu. Il faudra attendre, avec les *Méditations cartésiennes*, la réduction à la sphère du propre pour pouvoir parler d'une mienneté transcendantale. Quoi qu'il en soit pour
le moment, l'idée d'une conscience non personnelle vient
marquer la différence eidétique entre le vécu psychique et
le phénomène pur qui semblent pourtant avoir le même
contenu. C'est dire à quel point le danger du psychologisme transcendantal est permanent et qu'il faut sans cesse
méditer la radicale nouveauté de la présence à soi produite
par la réduction. Il ne s'agit pas pour autant de nier qu'il y
ait des transcendances, mais la réduction permet de remonter à ce que Husserl nomme les noèses pour comprendre
comment ces transcendances sont constituées dans la
conscience. Ainsi, l'élargissement du concept d'immanence a conduit à l'idée d'une conscience pure qui est une
conscience sans âme et seule une telle conscience fonde la
connaissance du monde parce que en elle la donnée absolue peut concerner l'objectivité essentielle idéale, c'est-à-
dire un objet qui est par définition le même pour tous.

La critique de la raison, en ce qu'elle doit rendre possible une métaphysique comme science de l'être absolu,
comme science de la conscience, conduit à poser que le
vécu pur n'est plus porté par un moi mondain, qu'il n'est
plus le mien. Alors que tout vécu psychologique suppose
le moi empirique comme soubassement, la conscience
pure comme être absolu n'est portée par rien : « Le monde
est comme porté par la conscience, mais la conscience

elle-même n'a pas besoin d'un support[15]. » Le retour à la conscience donatrice exige qu'on ne comprenne plus le sujet comme une chose qui articule le rapport aux autres choses et par conséquent :

> La pensée dont elle parle [l'analyse phénoménolo-gique] n'est la pensée de personne. Nous ne faisons pas simplement abstraction du je, comme si le je s'y trouvait pourtant, et que l'on se bornât à n'y pas ren-voyer, mais nous mettons hors circuit la position trans-cendante du je, et nous nous en tenons à l'absolu, à la conscience au sens pur[16].

La conscience est un enchaînement de conscience dans lequel les objets prennent sens, mais sa donation absolue fait qu'elle n'est pas elle-même objectivée. Cependant, le vécu pur n'est pas pour autant nulle part, mais il n'est pas reconnu comme mien à partir d'une transcendance. Dans l'optique transcendantale il s'agira de penser l'être mien, ce qui m'est propre, sans référence au monde, mais seule-ment à partir de l'activité de ma propre vie subjective. Quoi qu'il en soit de cette genèse du sujet concret, Husserl a d'abord voulu montrer que le retour à une conscience non personnelle est ce qui permet à l'être lui-même de se donner à voir[17].

A partir de ce projet phénoménologique et absolu qui consiste à montrer l'être, Husserl peut rendre compte des impasses de la philosophie contemporaine par la monda-néisation du sujet transcendantal. C'est ce qu'il fait en 1911 dans *La Philosophie comme science rigoureuse* en montrant en quoi les diverses formes de naturalisme « réduisent à un fait de nature la conscience et toutes ses données immanentes à l'intentionnalité[18] ». L'accès à la conscience pure permet donc de penser les philosophies antérieures et leur échec : la philosophie en mondanisant le sujet transcendantal se supprime elle-même. En cela, par la radicalisation de la subjectivité, la phénoménologie peut penser une histoire de la philosophie dont elle est propre-ment le tournant. Cette naturalisation de la conscience explique pour Husserl « la détresse intellectuelle de notre époque » qui n'est pas simplement issue d'obscurités théoriques, mais « de la plus radicale détresse touchant la vie, détresse qui n'épargne aucun aspect de notre existence [19] ». La mondanéisation du sujet n'est donc pas une simple erreur, mais la forme même d'un mode d'existence déchu puisque c'est le sens même de la vie dans le monde qui est perdu dans la mesure où le monde perd toute unité pour devenir un agglomérat incompréhensible de faits. C'est notamment cette naturalisation de la conscience qui conduit à l'idée d'une zoologie des peuples :

> Par essence il n'y a pas de zoologie des peuples. Ils constituent des unités d'ordre spirituel ; ils ne comportent pas de stade de maturité qu'ils aient jamais atteint ou qu'ils puissent un jour atteindre [20].

Pour saisir l'unité du peuple comme l'unité spirituelle d'un *telos,* il faut s'être arraché à toute compréhension mondaine de la subjectivité, de la vie. En cela, la mise hors circuit du moi empirique, en donnant accès à la vie transcendantale prise en elle-même et pour elle-même, va permettre de comprendre comment le monde existe. Quand la subjectivité comprend son propre être à partir du monde, non seulement elle se manque elle-même, mais elle manque aussi le sens d'être du monde : le monde auquel elle a affaire est un monde sans vie. C'est donc la vie même du monde qui peut se montrer en revenant à la subjectivité transcendantale comme source de toute vie. Le sujet mondain est lui autant sans vie que le monde auquel il appartient : c'est un sujet qui ne s'inquiète de rien et qui ne répond de rien dans un monde sans *telos.* Dans cette perspective, la réduction, en donnant accès à un *ego* sans monde, n'est justement pas ce qui nous fait perdre le monde, mais ce qui permet de retrouver la vie du monde et ainsi de sauver un monde qui est en train de mourir du naturalisme.

2. Le spectateur du monde

Les analyses de Husserl visent à renvoyer le monde à son fondement ultime, et de ce fait l'*ego* transcendantal se trouve compris à partir de son opposition au monde. Néanmoins, il faut décrire cette vie nouvelle issue de l'opposition au monde en marquant que l'*époché* ne conduit pas simplement à la séparation entre vécu naïf et vécu réfléchi, mais ouvre un nouveau type de réflexion qui définit l'attitude proprement philosophique. On peut distinguer entre la perception, la réflexion sur la perception et la réflexion sur cette réflexion tout en échappant à l'objection d'une régression à l'infini puisqu'il s'agit d'avoir accès au vécu essentiellement autre de l'expérience transcendantale. Dans l'attitude naturelle on peut remonter à l'infini de réflexion en réflexion parce que toutes ces réflexions demeurent liées à la position du monde déjà là. Au contraire, la réduction rend possible une description totalement libre du *cogito* dans la mesure où la nouveauté du vécu propre à la réflexion transcendantale est d'être absolument inconditionné puisque le sujet y est libre de tout engagement personnel dans le monde. L'*époché* n'est donc surtout pas une perte du monde, mais elle doit être plutôt comprise comme un retrait par lequel le je qui effectue la réduction découvre sa subjectivité inconditionnée. Dans ce retrait, le sujet continue à voir le monde, mais maintenant ce voir est libre de tout intérêt pratique. Ainsi, il appartient au pouvoir-être du sujet d'être capable de prendre distance par rapport au monde, de se mettre à distance de lui plus que de l'éloigner de soi, pour ne justement pas vivre dans la répétition indéfinie du même vécu. La défaillance de l'*ego* serait de ne plus pouvoir s'arracher au monde et donc d'être atteint dans son pouvoir de réflexion, dans sa liberté. Cette liberté radicale du sujet effectuant la réduction est paradoxalement ce qui permet au monde de se manifester et de se constituer comme mon en-face. En effet, Husserl définit cette liberté du je transcendantal comme la possibilité inconditionnée d'une prise de conscience de soi. Le retrait du sujet libère sa réflexivité inconditionnée :

> la non-participation *(das Nicht-mitmachen)*, l'abstention du moi qui adopte l'attitude phénoménologique est *son* affaire et non pas celle de l'acte perceptif qu'il examine réflexivement. Du reste, il est lui-même accessible à une réflexion correspondante, et c'est seulement grâce à elle que nous en savons quelque chose[21].

Le je transcendantal issu de la réduction est donc d'abord déterminé négativement par l'acte libre d'une non-implication dans le travail de constitution du monde. Il est clair en cela que la découverte de son je transcendantal n'est pas pour le sujet une nouvelle forme de réflexion, un degré supérieur de réflexion, mais bien cette fois une rupture avec la façon dont il s'est toujours compris lui-même. Il ne s'agit donc pas en fait d'une simple mise à distance d'un monde dans lequel on demeurerait toujours pris, mais bien d'une scission qui introduit un tout nouveau mode de vie :

> Si nous disons intéressé au monde le je qui fait naturellement des expériences dans le monde, et qui ne cesse d'y vivre, l'attitude phénoménologiquement modifiée, et constamment maintenue comme telle, consiste alors à effectuer une scission du je *(Ichspaltung)* par laquelle, au-dessus du je spontanément intéressé, s'établit le je phénoménologique en tant que spectateur désintéressé *(uninteressierten Zuschauer)*[22].

Si cette *Ichspaltung* est définitive au sens où elle fait époque dans la vie du sujet, si elle est une condition de l'accès à la subjectivité inconditionnée comme fondement de la connaissance, il ne faut ni la rigidifier ni la forcer. Elle est à comprendre dynamiquement dans le cadre de la phénoménologie noétique. Dans cette réflexion sur la réflexion rendue possible par la compréhension intentionnelle de l'immanence, le sujet ne se détourne pas du monde, mais porte sur sa relation au monde un regard totalement libre, sans tenir aucun compte de ce que les choses du monde qui se donnent peuvent représenter pour lui (par exemple que ces choses lui soient agréables, désirables, utiles ou nuisibles, etc.). Cette conversion contre nature ouvre à une tout autre vie et à des motivations très différentes. En effet, le je transcendantal n'est pas obtenu ici indirectement par une réflexion sur les conditions de possibilité de la représentation, mais dans une expérience transcendantale où le sujet s'apparaît dans sa différence ontologique avec le monde constitué. Ainsi, l'expression de « spectateur désintéressé » ne vient pas exprimer une indifférence puisque le monde ne devient pas un pur spectacle qui me demeurerait extérieur. Une telle interprétation relèverait encore de l'attitude naturelle. Le spectateur désintéressé n'est pas celui qui se désintéresse totalement du monde, mais celui qui, considérant le monde dans sa totalité, s'abstient de tout intérêt pour tel ou tel aspect du monde pour s'intéresser à l'origine du monde dans la subjectivité inconditionnée. Il serait en effet absurde de vouloir séparer la face noétique et la face noématique de la phénoménologie. Le sujet qui s'apparaît immédiatement à lui-même sans référence au monde ne peut s'apparaître comme tel que dans sa différence avec le monde et pour prendre conscience de son activité constituante :

> Lorsqu'on pratique de manière cohérente la réduction phénoménologique, il nous reste donc, du point de vue noétique, la vie infinie et ouverte de la conscience pure, et du point de vue de son corrélat noématique, le monde visé de façon présomptive, comme tel exclusivement [23].

Il s'agit toujours bien de faire apparaître la corrélation transcendantale entre la conscience qui constitue le monde et le monde constitué. Husserl peut alors ajouter :

> Ainsi le je de la réflexion phénoménologique peut devenir non seulement dans des cas particuliers, mais de manière universelle, le spectateur impartial *(unbeteiligter Zuschauer)* de lui-même et, comprise en lui, de toute objectivité qui est pour lui, telle qu'elle est pour lui. On peut manifestement dire : moi qui suis

dans l'attitude naturelle, je suis aussi et toujours le je transcendantal, mais je ne le sais qu'en opérant la réduction phénoménologique[24].

Le problème n'est plus ici d'éviter le psychologisme transcendantal, mais de passer d'une vie assoupie à une vie éveillée. En cela, devenir spectateur transcendantal ce n'est pas s'abstenir de vivre, mais c'est au contraire porter toute son attention sur la vie transcendantale elle-même, et c'est pourquoi Husserl peut dire que le je qui s'apparaît immédiatement à lui-même est le même que le je engagé dans le monde. La réduction donne à voir une corrélation toujours déjà à l'œuvre dans la vie naturelle, mais de façon encore inconsciente. Le je transcendantal est le je qui, par la réduction, prend conscience de sa propre activité. Dès lors, il est manifeste que le sujet doit se détacher de tout ce qui le lie au monde, doit devenir impartial en se libérant de tous ses intérêts pratiques, non pas pour se détourner du monde et s'enfermer dans le seul spectacle de lui-même, mais pour porter sur le phénomène de monde un regard totalement libre qui laisse apparaître les *a priori* de corrélation. Désintéressement ne signifie donc pas indifférence, mais l'ouverture d'intérêts totalement nouveaux liés à une vie devant la vérité. Il exprime l'exigence philosophique d'une absence de préjugés qui seule fonde une attention au moi et au monde en eux-mêmes et pour eux-mêmes. La suspension de tous les intérêts finis et mondains rend possible une attention aux pures données de la réflexion transcendantale, c'est-à-dire une attention purement phénoménologique pour l'être. L'infinité du monde et l'infinité de la vie subjective constituent l'intérêt du spectateur impartial qui est le sujet philosophant et s'universalisant : ce sujet philosophant a conscience que c'est la totalité du monde et la totalité de la vie égologique qui dépendent de ses validations d'être.

Encore une fois, la réduction ne crée rien et ne perd rien, mais effectue un radical changement de signe puisque la conscience peut s'apparaître de façon inconditionnée dans son activité constituante. De plus, c'est bien l'énigme de la transcendance, c'est-à-dire la nécessité d'expliquer comment l'objet intentionnel est accessible qui commande la scission du moi : en se posant comme spectateur impartial, le sujet peut s'apparaître immédiatement à lui-même comme sujet constituant le monde. Il est certain que ce dédoublement instaure dans la vie du sujet une altérité entre le spectateur transcendantal et le sujet constituant, mais cette altérité n'est pas à comprendre comme une forme d'objectivation ; elle n'est pas comparable à celle existant entre le moi constitué et le moi constituant, puisque dans cette réflexion transcendantale sur moi-même « dans le présent vivant j'ai, en état de coexistence, le moi dédoublé et l'acte dédoublé du moi[25] ». Néanmoins, s'il appartient au principe même de la vie égologique de se scinder constamment elle-même de réflexion en réflexion de degré supérieur, il n'en demeure pas moins que l'acte libre de se comporter en spectateur absolument désintéressé introduit une altérité dans le rapport à soi. Ce n'est pas une motivation mondaine, mais

> une motivation particulière qui me délivre de cette sympathie et me permette ainsi de devenir le pur spectateur de moi-même ou le spectateur de mon soi *(Betrachter meines reinen Selbst)* pur et de l'acte chaque fois pris purement en soi et pour soi[26].

De ce fait, contrairement à un simple redoublement réflexif, je ne suis plus, comme pur spectateur, ce moi qui est intéressé axiologiquement par exemple à cette œuvre d'art, ni même celui qui cherche à la connaître. Le fait de se poser comme observateur théorétique *(theoretischen Betrachter)* remet en cause l'unité spontanée liée à la seule réflexion. Le fait de ne s'intéresser qu'au vécu et à ses composantes intentionnelles modifie définitivement le rapport à soi et le rapport au monde. Cela dit, le spectateur transcendantal n'a rien perdu, mais il peut voir comment se constituent ses objets de conscience. Il observe sans prévention sa propre vie transcendantale, la subjectivité concrète dans son universalité.

Contre l'absurdité qu'il y a à considérer qu'une partie du monde puisse constituer le monde entier, il est nécessaire de prendre l'attitude de l'observateur désintéressé, mais cette attitude est difficile à tenir jusqu'au bout parce que

« le phénoménologue ne dispose nullement, par l'accomplissement de l'*époché*, et par lui seul, d'un horizon de propositions nouvelles dont la possibilité serait évidente[27] ».
Dès lors, la difficulté même de considérer comme suspecte
l'évidence universelle de l'être du monde conduit souvent
à réduire le non-intéressement à celui du psychologue qui
ne heurte personne parce qu'il a lieu sur le sol du monde.
Mais dans une telle perspective le spectateur désintéressé
n'observe que la factualité d'un lien entre le sujet et son
monde et non l'*a priori* universel de corrélation entre le
sujet et son monde. Seule l'*époché* permet au spectateur
impartial de s'élever au-dessus de la corrélation mondaine pour observer la corrélation transcendantale.
Enchaîné à son intérêt pour les choses du monde, le sujet
ne pouvait s'apparaître à lui-même comme origine ; prisonnier de « sa » validation ontologique, il ne pouvait se
saisir comme principe de toute validation. Pour prendre
conscience que le monde est ma validation universelle, je
dois, par l'*époché*, m'ouvrir à une méditation *(Besinnung)*
sur mon être égologique *(Ichsein)* :

> Non que j'inhibe l'ensemble de l'intérêt, ni tout
> « accomplissement » *(Vollzug),* puisque, en tant
> qu'« éveillé », je suis toujours actif, mais je place
> « hors action » *(ausser Aktion)* l'ensemble de cette vie
> mondaine – je pénètre dans l'activité d'un genre nou-
> veau qui est celle d'une méditation universelle, une
> méditation de soi-même *(Selbstbesinnung)* au lieu de
> continuer à vivre directement en plein monde, comme
> je le faisais, et de continuer à être comme j'étais, au
> lieu donc de continuer à fouler le sol du monde dans sa
> validité, son ancienne validité, et d'être intéressé par le
> donné-d'avance-comme-étant qui est sien, d'en être
> affecté, d'être motivé par les acquis précédents pour
> poursuivre de nouvelles acquisitions, poser de nou-
> veaux buts, exploiter les anciens ou les modifier, etc.,
> tout cela sans cesser de posséder ce sol – le terrain uni-
> versel du monde *(des universalen Weltbodens)* –, et
> donc sans poser de question sur cette possession, sur le
> « comment » de ce posséder, c'est-à-dire manifeste-
> ment sans réfléchir la méditation sur soi-même, en tant
> que structure universelle de validation[28]...

Husserl peut conclure :

> L'*époché* transcendantale est par conséquent ce chan-
> gement total de la position de l'*ego (die transzen-
> dentale Epoche ist also diejenige totale Umstellung
> des Ich).*

Le spectateur du monde s'ouvre à une vie totalement
nouvelle qui rend impossible tout retour complet à la naïveté antérieure. La connaissance de soi devient le principe
du devenir soi, mais le soi qu'il s'agit de connaître n'est
justement pas la particularité mondaine, mais, transcendantalement compris, il est le pouvoir universel de validation de l'être. Je suis avant toute chose un regard eidétique. En cela, le spectateur phénoménologique dénoue
son lien naïf avec le monde, avec sa propre personne
humaine, pour s'apparaître à lui-même comme étant un
pur regard sur l'être, et cette scission introduit bien dans le
rapport à soi une hétérogénéité qu'aucune objectivation de
soi ne pourra jamais complètement surmonter. Néanmoins,
se connaître au sens transcendantal, c'est bien en quelque
sorte s'arracher à son moi intéressé au monde, non pour
quitter le monde, mais précisément pour pouvoir être hors
de soi en pouvant s'étonner de l'énigme de la transcendance du monde. La modification du concept d'immanence est ce qui paradoxalement permet d'expliquer en
quoi le retour à l'immanence est la condition d'une ouverture à la transcendance. Ainsi, il est possible de dire que
le spectateur désintéressé est tout à la fois dans l'immanence pure, en ce qu'il s'apparaît immédiatement, et en
transcendance, parce qu'il peut, au sein de l'immanence,
s'interroger sur la possibilité même d'atteindre la transcendance, celle du monde et celle d'autrui, qui ne sont pas
en fait séparables sans être pour autant identiques.

La *Ichspaltung* par laquelle la subjectivité constituante
se saisit comme différente de ce qu'elle constitue ne
conduit pas pour autant à une dépersonnalisation et cela en
premier lieu parce que l'évidence naturelle de mon moi
humain est suspendue et non supprimée, et c'est d'ailleurs
à cette condition que ce moi peut être compris comme
dérivé. Ensuite, en se préoccupant de l'origine du monde

dans la conscience transcendantale, le sujet spectateur rend visible une deuxième forme du devenir soi, qui correspond à l'accomplissement de son humanité : l'homme s'apparaît dans son œuvre de constitution du monde. Certes, on peut formuler l'objection que cette description de la connaissance transcendantale de soi ne dit pas vraiment ce qu'il y a de spécifique dans la saisie de son propre acte de connaître : l'apparaître du sujet constituant n'est pas clairement distingué de l'apparaître du monde. Il ne suffit pas de dire que le sujet s'apparaît alors de façon immédiate et inconditionnée pour véritablement décrire en quoi cette connaissance de soi diffère par essence d'une connaissance d'objet. Néanmoins, il est également essentiel de se garder de toute substantification du spectateur désintéressé : parce qu'il s'agit avant tout pour Husserl d'interroger l'énigme de la transcendance, il est essentiel que ce soit le même sujet qui s'élève de la réflexion naturelle à la réflexion transcendantale et dans cette dernière se saisisse comme sujet qui constitue le monde. Le spectateur phénoménologique n'est donc rien d'extérieur à la vie de la subjectivité, mais il est au contraire la vie transcendantale elle-même comme capacité de s'apparaître dans son propre acte de connaître le monde. Encore une fois, il ne découvre pas la vie transcendantale comme un objet extérieur de spectacle, mais comme son propre acte. Dès lors, il est intenable de dire comme Fink :

> Dans l'*époché* universelle, dans la mise hors circuit de toutes les positions de croyance, le spectateur phénoménologique se produit lui-même. La tendance transcendantale qui s'éveille dans l'homme, qui le pousse à inhiber d'un seul coup toute validité, supprime *(aufhebt)* l'homme lui-même, l'homme se dés-humanise *(sich entmenscht)* dans l'accomplissement de l'*époché*, c'est-à-dire qu'il libère en lui le spectateur transcendantal, il périt en lui [29].

Une telle interprétation passe à côté du sens propre de la réduction rendue possible par l'*époché*. Le moi humain ne périt pas, mais change de signe et de ce fait la connaissance de soi ne se comprend plus comme la tâche absurde

d'une exploration exhaustive de son moi mondain individuel, mais, à partir de ce moi mondain, comme la tâche de
s'apparaître comme l'origine du monde, c'est-à-dire de
faire apparaître l'*a priori* universel de corrélation.

En résumant sa propre entreprise philosophique dans *La
Crise de l'humanité européenne et la Philosophie,* Husserl
énonce à nouveau l'idée que c'est à partir de l'exigence
d'une observation désintéressée du monde que le sujet
revient auprès de lui-même pour devenir son propre spectateur impartial :

> L'élaboration d'une méthode effective pour saisir
> l'essence foncière de l'esprit dans ses intentionnalités,
> et pour construire là-dessus une analytique de l'esprit
> qui se poursuive de façon cohérente à l'infini, condui-
> sit à la phénoménologie transcendantale. Celle-ci sur-
> monte l'objectivisme naturaliste, et tout objectivisme en
> général, de la seule façon possible, à savoir par le fait
> que celui qui philosophe procède à partir de son *ego,* en
> prenant celui-ci en tant qu'il accomplit toutes les vali-
> dations qui sont les siennes et dont il devient le specta-
> teur théorétique pur *(rein theoretischen Zuschauer)*[30].

Ainsi, seule la réflexion transcendantale qui fait de moi
un spectateur phénoménologique peut sauver de l'échec
du rationalisme qu'est le naturalisme et peut rendre le sujet
constituant à sa tâche infinie et à sa responsabilité. En cela,
l'attitude de spectateur libère d'une passivité pour rendre
au combat de la vie transcendantale, au combat pour le
sens de l'homme.

3. Le sujet constituant le monde

La découverte de la subjectivité transcendantale,
comme véritable sol de toute validation, ne prend son
sens plein, dans l'évolution de la pensée de Husserl,
qu'avec la reconnaissance de l'*ego* transcendantal. Dans
les *Méditations cartésiennes,* Husserl reprend le tournant

cartésien pour dégager l'*ego cogito* comme un fait apodictique, comme le sol du jugement et donc de toute philosophie radicale. En parlant de « sol », les *Méditations cartésiennes* évitent l'équivoque du terme de « région » utilisé dans les *Idées I*. L'égologie n'est pas en effet une ontologie régionale, mais une philosophie centrale et radicale, qui constitue le sol de toute connaissance et de toute activité de la conscience. L'être de la conscience est bien en cela le sol à partir duquel toutes les autres régions sont pensables. C'est donc pour accéder à un tel sol ontologique que Husserl, loin de reprendre la démarche cartésienne qui conduit à l'*ego cogito,* fait seulement référence à un style de philosophie qui fait retour vers le flux de la conscience, c'est-à-dire vers le je pur et sa vie de conscience pure (le flux des *cogitationes*).

Si le tournant idéaliste faisait apparaître une subjectivité pure et inconditionnée, c'est en s'assumant véritablement comme idéalisme transcendantal que la phénoménologie en vient à penser un je pur inséparable des *cogitationes* qui ne fait pas fonction de support et qui ne peut pas être compris comme substance. Le je pur exprime la centration égologique qui permet au sujet de vivre les phénomènes comme les siens. Toute perception est mienne et tout souvenir est mien, non plus au sens mondain, mais au sens transcendantal : tout vécu est mien en ce que j'ai la possibilité inconditionnée d'en faire l'objet de mon attention. Dès lors, indépendamment du fait de savoir si les *cogitationes* de ma vie originaire se constituent en un monde ou non, elles sont miennes à partir de la possibilité indéfinie de leur reprise et donc abstraction faite de toute référence à un moi mondain. La réflexivité du je pur est le principe transcendantal de l'unité du vécu :

> Sa vie (celle du je pur) s'épuise en un sens particulier avec chaque *cogito* actuel ; mais tous les vécus de l'arrière-plan adhèrent à lui et lui à eux ; tous, en tant qu'ils appartiennent à un unique flux du vécu qui est mien, doivent pouvoir être convertis en *cogitationes* actuelles, ou y être inclus de façon immanente ; en langage kantien : « le *je pense* doit pouvoir accompagner toutes mes représentations »[31].

Ce je pur n'est pas une partie du vécu, mais est l'identité absolue qui, en traversant chaque *cogito* actuel, fonde le caractère mien du flux du vécu[32]. De plus, par la centration égologique du je pur, la subjectivité transcendantale se découvre comme ce à quoi le monde objectif fait face. En effet, ce je pur qui n'est pas un simple support pour mes pensées, ni ce qui accompagne mes pensées comme une simple forme, est la vie même du sujet par laquelle un monde peut exister pour moi. Le je pur est le centre de toute attention, de tout acte de se diriger sur…, et en cela il est l'origine du monde : « Je ne puis vivre ni faire une expérience, ni penser, ni évaluer, ni agir au sein d'aucun autre monde que celui qui trouve en moi et grâce à moi son sens et sa validité[33]. » Ainsi, en partant du monde, et grâce à l'*époché,* peut m'apparaître le caractère mien de ma vie égologique avant toute référence à l'intersubjectivité : le je pur est l'unité de mon rapport à l'être.

Pour dégager l'apodicticité du « je suis », Husserl, dans le § 9 des *Méditations cartésiennes,* interroge la manière d'être de la subjectivité transcendantale à partir de sa temporalisation. Le passé est le lieu privilégié de la présence à soi puisque le sujet peut s'y appréhender à travers son activité intentionnelle et parce que le temps n'est ici ni une réalité constituée ni la simple forme du rapport aux choses, mais la manière d'être du sujet dans sa présence à lui-même. Cela dit, si la conscience de soi est liée à la conscience de son passé, ce moi passé répond-il à l'exigence d'apodicticité ? En posant cette question, Husserl ne cherche pas à mettre en doute l'apodicticité du « je suis », mais à déterminer le champ de l'expérience apodictique. Il faut alors reconnaître que, contrairement à une critique de Heidegger, Husserl ne se contente pas de reprendre la certitude cartésienne, mais se propose de décrire la présence vivante du moi à lui-même. C'est dans une telle intention qu'il s'agit de limiter le champ de l'apodicticité au présent vivant, qui est premier par rapport aux autres modes de la temporalité. Autrement dit, si le présent vivant, comme origine du temps, fait l'objet d'une évidence apodictique, il n'en va pas de même du moi passé puisque le « je suis » ne contient pas *a priori* l'ensemble de la vie passée du sujet et que la pleine présence à soi du moi passé n'est qu'un horizon indéfiniment repoussé. Il faut donc marquer la différence entre l'acte du souvenir qui appartient au présent vivant et ce dont je me souviens, qui se constitue peu à peu à partir du présent primordial. Ainsi, l'acte du souvenir renvoie à un autre acte, la saisie de cette table qui a eu lieu dans le passé, mais cet acte passé reste, lui, absent. En cela, l'unité de l'acte présent et de l'acte passé dans l'acte du souvenir fonde l'unité de l'objet intentionnel, la table, qui m'est donné à présent comme passé. Autrement dit, la table est saisie maintenant comme ayant été saisie.

Husserl ajoute que ce soi originaire, cette présence vivante du « je suis », ne contient pas non plus les facultés transcendantales et les propriétés habituelles du sujet qui relèvent de la temporalisation. Il a été ainsi établi que « ce "je suis" est, pour moi qui le dis et le dis en comprenant comme il faut, le fondement primitif pour mon monde [34] ». Ce fait transcendantal est le fondement du monde réel comme de n'importe quel « monde idéal » qui vaut pour moi, parce que le monde est un univers de transcendances constituées dans les vécus de mon *ego* qui le précède. Autrement dit, c'est dans le moment même où je me saisis moi-même avec une nécessité apodictique que le monde m'apparaît dans son existence présomptive : « Le monde réel existe seulement avec la présomption qui se dessine constamment que l'expérience continuera constamment à s'écouler dans le même style constitutif [35]. » En cela, le *cogito* husserlien achève le mouvement d'absolutisation de l'*ego* sans laquelle la différence ontologique de l'être de la conscience et de l'être du monde ne peut être pleinement vue.

Il ne s'agit pas pour Husserl d'accéder à un moi vide, mais de dégager un champ d'expérience transcendantal dans lequel tout existant est pensé dans sa relation au sujet constituant. Ainsi, la science véritable serait une science apriorique qui déterminerait les conditions d'apparaître de l'objet comme la géométrie étudie l'essence des figures possibles de la chose. Cette eidétique descriptive des purs vécus est une science *a priori* d'un genre tout à fait nouveau, qui a sa méthode propre pour dégager les structures d'essence de la subjectivité. Dès lors, l'évidence apodic-

tique de l'*ego* s'étend à l'ensemble des structures *a priori*
du « je suis » (par exemple la temporalité, l'intersubjectivité, l'historicité, etc.). Cette explicitation de l'*ego* conduit
notamment aux questions les plus difficiles de la temporalité : il s'agit d'élucider les structures temporelles *a priori*
de l'expérience. De ce point de vue, la phénoménologie est
la prise de conscience de soi de la subjectivité transcendantale qui conduit à passer du fait originaire du « je suis »
aux nécessités d'essence. Elle est l'égologie pure où le
sujet dégage le sens de sa propre activité. Il est clair en ce
cas qu'en comprenant l'*ego* comme n'étant pas une première certitude, mais comme le pôle de toute la vie intentionnelle, Husserl rompt vraiment avec Descartes puisque
l'*ego* n'est pas une substance, mais un champ de travail :

> Ce n'est pas la simple identité du « je suis » qui est
> l'élément absolument indubitable de l'auto-expérience
> transcendantale, mais c'est une structure universelle et
> apodictique de l'expérience du moi (par exemple la
> forme temporelle immanente du flux du vécu) qui
> s'étend à travers toutes les données particulières de
> l'expérience de soi effective et possible[36].

Finalement, en revenant à une conscience sans âme et à
un *ego* sans monde, il a été possible de montrer en quoi la
conscience porte essentiellement en elle le sens monde :
l'analyse intentionnelle montre que l'explicitation du
monde est une auto-explicitation de l'*ego*. Mais pour cela
il faut que l'*ego* transcendantal soit donné à voir. Le
concept de transcendantal change donc fondamentalement
de signe, même si Husserl reconnaît toute l'importance du
tournant kantien. La connaissance transcendantale de soi
est selon Kant une connaissance *a priori* des objets expliquant comment ils sont connaissables, alors qu'elle est
pour Husserl la connaissance des structures *a priori* du
« je suis » expliquant comment les objets peuvent être. A
partir de cette différence, il n'y a pas en phénoménologie
de déduction, mais seulement un voir. La question-en-
retour vers l'ultime source de toutes les formations de
connaissance s'identifie donc à l'autoréflexion du sujet
connaissant sur lui-même :

Dans le développement radical de ses effets, ce motif
(la question-en-retour) est celui d'une philosophie universelle fondée uniquement à partir d'une telle source,
c'est-à-dire ultimement fondée. Cette source a pour
titre *moi-même,* avec toute ma vie de connaissance
réelle et potentielle, et finalement avec ma vie concrète
absolument parlant. La problématique transcendantale
dans son ensemble englobe la relation de *ce* moi mien
– de l'*ego* – à ce qui fut d'abord posé dans l'évidence
à sa place, c'est-à-dire à mon *âme,* et elle englobe
ensuite la relation de ce moi et de la vie de conscience
qui est la mienne au *monde,* dont je suis conscient et
dont je connais l'être véritable dans mes propres formations de connaissance [37].

L'*ego* n'est donc pas un pôle d'identité vide, mais il
porte en lui toute la richesse d'une vie constituante et c'est
cette vie concrète du sujet, dans laquelle le monde se
constitue, qui est donnée à voir par la réduction. On ne
peut donc pas dissocier la question de la transcendance du
monde et la question de la constitution de soi du sujet qui
constitue le monde. L'*ego* transcendantal n'est pas séparable de ses vécus, de ses *cogitationes* et, comme vie du
sujet, il est le rapport aux objets intentionnels. Par suite, si
l'*ego* est inséparable du flux de conscience dont il est le
principe d'unité, la subjectivité concrète ne contient pas
seulement l'acte pur de la pure présence à soi, mais également l'ensemble des objets immanents qui sont des données absolues, et à cela s'ajoute enfin l'ensemble des
objets transcendants donnés dans une expérience inadéquate. Comme transcendance dans l'immanence, l'*ego*
transcendantal est inséparable du flux du vécu dans lequel
le sujet se constitue et où le monde est constitué, mais il ne
s'identifie pas avec lui. Se dévoile alors un autre mode
d'apparaître du moi à lui-même : il s'apparaît à lui-même
dans son travail de constitution dans et pour le monde :

L'*ego* transcendantal (dans le parallèle psychologique : l'âme) n'est ce qu'il est qu'en rapport à des
objectités intentionnelles. Mais en font également partie, pour l'*ego,* les objets qui existent nécessairement,
et, pour l'*ego,* en tant qu'il se rapporte au monde, non

seulement des objets au sein de la sphère temporelle immanente qu'il faut confirmer de manière adéquate, mais aussi les objets du monde qui ne s'avèrent existants, dans la concordance de leur déroulement, seulement à travers une expérience inadéquate, uniquement présomptive et extérieure[38].

Si l'*ego* n'est pas substance, il est un centre de fonction, il est l'acte de se rapporter à l'être qui réside dans la face noétique des actes (viser, penser, évaluer, traiter, imaginer, etc.). Il est clair en cela que la phénoménologie tournée vers l'*ego* ne saurait être un oubli de la question du monde. Ce regard en retour vers l'*ego* qui constitue le monde, et qui le révèle comme pôle identique des vécus, dévoile un double apparaître de l'*ego* à lui-même, une double auto-constitution de l'*ego*. Il y a, d'une part, la pure présence à soi de l'*ego* qui ne naît ni ne meurt, mais rentre en scène ou sort de scène, et, d'autre part, la présence à soi dans la constitution de la temporalité immanente et cela dans une synthèse continue à partir du présent vivant. Ainsi, comme je pur, il s'apparaît à lui-même dans une ipséité absolue, qui ne donne lieu à aucune esquisse, et, comme je substrat des habitus, il s'apparaît dans sa propre activité de synthèse et ainsi se constitue progressivement lui-même.

Pour Husserl, l'énigme est celle de l'unité du flux de conscience : comment le flux des esquisses peut-il s'unifier pour donner lieu à un monde qui soit « mon » monde ? C'est pour répondre à cette question que la réduction phénoménologique donne à voir le sujet concret qui tout en constituant le monde se constitue lui-même. A partir de cet horizon de l'unité du monde, le § 32 des *Méditations cartésiennes* met en évidence la façon dont les habitus se constituent dans la vie fluente de la subjectivité transcendantale :

Mais il faut remarquer que le je qui fonctionne comme centre n'est pas un pôle d'identité vide *(ein leerer Identitätspol)* (pas plus que ne l'est un objet quelconque), mais en vertu d'une légitimité propre à la *genèse transcendantale,* il acquiert avec chacun de ses actes qui émanent de lui un nouveau sens objectif, une nouvelle propriété permanente *(eine neuen bleibende Eigenheit)*. Si, par exemple, je me décide pour la première fois, dans un acte de jugement, pour un être et un être tel, cet acte fugitif passera, mais désormais, je suis et je reste ce moi qui s'est décidé de telle ou telle manière, je suis quelqu'un qui partage la conviction en question[39].

Le sujet constituant acquiert des capacités passives et actives, des capacités de perception, de sentiment, de mémoire, des capacités intellectuelles, etc., et c'est à partir de cette vie propre de l'*ego* qu'il est possible d'expliciter l'origine du monde. La réduction, en dévoilant le je des habitus, permet donc de dépasser l'opposition entre un je transcendantal idéalisé et abstrait et un moi empirique individuel et concret en montrant comment le je transcendantal s'individualise lui-même. Or, le dépassement de cette opposition est essentiel parce qu'elle masque une détermination très importante de l'apparaître du monde. Ainsi, l'idéalisme transcendantal de Husserl conduit à l'attitude de spectateur désintéressé qui dénoue son lien avec le monde pour mieux donner à voir comment c'est l'autoconstitution du sujet transcendantal qui fonde le caractère mien du monde. Sans ce retour à cette deuxième forme de la mienneté transcendantale, la constitution du monde comme « mon » monde serait incompréhensible.

Cette propriété permanente nouvelle que le je acquiert avec chaque *cogito* n'appartient pas au moi empirique, mais bien au je pur. En fonction des lois de la genèse transcendantale, c'est-à-dire des lois de la temporalisation, chaque acte a tendance à persister en devenant une disposition du je pur : c'est une conviction sédimentée, une décision, un désir, un enthousiasme, un amour, une haine, etc. L'habitus est une manière d'être, une manière de s'être décidé, et ce qui est vrai de l'acte libre d'une décision l'est également de la pure passivité : quand, par exemple, je perçois un objet pour la première fois, cela fonde une capacité, celle de pouvoir reconnaître cet objet en fonction d'une synthèse associative du semblable avec le semblable. Cette table que je vois ici, je la vois en fait sur le fond de la sédimentation de toutes mes perceptions passées

de table qui sont réactivées par mon expérience de la table.
D'une façon générale, toutes les perceptions sédimentées,
confirmées ou niées sont des habitus. Dès lors, la continuité
même de la vie intentionnelle se fonde sur la réactivation
d'une donation de sens sédimentée. Tout sens se fonde sur
le sens. Ainsi, à côté de l'unité du sujet qui se constitue dans
le souvenir, on peut penser une unité noétique du sujet qui
peut demeurer dans la même visée. En fait, tout acte dure
dans la temporalité immanente dans la mesure où il est
réactivable : rien n'est jamais radicalement perdu au point
de ne pouvoir être réactivé. Il n'en demeure pas moins que
le sens fort de l'identité propre du moi est celle qui est issue
du maintien de la validité de la décision. Est mienne toute
décision que je pose et que je peux répéter comme étant la
mienne tant que j'en maintiens la validité. La réduction
phénoménologique est elle-même une décision que je dois
constamment maintenir sans céder à la fatigue qui fait
retomber dans l'attitude naturelle[40]. D'une façon générale,
le philosophe doit se maintenir dans ses validations au-delà
de la simple actualité, et malgré des périodes de passivité
comme le sommeil ou le fait d'être préoccupé par autre
chose. La simple possibilité de se réveiller comme le
même suppose une continuité qui n'est pas que celle d'un
je vide, mais aussi celle de l'identité noétique du maintien
d'une position de valeur. Ainsi, ce qui veille à travers le
sommeil n'est pas que l'identité nue du je pur, mais également l'identité d'un moi concret qui se maintient ou
change en fonction de ses décisions :

> La persistance, la durée temporelle de telles détermi-
> nités du je, et l'*autotransformation* qui leur est propre
> ne signifient manifestement pas que le temps imma-
> nent soit continuellement rempli par ces vécus, de
> même que le je permanent lui-même, comme pôle per-
> manent des déterminités du je, n'est ni un vécu ni une
> continuité vécue, bien qu'avec de telles déterminités
> habituelles il soit cependant, par essence, renvoyé au
> flux du vécu. En se constituant par une genèse active
> propre comme le substrat identique des propriétés per-
> manentes du je, le je se constitue aussi ultérieurement
> comme moi personnel *qui se tient et se maintient* – et
> cela en un sens extrêmement large qui nous autorise

aussi à parler de personnes *infrahumaines*. Même si, en général, les convictions ne sont que relativement durables, elles ont leur mode de *changement* (par modalisation des positions actives, parmi lesquelles : *suppression* ou négation, annulation de leur validité), le je confirme, malgré de tels changements, qu'il a un style permanent où règne une unique identité, qu'il possède un *caractère personnel* [41].

Il est essentiel ici encore de ne pas retomber dans l'empirie et donc de ne pas confondre cette identité noétique avec l'objectivation de soi comme moi empirique. Le sujet qui constitue le monde ne s'apparaît pas dans le monde, mais dans son propre travail de constitution du soi. Il y a là une nouvelle forme d'altérité à soi puisque le sujet constituant s'apparaît médiatement à partir d'une activité déjà là. Quoi qu'il en soit, le sujet s'apparaît une nouvelle fois comme distinct de ce qu'il constitue puisque le sujet, lui, ne devient autre que sur le fond de sa temporalité immanente et dans le changement de ses décisions. A la différence des objets du monde, il devient autre sans devenir un autre, car il demeure celui qui avait d'autres motivations, qui s'était décidé de telle ou telle façon. Le devenir autre est pour le sujet un moment de sa genèse et non une altération extérieure. On peut donc distinguer trois temporalisations de soi :

1. Tous les vécus se sédimentent dans le sujet, et cette sédimentation continue constitue la première temporalisation comme synthèse continue de l'expérience.

2. La temporalisation active du sujet comme objectivation de soi comme moi empirique dans le monde.

3. La temporalisation active personnelle, qui n'est pas une objectivation, mais qui est l'ipséité noétique qui se constitue à partir des décisions du sujet dans son œuvre de constitution.

Dès lors, une décision vraiment mienne ne pourra être que celle issue d'une raison libre qui ouvre la possibilité d'une justification de soi. En montrant que l'*ego* transcendantal dure dans un caractère personnel, Husserl ne s'égare pas dans une ontologie régionale, mais comprend cette nouvelle unité noétique comme la source de toute connaissance du monde comme mien. Autrement dit, l'habitus est une structure de l'*eidos* universel de l'*ego* transcendantal et sans lui on ne peut comprendre en quoi le monde est un monde en étant précisément le mien. On peut donc dire maintenant que le retour à un *ego* sans monde et l'attitude de spectateur théorétique ne font pas perdre le monde puisque au contraire cela permet de montrer comment apparaît un monde qui n'est pas un monde réduit à la nature, mais précisément le monde concret de ma vie, mon monde environnant.

L'introduction du terme leibnizien de monade permet à Husserl de mieux marquer en quoi le sujet qui constitue le monde possède l'unité concrète d'une genèse et donc en quoi le monde lui-même n'est pas quelque chose de fixe. La monade est le je avec la totalité de la vie intentionnelle dont il n'est pas séparable et de ce fait elle contient tout ce qui est mien : les données de conscience, les formes noétiques, les vécus immanents, les objets intentionnels en général, etc. Or, cette unité absolument simple du sujet dans son devenir est ce qui fonde le fait que tout dans le monde est relié à tout. Que signifie pour l'*ego* « avoir un monde » ? Ce monde a le statut d'un monde environnant qui est pour moi un en-face comme objet de ma constitution actuelle et potentielle. Les objets actuellement constitués sont le résultat de mon activité synthétique comme identité constituée à partir des propriétés multiples. En effet, l'identité de l'objet se fonde dans mon activité d'explicitation de l'être : la position d'être est elle-même un habitus et c'est donc la mienneté noétique de l'habitus qui fonde la mienneté noématique du monde environnant. Par conséquent, mon monde environnant est aussi mon propre avenir qui se détermine à partir du présent. En effet, est mien également cet horizon de donation de sens qui est une anticipation de ma tâche infinie de constitution. Ainsi, avoir un monde pour l'*ego* signifie se le donner sous une forme actuelle ou potentielle parce que le propre de l'*ego* est de se donner à lui-même. Ipséité par liberté et constitution de son monde sont indissociables. La réduction monadologique est donc une étape importante dans le dévoilement de l'*a priori* universel de corrélation : elle montre que le monde possède l'individuation secondaire de l'en-face qui doit être reconduite à l'individuation originaire et absolue de l'*ego*[42]. Le monde devient le corrélat noématique non pas d'un je vide, mais du je substrat des habitus compris comme formes noétiques permanentes. Dès lors, la mise en vue de l'*a priori* de corrélation entre l'habitus, comme structure noétique, et le monde environnant, comme corrélat noématique total, prouve que l'explicitation phénoménologique de l'*ego* monadique englobe tous les problèmes constitutifs en général. En conséquence, s'il y a des difficultés liées à l'autoconstitution de l'*ego,* elles devront se retrouver dans la constitution du monde.

La phénoménologie eidétique est une égologie parce que le retour à l'*eidos* est un retour à l'*eidos ego* : la constitution de l'*ego* doit avoir valeur de fondement pour toute constitution en général. Comme le montre l'analyse de la perception, la réduction eidétique donne accès aux structures *a priori* de la subjectivité transcendantale puisqu'elles font elles aussi l'objet d'une intuition eidétique. La phénoménologie comme égologie ne s'en est donc jamais tenue au moi empirique, puisque son objet depuis le début est l'*eidos ego,* qui est lui aussi une irréalité ou un type pur. Tout moi empirique n'est qu'une pure possibilité qui ne peut recevoir un sens que vis-à-vis de l'*eidos ego* :

> Autrement dit, avec chaque type eidétique pur, nous ne nous situons bien entendu pas dans l'*ego* de fait, mais dans un *eidos ego* ; ou, encore, toute constitution d'une possibilité effectivement pure parmi d'autres possibilités pures entraîne implicitement avec elle, à titre d'horizon externe, un *ego* possible au sens pur, une pure modification de la possibilité de mon *ego* de fait[43].

L'énoncé de cet idéalisme absolu se heurte à une difficulté : comment obtenir l'*eidos ego* sans quitter la sphère égologique propre ? A partir de la variation de mon *ego* de fait, je ne peux atteindre que l'*eidos* de mon *ego* de fait et non l'*eidos ego* en général. Dès lors, si le monde est une structure de la subjectivité transcendantale, on peut se demander si la connaissance du monde ne suppose pas de faire de l'intersubjectivité transcendantale le sol de toute validité. Quoi qu'il en soit, Husserl a déjà montré que l'explicitation du monde renvoie à l'auto-explicitation de l'*ego* et donc a mis en évidence que cette explicitation de l'*ego* ne supporte aucune méthode extérieure. L'origine ne s'explique qu'en elle-même et par elle-même. Ainsi, la méthode eidétique trouve sa justification dans la possibilité de décrire la vie du sujet qui constitue le monde sans tomber dans l'empirie puisqu'elle étudie l'apparaître du monde à partir de son origine : l'*eidos ego*. Certes, la réduction ne conduit pas Husserl à penser, comme le fera Heidegger, le pouvoir de dire « je » à partir de l'être-au-monde, mais il a néanmoins montré en quoi seul un *ego* peut rencontrer le monde et s'accomplir dans cette rencontre. Ainsi, pour le sujet, être soi ne signifie pas simplement un pouvoir inconditionné de réflexion, mais également un pouvoir infini de constitution : être soi, c'est constituer la transcendance du monde, c'est être son monde.

*

NOTES

1. *L'Idée de la phénoménologie,* p. 51[29].
2. *Idées I,* § 53, p. 178[130].
3. *Logique formelle et Logique transcendantale,* § 96, p. 319[211].
4. *Idées II,* § 33, p. 199[139].
5. Cf. *Idées I,* § 51 remarque et § 58.
6. Cf. notre étude, « Husserl et le Dieu d'Aristote », *Les Etudes philosophiques,* octobre-décembre 1995, p. 481-496.
7. *Méditations cartésiennes,* trad. de Launay, p. 68[63].
8. Cf. *L'Idée de la phénoménologie,* p. 52[30].
9. *Idées III, Postfaces à mes Idées directrices,* p. 181[139].
10. *Ibid.,* p. 181-182[140].
11. *Méditations cartésiennes,* § 11, trad. de Launay, p. 68[64].
12. *Ibid.,* § 11, de Launay p. 69[65].
13. *L'Idée de la phénoménologie,* troisième leçon, p. 67-69 [43-44].
14. *Idées I,* § 54, p. 182[133].

15. « *Die Welt wird gleichsam getragen vom Bewusstsein, aber das Bewusstsein selbst braucht keinen Träger* », *Chose et Espace*, § 13, p. 64[40].

16. *Ibid.*, p. 64[41].

17. Sur le sens transcendantal de la mienneté et d'une façon plus générale sur toute la question du moi et de son individuation personnelle et intersubjective, cf. notre ouvrage *Personne et Sujet selon Husserl*, PUF Epiméthée, 1997.

18. *La Philosophie comme science rigoureuse*, p. 20.

19. *Ibid.*, p. 79.

20. *La Crise des sciences européennes*, annexe III, *La crise de l'humanité européenne et la philosophie*, p. 354[320].

21. *Méditations cartésiennes*, de Launay, p. 79[73].

22. *Ibid.*, de Launay, p. 79-80[73].

23. *Ibid.*, § 15, de Launay, p. 82[75].

24. *Ibid.*

25. *Philosophie première*, t. II, leçon 40, p. 126[89].

26. *Ibid.*, leçon 42, p. 139[98].

27. *La Crise des sciences européennes*, p. 205[183].

28. *Ibid.*, appendice XX, p. 523[471-472].

29. *Sixième Méditation cartésienne*, trad. franç. N. Depraz, Millon, 1994, p. 93.

30. *La Crise des sciences européennes*, annexe III, p. 381[346].

31. *Idées I*, § 57, p. 190[138].

32. Sur l'ipséité absolue du je pur, cf. notre ouvrage *Personne et Sujet selon Husserl*, *op. cit.*, p. 39-60.

33. *Méditations cartésiennes*, § 8, de Launay, p. 64[60].

34. *Logique formelle et Logique transcendantale*, § 95, p. 317 [209].

35. *Ibid.*, § 99, p. 337[222].

36. *Méditations cartésiennes*, § 12, de Launay, p. 73[67].

37. *La Crise des sciences européennes*, § 26, p. 113[101].

38. *Méditations cartésiennes*, § 30, de Launay, p. 112[99].

39. *Ibid.*, § 32, de Launay, p. 113[100-101].

40. Cf. *L'Idée de la phénoménologie*, p. 65[39].

41. *Méditations cartésiennes*, § 32, de Launay, p. 114-115[101].

42. Cf. *Idées II*, § 64, p. 405[301].

43. *Méditations cartésiennes*, § 34, de Launay, p. 119[105].

CHAPITRE CINQ

La genèse du monde

1. L'objet temporel

Donner à voir le monde suppose une interrogation sur l'*a priori* du temps, dans la mesure où la phénoménologie dépasse l'opposition d'un temps du monde et d'un temps de l'âme, pour comprendre le temps comme le mode même de la présence au monde, puisque toute conscience du monde est nécessairement une conscience temporelle. Dès lors, l'identité des choses du monde et donc l'identité du monde lui-même ne peuvent être clarifiées que par une étude de la conscience intime du temps, qui est « tout un ensemble de problèmes parfaitement délimités et d'une difficulté exceptionnelle [1] ». En effet, l'énigme du monde reconduit à l'énigme de l'*ego* qui donne le temps :

> L'énigme de l'*être originaire* – mon énigme originaire, celle de celui qui pose transcendantalement la question –, c'est mon flux phénoménal originaire de la temporalisation. Là je trouve déjà donné d'avance, lorsque je pose la question, la formation de sens « monde », le monde qui vaut pour moi, le monde qui est pour moi dans le flux, fluant lui-même dans les modalités temporelles, et, par là, constituant en soi l'être [2].

Pour décrire la temporalité du rapport au monde, il faut donc revenir à la temporalité immanente des vécus et mettre par conséquent hors jeu le temps objectif :

> Il faut soigneusement respecter la différence qui sépare ce *temps phénoménologique*, cette forme unitaire de

tous les vécus en *un seul* flux du vécu (un *unique* moi
pur), et le temps « *objectif* » c'est-à-dire *cosmique* [3].

Il n'est donc pas question d'accepter un temps objectif
déjà donné, dont il s'agirait de déterminer les conditions
de possibilité, et cela d'abord parce que

> pas plus que la chose réelle, le monde réel n'est un
> *datum* phénoménologique, pas d'avantage n'est un
> *datum* phénoménologique le temps du monde *(Welt-
> zeit)*, le temps chosique *(die reale Zeit),* le temps de la
> nature *(die Zeit der Natur)* au sens des sciences de la
> nature, ni par conséquent celui de la psychologie en tant
> que science de la nature qui a pour objet le psychique [4].

Ici également, il s'agit de s'en tenir au phénomène,
c'est-à-dire à la manifestation elle-même, et c'est pourquoi la réduction, dont Husserl détenait déjà la signification propre en 1905 au moment de la rédaction de ces
Leçons, conduit à se demander comment se constitue « le
temps apparaissant, la durée apparaissante en tant que tels
(erscheinende Zeit, erscheinende Dauer als solche) [5] ». En
effet, la seule donnée phénoménologique est bien le temps
immanent du cours de la conscience, qui n'est pas lui-
même « dans » le temps objectif, qui n'est pas une partie
de ce temps. Ainsi, la nouveauté de la phénoménologie ne
consiste pas d'abord à revenir à la conscience du temps,
mais à remettre définitivement en cause le caractère absolu
du temps objectif. Le temps du monde est non seulement
dérivé, mais il est encore plus dérivé que le temps immanent. Revenir à l'*a priori* du temps consiste donc à revenir
à l'autoconstitution de ce temps immanent.

En deçà des représentations du temps, dont on oublie
trop souvent qu'elles ne sont que des représentations, il
est nécessaire de faire retour vers l'expérience originaire
du temps, vers la conscience présentative du temps qui a
lieu dans le sentir. Le temps dans lequel toute chose du
monde apparaît n'apparaît pas lui-même comme une
chose du monde ; sa constitution possède quelque chose
d'absolument propre. En cela, la réduction phénoménologique ne consiste pas à nier l'existence d'un temps

« cosmique », mais permet de montrer en quoi il est le résultat d'une objectivation du temps immanent, et c'est pourquoi Husserl commence par montrer que le temps phénoménologique et le temps du monde n'appartiennent pas au même genre eidétique :

> Le temps qui par essence appartient au vécu comme tel
> – avec les différents modes sous lesquels il se donne :
> modes du maintenant, de l'avant, de l'après, mode du
> en même temps, du l'un après l'autre, déterminés
> modalement par les précédents –, ce temps ne peut
> aucunement être mesuré par la position du soleil, par
> l'heure, ni par aucun moyen physique ; il n'est pas
> mesurable du tout[6].

Le temps objectif est bien une représentation en ce qu'il est un système d'ordre temporel issu d'une projection du temps sur l'espace. Une telle spatialisation permet de conférer une place à un événement du monde par rapport à d'autres, mais cet ordre temporel n'a pas en lui son principe d'intelligibilité, et c'est pourquoi il est nécessaire de revenir à un temps pur de toute objectivation pour comprendre le temps du monde à partir de ce temps immanent dans lequel les choses se donnent comme les mêmes, se donnent dans leur identité. Ainsi, la réduction ne fait rien perdre du temps, mais est une modification du regard qui permet de voir le temps du monde à partir de son origine dans la temporalité immanente. Ce changement du regard donne alors à voir que l'objet n'est pas seulement dans le temps, mais est, dans son essence même, une unité de durée. Il faut donc s'en tenir à l'exigence de la donnée :

> Ce sont les vécus du temps qui nous intéressent.
> Qu'eux-mêmes soient objectivement déterminés tem-
> porellement, qu'ils s'insèrent dans le monde des
> choses et des sujets psychiques, monde où ils trouvent
> leur place, produisent leurs effets, possèdent leur être
> et leur genèse empiriques, cela ne nous concerne en
> rien ; nous n'en savons rien[7].

L'élucidation de l'*a priori* du temps est donc ce qui doit donner à voir les actes qui constituent la temporalité de

188 Husserl et l'énigme du monde

l'objet, c'est-à-dire son identité temporelle : être pour un objet signifie qu'il est appréhendé comme le même dans ses changements. En ce sens, l'unité de l'objet et l'unité du monde vont être reconduites à l'unité propre du vécu, c'est-à-dire à l'unité des actes de la vie intentionnelle.

Toute la première section des *Leçons pour une phéno-ménologie de la conscience intime du temps* est une discussion avec Brentano qui a pour objet l'élucidation de la continuité propre du temps. La psychologie de Brentano ne parviendrait pas à surmonter une conception empiriste selon laquelle le temps serait une simple addition d'instants séparés. En fait, cinq notes jouées sur une flûte sont une continuité de transition, relative à l'activité de la conscience. Il est donc nécessaire d'élucider comment cette continuité est intuitionnée. Pour expliquer cette continuité, et donc pour expliquer la retenue de l'instant qui vient de passer, retenue qui assure la continuité entre le passé et le présent, Brentano fait appel à l'imagination : cette faculté permettrait de comprendre en quoi le passé est retenu tout en étant modifié, car s'il n'était pas modifié il y aurait abolition du temps. Or, pour Husserl, Brentano n'a pas su distinguer « entre la perception et l'imagination du temps » *(Zeitwahrnehmung und Zeitphantasie)*[8]. Une telle compréhension conduit, en effet, à donner le passé pour un irréel, un inexistant, et donc à manquer le lien intuitif avec le passé. Le passé n'est pas un simple phantasme ; il se donne en personne dans le vécu de conscience. Ce point est essentiel, car si c'était l'imagination qui assurait la continuité du temps, la conscience intime du temps ne serait plus une conscience du monde. Husserl cherche donc à élucider l'origine de la conscience du temps sans recourir à l'imagination parce que cette dernière est une présentification et non une présentation. La re-présentation donne le passé, mais comme absent, sans le lien intuitif et, de ce fait elle marque une rupture avec la perception et donc avec le monde[9].

L'analyse de la conscience intime du temps conduit Husserl à montrer quelles sont les différentes couches de constitution d'un objet temporel immanent et cela en remontant jusqu'au flux de conscience absolu ultimement constituant. Husserl précise lui-même que « par objets temporels *(Zeitobjekten)*, au sens spécial du terme, nous entendons des objets qui ne sont pas seulement des unités dans le temps, mais contiennent aussi en eux-mêmes l'extension temporelle [10] ». Ce changement de signe, ici encore, indique que l'objet temporel (un mot, une phrase, un son, une mélodie) n'est pas dans le temps, mais est lui-même l'unité d'une durée. Husserl prend comme exemple d'objet temporel le son et tente de décrire l'identité du son comme la continuité d'une durée qui est relative à la conscience. Cela suppose bien évidemment d'avoir mis entre parenthèses toute considération objective du son comme chose dans le monde pour s'en tenir au pur retentir du son. A cette condition, un simple son contient en lui toute l'énigme ou la merveille de la conscience du temps *(Wunder des Zeitbewusstseins)* [11].

Husserl va alors montrer, au § 8 des *Leçons,* comment l'objet temporel, c'est-à-dire un objet qui a en lui-même une extension temporelle, se constitue dans une multiplicité de vécus, qui ont chacun leur place dans le temps immanent de la conscience. Ainsi, en prenant le son selon son mode de donnée, il est possible d'élucider cette merveille en mettant en vue comment le son apparaît comme le même, tout en apparaissant comme sans cesse autre :

> Nous mettons maintenant hors circuit toute appréhension et toute thèse transcendante, et prenons le son comme pure donnée hylétique. Il commence et il cesse, et toute l'unité de sa durée, l'unité de tout le processus dans lequel il commence et finit, « tombe » après sa fin dans le passé toujours plus lointain. Dans cette retombée, je le « retiens » encore, je l'ai dans une « rétention », et, tant qu'elle se maintient, il a sa temporalité propre, il est le même, sa durée est la même. Je peux diriger mon attention sur la manière dont il est donné. J'ai conscience du son et de la durée qu'il remplit dans une continuité de « modes », dans un « flux continuel » ; un point, une phase de ce son se nomme « conscience du son à son début », et j'y ai conscience du premier instant de la durée du son, dans le mode du présent. Le son est donné, c'est-à-dire j'en ai conscience comme présent ; mais j'en ai conscience comme présent « aussi longtemps » que j'ai conscience

de l'une quelconque de ses phases comme présente. Mais si une nouvelle phase quelconque (correspondant à un instant de la durée du son) est un présent actuel (à l'exception de la phase initiale), j'ai alors conscience d'une continuité de phases en tant qu'ayant eu lieu « à l'instant », et de toute l'extension de la durée, depuis l'instant initial jusqu'à l'instant présent, en tant que durée écoulée, mais pas encore du reste de son extension. A l'instant final, j'ai conscience de celui-ci lui-même comme d'un instant présent, et j'ai conscience de toute la durée comme d'une durée écoulée (ou bien il en est ainsi à l'instant initial de la nouvelle extension temporelle qui n'est plus extension sonore). « Pendant » tout ce flux de conscience, j'ai conscience d'un seul et même son en tant que son qui dure, qui dure maintenant. « Auparavant » (au cas où il n'était pas attendu) je n'en ai pas conscience. « Après » j'en ai encore conscience un certain temps dans la « rétention » en tant que passé, il peut être retenu et se tenir, ou demeurer, sous le regard qui le fixe. Toute l'extension de la durée du son, ou « le » son dans son extension, se tient alors, pour ainsi dire, comme quelque chose de mort ; il ne se produit plus de façon vivante ; c'est une forme que n'anime plus le point de production du présent, mais qui se modifie continûment et retombe dans le « vide ». La modification de toute la durée est alors une modification analogue, identique en son essence, à celle que subit le fragment écoulé de la durée pendant la période d'actualité, alors que la conscience passe à des productions sans cesse nouvelles[12].

Pour qu'un son puisse être entendu, pour qu'il puisse tout simplement être donné à la conscience, il faut que dans son éloignement il soit retenu par la conscience. Husserl introduit le terme de **rétention** pour exprimer ce tenir en prise de ce tout juste passé d'un son qui résonne encore (Husserl parle aussi de souvenir frais ou de souvenir primaire), et qui est donc une « conscience d'"encore" *(Noch-Bewusstsein)*[13] ». Ainsi la conscience du présent n'est pas la conscience d'un simple instant ponctuel, mais la conscience d'une continuité de phases. Le son dans son extension demeure vivant tant qu'il est de cette façon retenu par la conscience du présent. Cependant, cette rétention est à distinguer de l'acte intentionnel de la remémoration, dans la mesure où il ne s'agit pas d'un retour réfléchi vers un moment du passé, mais du fait de retenir encore comme présent ce qui passe. En cela, la rétention est bien encore la présence en personne du tout juste passé et c'est elle qui va fonder la possibilité du ressouvenir. Quoi qu'il en soit pour le moment de cette question, en revenant au son comme donnée hylétique pure, Husserl décrit en quoi la saisie du présent ne se limite pas à l'impression originaire, mais s'étend au tout juste passé et à ce qui va arriver (la protention)[a], tout en distinguant la rétention et la protention du souvenir et de l'attente, qui sont des présentifications[b]. La durée du son se fonde sur la continuité de la rétention, c'est-à-dire sur le maintien du lien avec le point de production du présent qui est le « point source vivant de l'être[14] ». Plus encore, la continuité du temps, suppose qu'il y ait non seulement rétention de l'impression originaire, mais également rétention de la rétention, et c'est cette modification rétentionnelle qui permet d'élucider le fait que l'objet son soit toujours le même et toujours autre dans ce changement continu.

Avec l'unité impression-rétention, Husserl a mis en évidence la continuité originaire du temps, qui constitue la trame sur laquelle les diverses modalités d'apparition prennent sens. Le début d'une mélodie, son déroulement et sa fin n'apparaissent comme tels qu'à partir de cette continuité fondée sur la rétention du tout juste passé :

---

a. Husserl parle en fait assez peu de la protention qui, à la différence de la rétention, se fait à vide : « Le son qui retentit et continue de retentir résonne dans un futur conformément à la conscience, il tend, pour ainsi dire, à la perception ses bras grands ouverts. Aussi vide et indéterminée que puisse être cette continuité de pré-attente, elle ne peut pas être entièrement indéterminée, le style en quelque sorte de l'"avenir" est préfiguré dans le passé immédiat. » *De la synthèse passive*, p. 74[323].

b. En cela, malgré la référence au livre XI des *Confessions* dans l'introduction des *Leçons* et malgré un accord avec saint Augustin pour faire du présent le temps primordial par rapport au passé et au futur, il n'en demeure pas moins que Husserl cherche à décrire une auto-constitution du temps antérieure au souvenir et à l'attente.

Mais chaque présent actuel de la conscience est soumis à la loi de la modification. Il se change en rétention de rétention, et ceci continûment. Il en résulte par conséquent un *continuum* ininterrompu de la rétention, de telle sorte que chaque point ultérieur est rétention pour chaque point antérieur. Et chaque rétention est déjà un *continuum*. Le son commence et *il* se prolonge continûment. Le présent de son se change en passé de son, la conscience *impressionnelle* passe, en coulant continûment, en conscience *rétentionnelle* toujours nouvelle. En allant le long du flux ou avec lui, nous avons une suite continue de rétentions appartenant au point initial. Outre cela, cependant, chaque point antérieur de cette suite en tant qu'un « maintenant » s'offre *aussi* en dégradé au sens de la rétention. A chacune de ces rétentions s'accroche ainsi une continuité de mutations rétentionnelles, et cette continuité est elle-même à son tour un point de l'actualité, qui s'offre en dégradé rétentionnel[15].

L'élucidation de la conscience intime du temps est bien l'élucidation de l'éloignement progressif du son : entendre la même note qui dure revient à avoir conscience de son éloignement continu par rapport au surgissement continu du présent. Husserl peut alors parler d'une double continuité du temps qu'il représente par un diagramme, qui a pour but de mettre fin à la représentation du temps comme simple succession isolée. En effet, Husserl veut rendre raison, en même temps, de la continuité de la durée de l'objet et de la continuité de chaque point de la durée. Chaque maintenant est en lui-même une unité de durée et Husserl insiste donc sur l'unité entre l'écoulement lié au surgissement continu d'un nouveau maintenant et l'écoulement propre à la modification rétentionnelle d'une impression originaire.

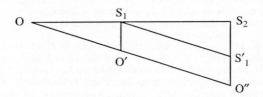

Avec ce diagramme [16], Husserl veut avant tout mettre en vue des relations temporelles qui sont des formes de l'intentionnalité. La relation horizontale (O-S_1-S_2) renvoie au renouvellement impressionnel dans lequel un maintenant se substitue continûment à un autre maintenant. La relation transversale ou oblique (O-O'-O'' et S_1-S_1') désigne la continuité de la modification rétentionnelle dans laquelle un maintenant s'enfonce dans le passé. Enfin, la relation verticale (S_2-S_1'-O'') représente l'épaisseur du maintenant ainsi que l'ordre propre à l'ensemble des rétentions liées à une impression originaire. En soulignant ainsi toute la complexité de la rétention et l'épaisseur du présent, qui ne peut plus être réduit à une limite entre deux néants, Husserl montre qu'il

> appartient bien à l'essence de l'intuition du temps d'être en chaque point de sa durée (dont nous pouvons faire réflexivement notre objet) conscience du tout juste passé, et non simplement conscience de l'instant présent de ce qui apparaît comme objectivité qui dure [17].

Ainsi, par la rétention, il y a un lien intuitif avec le passé sans lequel il n'y aurait pas pour nous d'objet temporel, ni même de monde. Tout vécu est en lui-même un flux dont il n'y a pas de donnée adéquate [18].

Après avoir montré en quoi la conscience intime du temps n'est pas limitée à la sensation originaire, Husserl peut élucider plus directement en quoi l'être de l'objet temporel réside dans les actes de la vie intentionnelle. La continuité des phases de l'objet temporel reconduit à l'unité de la vie de la conscience. Cependant, de par le lien intuitif avec le tout juste passé, il est possible d'effectuer ces actes de représentation que sont les souvenirs. En effet, le souvenir est l'acte intentionnel par lequel un moment passé est maintenant donné comme ayant été présent. Ainsi, le maintien en prise de la rétention rend possible la reprise du souvenir par laquelle ce qui a été présent est relié au présent actuel. Ce lien entre deux actes intentionnels n'est possible que parce que le présent est un présent épais qui contient en lui des modifications rétentionnelles. Or, c'est parce qu'il peut y avoir une synthèse d'identité

entre un vécu passé (la salle que j'ai vue hier) et un vécu
présent (la salle que je vois maintenant) qu'il y a constitution de l'objet temporel :

> La rétention au contraire (par rapport au ressouvenir)
> ne produit pas d'objectivité de durée (ni de manière
> originaire ni de manière reproductive), mais retient
> seulement dans la conscience ce qui est produit et lui
> imprime le caractère du « tout juste passé [19] ».

Ainsi, le souvenir est le lieu de la constitution des objets
à partir du tenir en prise de la rétention et, de ce fait, il participe à la constitution d'un temps un et objectif. Cela
confirme une nouvelle fois que c'est bien l'intentionnalité
qui anime et ordonne la temporalité de la conscience et non
pas le surgissement continu du nouveau dans l'impression
originaire. Plus précisément, il revient au je pur d'unifier
et de structurer la conscience intentionnelle représentative
et c'est donc dans un même mouvement que le sujet
constitue les objets temporels et qu'il se donne son
propre passé.

L'*époché* montre donc que tout objet est un objet temporel, même si tous les objets n'ont pas la même temporalité, et, en conséquence, la stabilité de l'objet n'est que
relative à la conscience et non absolue :

> Chaque objet individuel (chaque unité constituée dans
> le courant, qu'elle soit immanente ou transcendante)
> dure, et dure nécessairement ; c'est-à-dire : il est conti-
> nûment dans le temps et il est quelque chose d'iden-
> tique dans cet être continu, qui peut être aussi consi-
> déré comme processus [20].

L'apparition d'une maison est en elle-même un être temporel, puisque la saisie de la maison, qui se donne par
esquisses, suppose l'unité d'un processus temporel. On
peut donc dire que la temporalité appartient bien à l'essence
des choses transcendantes, puisqu'on ne peut élucider le
sens de la transcendance sans considérer la durée propre
des objets du monde. Husserl peut effectivement dire
qu'en 1905 il possédait la réduction phénoménologique

dans la mesure où cette structure temporelle de tous les objets du monde présuppose une détermination intentionnelle de la transcendance. Tout objet transcendant dans son identité est une unité de la conscience constituée par des actes de ressouvenir. Husserl ne va cesser d'approfondir cette identité entre l'être et la durée.

Tout phénomène, en tant que manifestation, est une extension temporelle et cela vaut du phénomène de monde lui-même. En cela, donner le monde à voir revient à prendre conscience de cette durée, à prendre conscience du fait que le monde ne se limite pas au monde présent, mais s'étend au monde passé et futur. Là encore, la réduction brise les limites de l'attitude naturelle en donnant à voir la vie temporelle du monde, que l'on parle de la nature ou du monde commun des hommes :

> L'horizon de la conscience avec ses implications intentionnelles, ses déterminations et indéterminations, ses réalités connues et les champs ouverts de son libre déploiement, ses sphères proches et lointaines n'embrasse pas seulement un monde environnant du *présent,* un monde existant maintenant ; mais, comme il ressort déjà de la manière dont nous avons considéré le souvenir et l'attente, il embrasse aussi des infinités ouvertes du *passé* et du *futur. Au flux du présent vivant lui-même appartient toujours une région du passé immédiatement conscient,* conscient dans l'immédiate résonance de la perception qui vient de s'évanouir ; de même une région du *futur immédiat,* de celui dont j'ai conscience comme à venir à l'instant, à la rencontre duquel le flux de la perception se hâte en quelque sorte. Derrière ce passé rétentionnel immédiat se profile cependant la sphère des *moments passés* pour ainsi dire sédimentés, *achevés une fois pour toutes,* en tant qu'horizon ouvert celle-ci est maintenant à son tour d'une certaine façon présente à la conscience, et un regard explorateur et évocateur : c'est une sphère englobant tout ce qui est susceptible d'être ré-évoqué par le truchement de souvenirs. D'un autre côté, nous avons également un horizon du *futur lointain infiniment ouvert,* dans lequel se projettent nos actes visant le futur – pressentiments, espoirs, prévisions, décisions, positions de fins[21].

Les objets sensibles, les objets investis d'esprit ou les objets idéaux sont tous (sous des modalités différentes) des unités de durée et, de ce point de vue, ils renvoient tous à des actes d'instauration originaire qui fondent leur validité. Ainsi, la nature temporelle de l'expérience vient préciser et confirmer le monde comme structure d'horizon puisque l'infinité de la vie subjective et intersubjective constitue un monde infini se révélant peu à peu au fur et à mesure que l'on explore les horizons du présent, du passé et du futur. En cela, Husserl peut dire :

> Mais si nous nommons perception *l'acte en qui réside toute « origine », l'acte qui constitue originairement, alors le souvenir primaire est perception.* Car c'est seulement dans le souvenir primaire que nous voyons le passé, c'est seulement en lui que se constitue le passé, et non pas de façon représentative, mais au contraire présentative[22].

En effet, si la rétention est cette retenue qui permet au monde d'apparaître et sans laquelle rien ne serait donné, le souvenir est une réappropriation d'un vécu passé qui permet de le reprendre dans une nouvelle unité. Ainsi, l'identité de l'objet temporel dépend bien de cette double constitution. On peut alors dire que la rétention est ce qui offre le monde au pouvoir infini de notre liberté d'élucidation, en ce que chaque vécu s'y donne avec sa situation temporelle absolue, dans la continuité du flux temporel, qui l'individualise :

> Ce n'est qu'ainsi que devient possible la constitution d'un temps unitaire, universel, dans lequel tout ce qui pourra à jamais, à travers une présentification, devenir conscient pour nous comme étant possède sa place fixe. Le temps lui-même est le système rigoureux des places dans lequel chaque durée individuelle, avec son système de points, est rigoureusement située[23].

Le temps est la forme de tout objet et le monde lui-même est quelque chose qui dure. C'est pourquoi la différence entre l'appréhension du monde par l'humanité moderne et l'appréhension du monde plus ancestrale, qui croit à l'existence d'un cours causal déterminant absolument chaque événement du monde, est une différence dans l'appréhension de la durée du monde.

La troisième section des *Leçons* remonte jusqu'au principe de tout objet temporel, c'est-à-dire jusqu'au flux absolu de la conscience qui est constitutif du temps. En effet, la continuité du temps présuppose un flux de changement continu :

> Mais on peut et on doit dire : une certaine continuité d'apparition (celle qui est phase du flux constitutif du temps) appartient à un maintenant (celui qu'elle constitue) et appartient à un Auparavant, en tant qu'elle est (nous ne pouvons dire : était) constitutive pour l'Auparavant. Mais le flux n'est-il pas un « l'un-après-l'autre » ? N'a-t-il pas pourtant un maintenant, une phase actuelle, et une continuité de passés, dont nous avons actuellement conscience dans des rétentions ? Nous ne pouvons nous exprimer qu'en disant : ce flux est quelque chose que nous nommons ainsi d'après ce qui est constitué, mais il n'est rien de temporellement « objectif ». C'est la subjectivité absolue, et il a les propriétés absolues de quelque chose qu'il faut désigner métaphoriquement comme « flux », quelque chose qui jaillit « maintenant », en un point d'actualité, un point source originaire *(Urquellpunkt)*, etc. Dans le vécu de l'actualité, nous avons le point-source originaire et une continuité de moments de retentissement. Pour tout cela, les noms nous font défaut [24].

Tout objet temporel constitué est un processus de changement qui a lieu d'une façon plus ou moins rapide et présuppose un flux qui lui n'est pas un processus, parce que les phénomènes constitutifs du temps (impression, rétention, protention) ne sont pas objectivables dans le temps, mais sont le temps lui-même comme continuité d'un jaillissement.

Plus encore, tout apparaître de quelque chose se fonde sur la continuité de l'apparaître puisque ce flux, dans sa continuité originaire, est ce à partir de quoi tout objet temporel peut avoir sa place dans le temps en fonction des relations de simultanéité et de succession. Dès lors,

dans le flux originaire il n'y a pas de durée. Car la
durée, c'est la forme de quelque chose qui dure, d'un
être qui dure, de quelque chose d'identique dans la
suite temporelle, qui fonctionne comme sa durée *(Im
ursprünglichen Fluss gibt es kein Dauer. Denn Dauer
ist die Form eines dauernden Etwas, eines dauernden
Seins, eines Identischen in der Zeitreihe, die als seine
Dauer fungiert)*[25].

Un orage est bien une unité de durée qui s'écoule de
façon plus ou moins rapide, mais le surgissement continu
d'un nouveau maintenant n'est pas quelque chose qui
passe par rapport à d'autres choses : c'est le point source
originaire comme pur renouvellement. Le temps originaire
n'est donc pas quelque chose qui apparaît puis disparaît
comme un orage, mais est en perpétuel commencement.
Ainsi, pour Husserl, la conscience ultime n'est pas autre
chose que ce flux originaire, antérieur à tout regard
réflexif, qui n'est pas dans le temps[26].

A partir du moment où ce présent est antérieur à toute
saisie réflexive, « comment est-il possible de savoir que le
flux constitutif ultime de la conscience possède une
unité[27] ? ». Husserl dépasse cette aporie en montrant que le
flux absolu constituant se constitue lui-même : « C'est en
lui que se constitue par exemple l'unité de la durée d'un
son, mais lui-même se constitue de son côté comme unité
de la conscience de la durée d'un son[28]. » De ce fait, la
conscience de soi et la conscience du monde se révèlent
bien indissociables puisque la conscience ultime ne prend
conscience d'elle-même que dans son activité de constitution des objets temporels. C'est pourquoi il y a une double
intentionnalité : l'intentionnalité dite transversale *(Quer-
intentionalität)*, dans laquelle se constitue l'objet temporel
comme le son, et l'intentionnalité longitudinale *(Längs-
intentionalität)*, dans laquelle la conscience rétentionnelle
est consciente de sa propre durée :

En conséquence, il y a dans un seul et même flux de
conscience *deux intentionnalités,* formant une unité
indissoluble, s'exigeant l'une l'autre comme deux côtés
d'une seule et même chose, entrelacées l'une à l'autre.

Grâce à l'une se constitue le temps immanent, un temps objectif, un temps authentique, en qui il y a durée et changement de quelque chose qui dure ; en l'autre l'insertion quasi temporelle des phases du flux, qui possède toujours et nécessairement le maintenant fluant, la phase de l'actualité et la série des phases pré-actuelles et post-actuelles (non encore actuelles). Cette temporalité pré-phénoménale, pré-immanente, se constitue intentionnellement comme forme de la conscience constitutive du temps, et en celle-ci elle-même [29].

Ainsi, la subjectivité absolue constitue le monde tout en s'apparaissant à elle-même d'une façon non objective à la façon d'une auto-affection [30]. L'unité du monde présuppose donc que la conscience ultime soit de façon incessante affectée par elle-même : aucun objet temporel ne peut m'apparaître sans la continuité originaire de la présence à soi et le caractère non objectif de cette automanifestation absolue de la conscience évite la régression à l'infini de flux en flux. En ayant ainsi identifié le flux constitutif du temps et la subjectivité absolue, Husserl a effectivement montré que la temporalité est la subjectivité elle-même dans son mode de donnée. Ainsi, quoi qu'il en soit des difficultés relatives à l'autoconstitution de l'*ego*, la forme du temps est une forme catégoriale puisque la conscience du temps est une conscience objectivante par laquelle il y a un monde. En effet, parce que c'est l'*ego* qui constitue le temps, la défaillance de l'*ego* conduit à un enfermement dans une temporalité bloquée dans laquelle est perdue la possibilité d'une attention au monde [31].

2. L'espace et la chair

L'énigme du monde reconduit également à l'énigme de l'espace, qui comprend en soi tous les corps sans être lui-même un corps. Certes, Husserl ne développe pas beaucoup la question de l'espace dans son œuvre publiée de son vivant, par contre, le cours de 1907 intitulé *Chose et*

Espace montre toute la complexité de la constitution de
l'espace. En effet, Husserl va envisager d'une façon radicalement nouvelle une compréhension de l'espace qui est
indépendante de la physique comme de la géométrie. Pour
cela, il s'autorise à réduire les déterminations galiléenne et
einsteinienne de l'espace en tant que ces objectivations
mathématiques, dans leurs multiples formes, ne touchent
pas l'espace dans lequel se déroule notre vie[32]. Pour élucider l'espace vivant originaire, il faut mettre en vue comment
l'espace se constitue et donc comment le monde est
monde, c'est-à-dire autre chose qu'une simple cohue de
sensations. Pour cela, Husserl va élucider la signification
transcendantale du corps vivant en montrant que c'est
parce que le sujet s'éprouve dans son corps qu'il peut percevoir une chose étendue dans l'espace : « Ici importe seul
le fait que la constitution de la choséité physique s'entre-
lace en une corrélation remarquable avec la constitution
d'un corps-je *(Ichleib)*[33]. » Ainsi, l'apparition de la chose
physique et l'appréhension de ma chair sont indissociables
l'une de l'autre et c'est une telle corrélation qui est l'origine
de l'espace. Cependant, seule la mise entre parenthèses de
l'espace objectif, en tant qu'il est dérivé, pouvait la donner
à voir. En effet, la réduction phénoménologique conduit à
une conscience sans corps, mais non à une conscience sans
chair, et c'est à partir de cette conscience charnelle que
l'on peut décrire la naissance de l'espace. La chair possède
donc un double statut ontologique tout à fait unique :
« C'est l'unique corps qui n'est pas seulement corps
(Körper) mais justement chair *(Leib)*[34]. » La chair n'est
pas un simple corps dans la mesure où par la chair la perception est organisée puisque à partir de l'ici absolu de la
chair se coordonnent les différents champs de sensations :

> C'est le seul corps à l'intérieur de la couche abstraite,
> découpée par moi dans le monde, auquel, conformé-
> ment à l'expérience, je coordonne, bien que selon des
> modes différents, des champs de sensations[35].

De cette façon se constitue le champ visuel ou le champ
du toucher puisque la chair unifie les esquisses sensibles et
assure de cette façon l'unité de la réceptivité :

Si nous prêtons attention à cela seulement qui dans la chose est corporel, cela s'offre manifestement à la perception d'une seule façon : dans le voir, dans le toucher, dans l'ouïr, etc., c'est-à-dire dans des aspects visuels, tactiles, acoustiques et autres semblables. A quoi notre chair – qui dans le champ de la perception, n'est jamais absente – se trouve évidemment et inévitablement avoir part, et ce par les « organes de la perception » correspondants qui sont les siens (yeux, mains, oreilles, etc.). Du point de vue de la conscience, ils jouent ici perpétuellement un rôle de telle sorte qu'ils fonctionnent dans le voir, l'entendre, etc., dans une unité avec la mobilité égologique qui leur appartient : l'ainsi nommée kinesthèse [36].

La **kinesthèse** signifie chez Husserl précisément cette unité de la réceptivité par laquelle les différentes données sensorielles s'ordonnent en un unique champ comme le champ visuel ou le champ tactile et constituent ainsi un « monde des sens ». Les différentes kinesthèses sont donc nécessairement référées à la chair (et cela bien sûr en dehors de toute détermination physiologique) et sont associées aux mouvements possibles d'organes (les yeux, les mains, etc.). De cette façon, chaque champ sensoriel est lié à un organe et chaque mouvement de cet organe (je tourne les yeux) modifie le champ :

La chair est d'une façon tout à fait unique toujours présente dans le champ de la perception, avec une immédiateté entière, dans un sens d'être tout à fait unique, précisément ce sens d'être qui est désigné par le mot organe (pris ici dans son acception originaire). Un organe, c'est ce dans quoi je suis en tant qu'*ego* de l'affection et des actions d'une façon tout à fait unique et tout à fait immédiate, en ce sens que j'y domine kinesthésiquement très immédiatement, articulé en organes particuliers dont je domine intérieurement les kinesthèses particulières, ou tout au moins dont je puis dominer les kinesthèses par une capacité effective. Et cette domination, décrite ici comme fonctionnant dans toute perception de corps, ce système général des kinesthèses dont la disponibilité est familière à la

conscience, est actualisée dans chaque situation kinesthésique, elle est continuellement liée à une situation
d'apparition des corps, celle du champ de perception[37].

Ainsi, la chair, en tant qu'elle est toujours présente, est
bien la condition de tous les autres objets et du monde en
général. Elle est le centre de toute orientation spatiale
puisque toute chose, effective ou possible, apparaît en possédant vis-à-vis d'elle un rapport d'orientation : toute
chose est soit à ma droite, soit à ma gauche, soit proche,
soit éloignée. En conséquence, l'opposition constitutive
de l'expérience est celle de la chair et du monde environnant : chaque système kinesthésique a son point-zéro par
rapport auquel les corps s'approchent ou s'éloignent, tour-
nent ou non, dans le champ considéré. La chair est donc le
centre par rapport auquel tous les rapports d'espace apparaissent : la droite et la gauche, l'avant et l'arrière, le bas
et le haut, se déterminent du point de vue de la phénoménalité par rapport à elle. De ce fait, tout ce qui apparaît
appartient, par rapport à elle, au monde environnant. En
cela, le propre de la chair est de ne pas être dans l'espace,
mais d'être cette auto-affection pure par rapport à laquelle
tout espace peut avoir lieu[38]. S'il n'y a pas de monde sans
chair, avec la disparition de la chair, la mort, il y a perte du
monde propre comme du monde commun.
Cette origine non spatiale de l'espace s'éclaire également avec la détermination de la chair comme organe du
vouloir :

> *Les choses simplement matérielles ne sont susceptibles
> que de mouvement mécanique et la spontanéité de leur
> mouvement n'est que médiate ;* seuls les corps sont
> capables de mouvement spontané immédiat (« libre »)
> et ce, par l'entremise de l'*ego* libre qui leur appartient
> et de son vouloir. C'est grâce à de tels actes libres
> – comme nous l'avons déjà vu – que peut se constituer
> pour cet *ego,* dans de multiples séries de percep-
> tions, un monde-objet, un monde de choses spatio-
> corporelles (y compris la chose-corps propre)[39].

La chair manifeste la liberté propre du sujet par rapport
au monde et, de ce fait, la constitution du monde est bien

ce qui dépend de moi. En s'approchant, en tournant les yeux, le sujet dans son libre mouvement ouvre des champs sensoriels et ainsi la chair manifeste le pouvoir infini d'unification des noèses de la sensibilité. Elle n'est donc rien de matériel, mais s'identifie à ce pouvoir de donner à voir le monde tout en demeurant d'abord elle-même invisible. En cela, la constitution de l'espace par les différents systèmes kinesthésiques relève d'abord d'une synthèse passive qui offre à l'*ego* un champ dans lequel il peut exercer sa libre activité. Dès lors, l'espace n'est plus un système de places géométriquement déterminées, mais un système de lieux vers lesquels le sujet peut se déplacer. Comment cependant le moi est-il, à partir de son ici absolu, conduit à se tourner vers un là-bas ?

> A cela, j'aimerais répondre : l'opération de la passi-
> vité et, en elle, celle de la passivité hylétique comme
> niveau le plus bas consistent à produire sans cesse pour
> le moi un champ d'objectivités prédonnées et éven-
> tuellement données ultérieurement. Ce qui se consti-
> tue, se constitue pour le moi et, en fin de compte, c'est
> un monde environnant tout à fait réel qui doit se consti-
> tuer, monde dans lequel le moi vit et agit et par lequel,
> d'un autre côté, il est continuellement motivé. Ce qui
> est constitué à la mesure de la conscience n'est là pour
> le moi qu'autant qu'il l'affecte. Tout constitué quel qu'il
> soit est prédonné dans la mesure où il exerce une exci-
> tation affective ; et il est donné, dans la mesure où le
> moi a donné suite à l'excitation, s'est tourné vers elle
> dans l'attention et la saisie. Ce sont là les formes fon-
> damentales de l'objectivation. Certes, on ne peut pas
> encore entièrement caractériser ce que signifie l'objet
> en tant qu'objet pour chaque moi et pour la subjectivité
> en général ; pourtant, on a déjà désigné par là une
> forme essentielle. Pour qu'un monde objectif puisse
> se constituer dans la subjectivité en général, des unités
> affectives doivent se constituer. Mais pour que cela
> soit possible, des unités affectives hylétiques doivent,
> en premier lieu dans la sphère hylétique, c'est-à-dire
> de nouveau dans le présent vivant, advenir selon une
> nécessité d'essence, et s'entrelacer les unes aux autres
> de manière homogène [40].

Il y aurait donc une pré-constitution du monde qui permettrait une objectivation véritable. Mais il n'y a de
monde, de réalité, que grâce à la chair par laquelle l'unité
d'un sens se donne à moi, m'altère et motive mon acte de
constitution. La genèse passive marque ainsi le caractère
indissociable de la conscience de soi et de la conscience du
monde et s'identifie au fonctionnement propre de la chair
puisqu'en elle le sujet reçoit et se reçoit. De cette façon, en
montrant qu'il n'y a de monde que pour une conscience
charnelle, Husserl met en vue le lien entre la réceptivité et
la liberté du mouvement. La question de la chair confirme
donc qu'il n'y a de monde comme idée infinie que pour un
être qui est origine en tant que centre ou point-zéro du
monde. Certes, on peut se demander, ici encore, si Husserl
prend toute la mesure de la transcendance du monde, puisqu'il insiste plus sur la façon dont le sujet constitue
l'espace primordial que sur la façon dont le monde, en se
donnant, donne au sujet la possibilité de s'appréhender lui-
même. Pour Husserl, l'espace demeure une réalité constituée par un *ego* pur puisque l'activité kinesthésique ne
vient pas du monde, mais est celle du moi qui se dirige
vers ce qui apparaît. Husserl a cependant profondément
transformé l'interrogation relative à l'espace en donnant à
voir un espace originaire issu de la spatialisation propre de
l'*ego* à partir de l'ici absolu de sa chair, même s'il ne comprend pas cette spatialisation de la même façon que
Heidegger comme une abolition du lointain. Heidegger,
notamment à travers une discussion du deuxième livre des
Idées, cherche à développer un autre concept de l'ici dans
lequel l'être-là n'est jamais ici, mais là-bas où il se préoc-
cupe. Autrement dit, Heidegger veut rompre encore plus
radicalement que Husserl avec la conception traditionnelle
de l'espace, et cela en déponctualisant l'ici, c'est-à-dire
en lui donnant une détermination existentiale.

L'ensemble des kinesthèses qui constituent le monde
extérieur des choses ne présuppose pas seulement la
constance de la chair, mais également un fond, un champ
de lieux possibles pour les corps. Cependant, ce fond ne
peut pas être compris comme un tout de corps dans la
mesure où il n'est pas lui-même un corps. Il est plutôt ce sol
absolument en repos sur le fond duquel tout mouvement et

repos des corps est relatif. Dans un texte célèbre de mai 1934 intitulé *L'arche originaire terre ne se meut pas,* Husserl propose une analyse radicalement nouvelle de la spatialité primordiale par le renversement de la conception copernicienne du monde pour laquelle la terre n'est qu'un corps parmi les corps : « Nous coperniciens, nous homme des temps modernes nous disons : la terre n'est pas la "nature entière", elle est une des étoiles de l'espace infini du monde[41]. » Une telle entreprise de renversement de la représentation moderne de la terre peut apparaître comme une « folie » tant elle semble rendue impossible par les données de l'astrophysique. Pourtant, cette représentation, sans être dénoncée comme fausse, peut être réduite. Autrement dit, elle n'est que dérivée par rapport à l'expérience originaire de la spatialité. Il ne s'agit pas de s'enfermer dans une conception purement subjective de la terre, mais de montrer que, si la chair est l'origine de l'espace, la perception d'un objet dans l'espace suppose également ce corps-sol originaire qu'est la terre. De ce fait, se trouve précisée la détermination du monde comme horizon : le monde est certes l'*universum* des objets d'une expérience réelle et possible, mais il n'est pas lui-même un objet. En effet, c'est sur la terre que tout mouvement a lieu, mais la terre elle-même n'est ni en mouvement ni en repos :

> La Terre elle-même, dans la forme originaire de représentation, ne se meut ni n'est en repos, c'est d'abord par rapport à elle que mouvement et repos prennent sens. Ce n'est qu'ensuite que la Terre se « meut » ou repose, et il en va de même pour les astres et la Terre en tant que l'un d'entre eux[42].

Ainsi la terre, dans sa signification transcendantale, n'est pas d'abord expérimentée comme corps, mais comme sol et quand, dans un second degré de constitution, elle devient un corps parmi les corps, alors elle cesse d'être un sol. En effet, si tous les corps terrestres ont bien une place particulière et sont donc individués dans l'espace, la terre, comme spatialité originaire, n'est pas elle-même dans une place. On voit bien là que la terre n'est pas d'abord un concept géographique et que la

phénoménologie transcendantale se comprend comme
une géologie transcendantale.

Bien évidemment, cette élucidation de la terre comme sol
originaire n'est pas séparable de la compréhension de la
chair comme ici absolu : on ne peut dissocier le caractère
originairement immobile de la chair et le fait que l'arche
originaire terre ne se meut pas. Ainsi, ni la chair ni la terre
ne sont expérimentées comme corps. Pour faire l'expérience des étoiles en tant que corps, je dois les appréhender
à partir de ma terre comme sol-souche et, de ce fait, il n'y
a qu'une seule et unique terre comme sol de tous les objets
en général. La terre s'étend jusqu'où s'étend l'humanité,
c'est-à-dire jusqu'à l'horizon infini de l'expérience[43] :

> Pourquoi ne devrai-je pas m'imaginer la Lune comme
> une sorte de Terre, comme une sorte d'habitation ani-
> male ? Oui, je peux très bien m'imaginer comme un
> oiseau qui s'envole de la Terre vers un corps lointain
> ou comme un pilote d'avion en décollant et se posant
> là-bas. Oui, je peux même m'imaginer qu'il y a déjà,
> là-bas, des oiseaux et des hommes. Mais si d'aventure
> je demande : « comment sont-ils arrivés là-haut ? »,
> alors j'interroge de la même manière que sur une île
> nouvelle, où, découvrant des inscriptions cunéiformes,
> je demande : « Comment les peuples en question sont-
> ils parvenus là ? » Tous les animaux, tous les êtres
> vivants, tous les étants en général n'ont de sens d'être
> qu'à partir de ma genèse constitutive et celle-ci a une
> préséance « terrestre ». Oui, peut-être, un fragment de
> la Terre (comme une banquise) peut s'être détaché et
> cela a rendu possible une historicité particulière. Mais
> cela ne signifie pas que la Lune aussi bien que Vénus
> soient pensables comme archi-foyers dans une sépara-
> tion originaire et cela ne signifie pas que l'être de la
> Terre pour moi et notre humanité terrestre ne soient
> justement qu'un fait. Il n'y a qu'une humanité et
> qu'une Terre – à elle appartiennent tous les fragments
> qui sont ou ont toujours été séparés[44].

Ainsi, contrairement à une conception copernicienne, il
n'y a pas de monde sans chair parce que le monde n'est
pas seulement cette abstraction qu'est la nature, ni tel ou

tel monde historique déterminé, mais le sol universel de toute expérience possible, et c'est en tant que tel qu'il est transcendantalement immuable. Cette terre originaire précède donc toute idéalisation de l'espace telle qu'elle peut avoir lieu en géométrie, et donc toute construction de la terre comme corps-objet (la terre copernicienne ou einsteinienne). Il n'y a par conséquent qu'un seul et unique monde comme horizon total dans lequel toute expérience peut avoir lieu.

3. La genèse active et la genèse passive

Le temps et l'espace reconduisent au pouvoir de synthèse de l'*ego* et donc à l'unification possible des vécus sans laquelle il ne peut y avoir un monde. Or, c'est bien sur les modalités de la liaison des vécus que la phénoménologie transcendantale peut marquer sa différence avec le sensualisme ou l'empirisme en général en mettant en évidence la concrétude même de l'*ego* dans sa vie subjective, c'est-à-dire le pouvoir structurant et unifiant de l'*ego*. En effet, l'unité du monde reconduit au pouvoir unitaire de l'*ego* et, de ce fait, il y a identité entre l'autodévoilement de l'*ego* et le dévoilement du monde. En conséquence, pour montrer la nécessité de revenir à l'*ego* concret, il faut attaquer l'empirisme dans son principe en établissant que sans le pouvoir unitaire de l'acte d'appréhension, il n'y a ni objet ni monde. Certes, il n'y a pas d'expérience du monde sans impressions sensorielles (de chaleur, de froid, de lumière et d'ombre, d'amour et de haine, etc.), mais cela ne suffit pas à donner un monde, puisque sans l'*ego* concret il n'y a ni temporalisation ni spatialisation. Contrairement à la thèse de l'empirisme, l'unité du monde ne va pas de soi et on la manque inévitablement tant que l'on ne remonte pas au principe de toute genèse. Ainsi, la phénoménologie transcendantale a pour tâche de libérer de tout atomisme dans lequel enferment les sciences de la nature, aussi bien en ce qui concerne le moi qu'en ce qui concerne le monde. Que ce soit en psychologie ou en physique, en posant sans justification que les structures universelles viennent des données, on manque en fait les structures d'essence. En cela, la noétique comme l'hylétique supposent le retour à l'*ego* concret qui permet d'éviter l'une des conséquences de l'empirisme, à savoir l'enfermement du monde dans la conscience en lui donnant le statut d'une fiction. En fait, le sensualisme contredit à son propre principe, et manque le monde, puisqu'il est incapable de donner à voir comment la *hylé* informe d'une certaine manière, même si c'est la noèse qui constitue l'objet.

La désubstantialisation du sujet conduit à le comprendre comme un pouvoir de synthèse, mais pour cela il faut modifier la conception kantienne de la synthèse d'après laquelle la synthèse assure la fonction d'unité de la subjectivité transcendantale en reprenant le divers de la sensibilité pour le lier selon les lois *a priori* de l'entendement. L'étude de l'espace et du temps montre au contraire que l'*ego* est toujours déjà là, même dans la simple réceptivité, et que, de ce fait, c'est la perception elle-même qui est une synthèse. Ainsi, on s'affranchit de la thèse kantienne selon laquelle c'est la synthèse des sensations qui rend possible une perception. En effet, il n'y a pas d'abord réception d'une multiplicité qui serait ensuite unifiée dans la mesure où ce qui apparaît est l'unité d'un même objet dans la diversité multiforme et variable de ses modalités d'apparition. Autrement dit, la simple succession de la perception d'une face du cube, puis des autres faces, puis de sa couleur, de sa lourdeur, etc., ne donne pas la perception d'un cube, puisqu'il faut pour cela qu'en même temps me soit donnée, avec la perception d'une face, l'identité de quelque chose qui dure dans la temporalité immanente. Les vécus s'écoulent dans l'unité d'une synthèse continue effectuée par l'*ego* et, de ce fait, il y a pour moi un seul et même cube qui dure et dont je prends peu à peu conscience. Plus encore, cette synthèse, qui constitue le cube un et identique, rend perceptibles les modifications de l'apparaître du cube, qui n'est pas référé à l'espace objectif, mais à l'espace originaire constitué par la subjectivité transcendantale. Comme on l'a vu, l'espace est autre chose que la simple forme de l'objectivité externe puisqu'il est issu de la spatialisation même du sujet.

En montrant que tout changement d'attention (point de vue noétique) ou tout changement de l'objet (point de vue noématique) apparaît à partir d'une identité qui n'est pas fixe, mais est l'unité d'une diversité qui s'écoule, Husserl répète l'analyse du morceau de cire, mais en soulignant en quoi le temps est la forme de toute synthèse. Le pouvoir synthétique du je, en constituant l'objet intentionnel comme unité de durée, ne consiste donc pas à appliquer une unité fixe sur une diversité mouvante, mais montre en quoi cette unité synthétique est elle-même mouvante comme unité noético-noématique.

L'analyse husserlienne de la synthèse, telle qu'elle est exposée dans le § 18 des *Méditations cartésiennes,* s'effectue à partir de deux références : l'analyse cartésienne du morceau de cire et les analyses sur « la déduction des concepts purs de l'entendement » dans la *Critique de la raison pure*. En cela, le problème husserlien de la fondation de l'objet est un problème plus kantien que cartésien. En voulant ainsi philosopher à la manière de Descartes pour résoudre des problèmes kantiens, Husserl ne cherche pas à fonder l'identité de l'objet dans une activité transcendantale qui n'est pas vécue, comme chez Kant, mais vise au contraire à penser la synthèse transcendantale à partir de la vie de l'*ego*. Cette synthèse d'identification, c'est-à-dire cette capacité à viser le même dans l'autre, est d'abord, comme on l'a vu, celle du temps : le flux de conscience se constitue lui-même dans l'unité d'une synthèse. L'analyse intentionnelle dévoile donc la syntaxe (la structure) de toute expérience possible en montrant comment les différents actes de la conscience s'articulent les uns aux autres dans la passivité et dans l'activité. Ainsi, c'est l'ensemble de la vie subjective qui est une synthèse continue :

> C'est uniquement parce que cette vie apparaît toujours déjà comme unité globale qu'elle peut être examinée selon la modalité insigne des actes d'appréhension attentive, et qu'elle peut devenir l'objet d'une connaissance universelle. La forme fondamentale de cette synthèse universelle, qui permet toutes les autres synthèses de la conscience, est la conscience du temps, conscience interne qui englobe tout[45].

Le temps n'est donc pas la forme de la conscience au
sens kantien d'une condition de possibilité selon laquelle
le donné est accessible, mais il est l'essence de la subjectivité et la structure même des choses.

La phénoménologie eidétique demeure, dans les œuvres
publiées du vivant de Husserl, la philosophie centrale et
radicale, mais elle ouvre sur une phénoménologie génétique : seul un moi qui, en se constituant lui-même, est une
histoire peut avoir un monde comme horizon de son activité. Autrement dit, les lois eidétiques de l'*ego* sont des
lois de la genèse temporelle :

> En effet, quoi qu'il puisse apparaître dans mon *ego*, et,
> eidétiquement, dans un *ego* en général – vécus inten-
> tionnels, unités constituées, habitus du je –, tout cela
> possède une temporalité propre, et participe, à cet
> égard, au système des formes de la temporalité uni-
> verselle avec laquelle se constitue pour lui-même tout
> *ego* concevable[46].

Loin de toute genèse factice, il s'agit de remonter vers
les formes essentielles de toute genèse égologique et c'est
pourquoi Husserl met en évidence les lois d'essence de la
compossibilité des vécus selon la coexistence et la succession. S'il y a une infinité de modes de conscience
actuels et potentiels possibles, il apparaît d'une façon tout
à fait nécessaire que tous les possibles ne sont pas compossibles. Par exemple, développer une recherche scientifique suppose *a priori* d'être un *ego* rationnel et donc de
pouvoir s'objectiver en un animal rationnel. Cette activité
rationnelle se montre comme impossible chez le chien et
le fou puisque la raison est une possibilité *a priori* du « je
suis » qui n'est pas compatible avec toutes les formes de
centration égologique.

La phénoménologie eidétique interroge les actes noétiques et donc la temporalité constituante, et c'est dans
cette perspective que le temps peut être décrit comme la
forme universelle de toute genèse égologique. Pour cela il
convient d'écarter le concept de causalité, qui appartient
trop aux sciences de la nature, pour lui substituer le
concept plus psychologique de motivation. La motivation

signifie une causalité transcendantale et en ce sens elle exprime la façon dont le sujet se détermine à agir[47]. Si l'authentique motivation est la causalité par liberté, la simple forme temporelle est déjà une forme de motivation : le « un après l'autre » est peut-être la plus faible relation entre un acte et un autre acte, mais cela suffit à fonder un ordre. On peut dire également que toute décision en motive une autre, que toute perception également. Ainsi, le système des renvois intentionnels fonde le processus sur lequel l'*ego* se constitue pour lui-même dans l'unité d'une histoire :

> L'*ego* se constitue pour lui-même en quelque sorte dans l'unité d'une histoire, et si nous avons dit que dans la constitution de l'*ego* se trouvent incluses toutes les constitutions de toutes les objectivités existant pour lui, immanentes ou transcendantes, idéales aussi bien que réelles, il faut également ajouter que les systèmes constitutifs, grâce auxquels existent pour l'*ego* tels et tels objets, telles et telles catégories d'objets, ne sont eux-mêmes possibles que dans le cadre d'une genèse obéissant à des lois. En même temps, ces systèmes sont alors liés par la forme génétique universelle qui rend possible l'*ego* concret (la monade) en tant qu'unité, compossible dans son contenu d'être particulier. Le fait qu'une nature, un monde culturel, un monde humain, avec ses formes sociales, etc., existent pour moi signifie que des possibilités d'expérience correspondantes subsistent pour moi – comme ce qui, à chaque instant, est à mettre en jeu pour moi, ce qui peut être librement poursuivi dans un certain style synthétique, que j'expérimente ou non de manière effective de tels objets précisément ; cela signifie aussi qu'ultérieurement d'autres modes de conscience qui leur correspondent, opinions vagues et autres chose semblables, existent pour moi comme possibilités, et aussi que leur appartiennent d'autres possibilités de satisfaire ou de décevoir ces modes de conscience par des expériences dont la typique est prétracée. Il y a là un habitus fermement élaboré – et qui est élaboré, acquis à partir d'une genèse soumise à des lois d'essence[48].

On ne peut dissocier la genèse du moi et la genèse du monde puisque l'autoconstitution de l'*ego* fonde toutes les autres constitutions. En accédant ainsi à la concrétude du sujet qui constitue le monde, la phénoménologie trans- cendantale dévoile le caractère historique du monde : la genèse de l'*ego* fonde la genèse du monde comme mou- vement vivant de la génération du sens par le sens. Ainsi, la phénoménologie génétique dégage l'histoire de l'objec- tivation du monde, c'est-à-dire la genèse du monde dans la conscience originaire du temps.

La genèse du monde relève donc bien de la genèse active à laquelle appartiennent tous les actes de la raison opérante ou encore pratique. En cela, la genèse active défi- nit un certain type de présence aux objets puisqu'elle pro- duit, notamment, tous les objets du monde de la culture, les objets investis d'esprit comme les œuvres d'art et les outils, les objet idéaux comme les nombres, les prédicats, etc. Enfin, l'analyse eidétique, c'est-à-dire la saisie de l'universel, relève de la genèse active et l'activité dont il est question ici n'est autre que l'évidence qui offre l'objec- tité intentionnelle idéale en personne. D'une façon géné- rale, la genèse active dans le domaine de la connaissance s'identifie avec cet acte de rendre évident. En cela, l'objet de la phénoménologie comme science des essences relève bien d'une activité productrice de l'*ego,* qui n'est autre que l'intuition catégoriale. Cela dit, la constitution du monde ne peut relever de la seule genèse active et cette dernière suppose une genèse passive qui la rend possible.

La genèse passive vient approfondir l'élucidation du phénomène de monde en montrant que le monde doit être prédonné sans que pour autant cette prédonation remette en cause la fermeture sur soi de la subjectivité transcen- dantale. En fait, les analyses sur la genèse passive tentent de décrire la naissance des actes qui donnent lieu à un monde en montrant comment se constitue dans la passivité l'unité du monde continuellement prédonné. En cela, la genèse passive fonde bien la genèse active puisqu'elle rend possible une activité intentionnelle indéfinie du je qui, en quelque sorte, « produit » ce qui se donne d'abord à lui dans une première synthèse de l'expérience :

En tout cas, toute la construction de l'activité présuppose nécessairement, comme son niveau le plus bas, une passivité prédonnée, et, en l'examinant, nous tombons sur la constitution par la genèse passive. Ce qui, dans la vie, vient au-devant de nous comme étant pour ainsi dire achevé – comme une simple chose existante (abstraction faite de toutes les caractéristiques d'ordre *intellectuel* qui la rendent connaissable, comme marteau, table, production esthétique) –, est donné dans l'originarité du *soi-même* au sein de la synthèse de l'expérience passive. Comme tel, cela est prédonné dans les activités intellectuelles déclenchées par la saisie active[49].

Cette synthèse propre à l'esthétique transcendantale, qui fonde l'unité passive du monde, a lieu en moi sans moi au sens où Husserl comprend cette passivité comme l'un des degrés les plus bas de l'activité[50]. Certes, au sens strict, la synthèse passive ne donne pas encore pleinement un monde, ou encore elle constitue un monde qui n'est pas encore vraiment monde, mais qui est la condition pour la constitution active du moi. L'expression même de monde « prédonné » *(vorgegeben)* pose problème puisqu'il s'agit d'une donation qui n'est pas la vraie donation. En fait, pour qu'il y ait monde, il faut une double donation : la première donation est la réception d'un sens pré-constitué originairement dans la passivité et la seconde donation, celle qui donne vraiment l'objet, résulte de la constitution propre à la synthèse active qui produit le phénomène :

Tandis que ces activités accomplissent leurs fonctions synthétiques, la synthèse passive, qui leur procure toute leur matière, poursuit sans arrêt sa démarche. La chose prédonnée dans l'intuition passive ne cesse d'apparaître dans l'unité de l'intuition et, quelles que soient les modifications qu'elle aura à subir « par le biais » de l'activité d'explication, de la saisie des particularités selon leurs éléments et leurs caractéristiques, la chose reste prédonnée durant cette activité et en elle ; elle est parcourue par les modalités multiples d'apparition, par les images unifiées de perceptions visuelles ou tactiles, et c'est au sein de la synthèse manifestement passive de ces modalités et de ces images, qu'apparaît une chose une, par la même occa-

sion, la forme une, etc. Mais, précisément parce qu'elle
est synthèse de cette forme, la synthèse possède son *histoire* qui s'annonce en elle. C'est du fait d'une genèse
conforme à l'essence que moi, l'*ego,* je peux dès le premier regard avoir l'expérience d'une chose[51].

Ainsi, la synthèse passive indique qu'il n'y a pas de
monde sans qu'une unité affecte le moi et le motive à
l'action[52]. En ce sens, il y a une intentionnalité impressionnelle qui exerce sur le sujet un pouvoir d'éveil :

> Affecter veut dire : se détacher d'un entour qui est tou-
> jours co-présent, attirer à soi l'intérêt, éventuellement
> l'intérêt de connaissance. L'alentour est là comme
> *domaine de ce qui est pré-donné,* selon une donnée
> *passive,* c'est-à-dire qui n'exige pour être toujours déjà
> là aucune participation active du sujet, aucune orien-
> tation du regard de saisie, aucun éveil de l'intérêt.
> Toute activité de connaissance, toute orientation vers
> un objet singulier en vue de le saisir présupposent ce
> domaine préalable de donnée passive ; l'objet affecte à
> partir de son champ, il est un objet, un étant parmi
> d'autres, il est déjà prédonné dans une croyance pas-
> sive ; son champ représente lui-même une unité de
> croyance passive. Nous pouvons dire également que
> toute activité de connaissance a toujours pour sol uni-
> versel un *monde* ; et cela désigne en premier lieu un sol
> de croyance passive universelle en l'être, qui est pré-
> supposé par toute opération singulière de connais-
> sance. Tout ce qui, comme objet qui est, est un but de
> connaissance, est un étant résidant sur le sol du monde,
> et ce monde s'impose à lui-même comme étant selon
> une évidence incontestable. Un moment de ce monde,
> visé d'abord comme étant, peut bien se révéler non
> étant ; la connaissance peut apporter une correction
> aux visées antérieures de l'être de cet étant singulier :
> tout cela signifie seulement qu'il n'est pas ainsi, mais
> autrement, cette correction s'entendant sur le sol que
> constitue le monde comme monde qui est en totalité[53].

On peut dire en cela que la phénoménologie transcendantale ne consiste pas simplement à rompre avec l'attitude naturelle, puisqu'il s'agit en fait, par une interroga-

tion véritable du monde, de dégager la vérité de l'attitude naturelle, d'élucider le sens transcendantal de notre croyance au monde : « le monde comme monde étant est la prédonnée universelle passive préalable à toute activité de jugement, à toute mise en œuvre d'un intérêt théorique[54] ». Le monde est bien alors le sol universel de toute attention : il est constamment présent à titre d'horizon parce qu'il est d'abord prédonné comme totalité.

Le principe de cette genèse passive est l'association à condition qu'on entende par là autre chose qu'une simple légalité empirique de la complexion des vécus, autre chose qu'une induction objective. L'association est, en effet, une loi transcendantale de la synthèse passive dans la mesure où toute donation de sens suppose que les données sensibles s'unifient en une première synthèse comme fusion associative d'où le sens jaillit. Cette couche originaire de sens repose sur l'association qui peut prendre diverses formes : il s'agit par exemple de la simple motivation selon la forme temporelle de la coexistence et de la succession (par exemple un groupe de taches de couleurs, une suite de sons), ou du principe général suivant lequel le semblable rappelle le semblable[55]. Le contraste peut également être le principe d'une synthèse associative[56]. Quel que soit le mode de synthèse, l'association constitue des unités phénoménologiques qui rendent possible le retour aux choses mêmes. En effet, l'association est la source de la donation en ce qu'elle produit, notamment dans la conscience intime du temps, une forme générale, et en cela elle est une loi de la genèse égologique[57]. On peut donc dire que la synthèse associative est une réponse décisive à l'énigme de la transcendance du monde puisque cette constitution du monde présuppose un « faire » d'une intentionnalité impressionnelle qui précède le faire de l'intentionnalité active et objectivante. Par elle, tout ce qui est nouveau se trouve intégré à l'horizon *a priori* des possibles[a]. La phé-

---

a. L'interrogation sur la possibilité d'une réduction passive de la nouveauté est l'un des axes majeurs de la phénoménologie contemporaine : cf. les travaux d'Henri Maldiney, de Jean-Louis Chrétien et de Jean-Luc Marion.

noménologie eidétique réduit toute facticité et le dévoilement de la synthèse associative ne fait que le souligner
une nouvelle fois. En cela, le regard phénoménologique dis-
sipe le mirage de la pure irrationalité de la donnée originaire
de l'objet, en montrant que l'irrationalité du fait est celle
d'un sens qui requiert une donation de sens. De ce point de
vue, la synthèse passive par laquelle l'unité du monde est
prédonnée est l'une des conditions qui rendent l'objet
intuitionnable.

Husserl peut conclure la quatrième des *Méditations cartésiennes* par une nouvelle affirmation de l'idéalisme
transcendantal. Tout le travail de la réduction a donné à voir
l'*ego* comme n'étant pas une île, mais comme étant un
pôle, un centre de fonction, à partir duquel se constitue le
monde. Le monde est le résultat d'une genèse qui s'effectue activement et passivement dans l'*ego*. La force des analyses génétiques est justement de montrer que l'idéalisme
transcendantal ne consiste pas à donner un sens à ce qui
n'en a pas, dans la mesure où il donne précisément à voir
la genèse de ce sens à partir de l'expérience elle-même.

*

NOTES

1. *Idées I*, § 81, p. 274[197].
2. *Autour des Méditations cartésiennes (1929-1932)*, p. 125
[201].
3. *Idées I*, § 81, p. 272[196].
4. *Leçons pour une phénoménologie de la conscience intime du
temps* (désormais : *Leçons*), § 1, p. 6-7[5].
5. *Leçons*, § 1, p. 7[5].
6. *Idées I*, § 81, p. 273[197].
7. *Leçons*, § 2, p. 15[9-10].
8. *Ibid.*, § 6, p. 26[16].
9. Cf. Raymond Duval, *Temps et Vigilance*, Paris, Vrin, 1990,
p. 41.
10. *Leçons*, § 7, p. 36[23].
11. *Husserliana*, t. X, p. 280 ; *Texte zur Phänomenologie des
inneren Zeitbewusstseins (1893-1917)*, éd. R. Bernet, Meiner,
p. 146.

12. *Leçons*, § 8, p. 37-38[24-25].
13. *Ibid.*, § 39, p. 106[80-81].
14. *Leçons*, § 31, p. 90[58].
15. *Ibid.*, § 11, p. 44[29].
16. Il existe plusieurs versions de ce diagramme et nous utilisons, en la modifiant légèrement, celle du § 43 des *Leçons*. Sur les difficultés de ce diagramme, cf. Paul Ricœur, *Temps et Récit*, t. III, Paris, Ed. du Seuil, 1985, p. 47.
17. *Leçons*, § 12, p. 47[32].
18. Cf. *Idées I*, § 44, p. 144[103].
19. *Leçons*, § 14, p. 52[36-37].
20. *Ibid.*, § 35, p. 97-98[73-74].
21. *Philosophie première*, t. II, p. 208[149-150].
22. *Leçons*, § 17, p. 58[41].
23. *De la synthèse passive*, p. 80[311].
24. *Leçons*, § 36, p. 99[75].
25. *Ibid.*, supplément VI, p. 151[113].
26. Sur les difficultés d'un tel présent, cf. R. Duval, *Temps et Vigilance*, Paris, Vrin, 1990, p. 58-60.
27. *Leçons*, § 39, p. 105[80].
28. *Ibid.*
29. *Ibid.*, § 39, p. 108-109[83].
30. Cf. Rudolf Bernet, *La Vie du sujet*, Paris, PUF, 1994, p. 232-236.
31. Sur cette perte du monde, cf. Ludwig Binswanger, *Mélancolie et Manie*, trad. franç. J.-M. Azorin et Y. Totoyan, Paris, PUF, 1987, et notre étude « Identité personnelle et folie. Husserl et Binswanger », *Etudes phénoménologiques*, n° 27-28, 1998, p. 213-236.
32. Cf. *La Crise des sciences européennes*, § 34b.
33. *Chose et Espace*, § 47, p. 198[162].
34. *Méditations cartésiennes*, § 44, p. 80[128].
35. *Ibid.*, § 44, p. 80-81[128].
36. *La Crise des sciences européennes*, § 28, p. 120-121[108].
37. *Ibid.*, § 28, p. 121-122[109].
38. Sur cette question, cf. le livre décisif de Didier Franck, *Chair et Corps*, Paris, Ed. de Minuit, 1981.
39. *Idées II*, § 38, p. 215[152].
40. *De la synthèse passive*, p. 228[162].
41. *La terre ne se meut pas*, trad. franç., Paris Ed. de Minuit, 1989, p. 12.
42. *Ibid.*, p. 12.
43. Cf. J. Derrida, introduction à *L'Origine de la géométrie*, Paris, PUF, 1974, p. 79-80. Cf. également Merleau-Ponty : « Comme la terre est, par définition unique, tout sol que nous foulons en devenant aussitôt une province, les êtres vivants avec qui les fils de la Terre pourront communiquer deviendront du même coup des hommes – ou si l'on veut les hommes terrestres des

variantes d'une humanité plus générale qui restera unique. » *Le Phi-losophe et son ombre* dans *Signes,* Paris, Gallimard, 1960, p. 227.

44. *La terre ne se meut pas, op. cit.,* p. 27.

45. *Méditations cartésiennes,* § 18, de Launay, p. 89[81].

46. *Ibid.,* § 36, de Launay, p. 123[108].

47. Cf. *Idées II,* § 56.

48. *Méditations cartésiennes,* § 37, p. 123-124[109-110].

49. *Ibid.,* § 38, de Launay, p. 126-127[112].

50. Cf. *Idées II,* § 54, p. 297[213].

51. *Méditations cartésiennes,* § 38, de Launay, p. 127[112].

52. Sur la synthèse passive en tant qu'elle s'identifie au fonc-tionnement propre de la chair, cf. Didier Franck, *Chair et Corps, op. cit.,* 1981.

53. *Expérience et Jugement,* § 7, p. 33-34[24-25].

54. *Ibid.,* § 7, p. 35[26].

55. Cf. *Recherches logiques,* I, § 4.

56. Cf. *De la synthèse passive,* p. 217[149].

57. Cf. *Expérience et Jugement,* § 16.

CHAPITRE SIX

Le monde commun

1. Intersubjectivité et objectivité

L'étude de l'apparaître du monde, c'est-à-dire l'étude de la description de la façon dont le sujet assiste à la manifestation du monde, ne peut pas s'en tenir à une perspective purement solipsiste. En effet, un monde qui ne serait que mon monde serait-il encore un monde ? Plus encore, est-il même possible de parler de « mon » monde, qu'il s'agisse de mon monde privé ou du monde de ma culture, sans présupposer un monde commun, intersubjectif ? En répondant à cette question et en prolongeant donc l'attention au phénomène de monde, la cinquième des *Méditations cartésiennes* est tout sauf une annexe qui développerait la question régionale de l'expérience d'autrui. Cette dernière méditation accomplit le projet même des *Méditations cartésiennes* par la mise en évidence du sens intentionnel de l'objectivité. Après la mise en cause du sens d'être absolu du monde pour montrer en quoi il est relatif à l'activité de l'*ego,* il est nécessaire d'accéder à la constitution de l'objectivité comprise comme intersubjectivité monadique. Ainsi, après avoir suspendu, au § 8 des *Méditations cartésiennes,* le droit d'utiliser le « nous », il s'agit pour un idéalisme absolu de surmonter l'objection du solipsisme, sans pour autant remettre en cause l'antériorité de l'*a priori* subjectif. En voulant montrer que le sens d'être du monde objectif est d'être un monde commun où chaque chose est la même pour tous, Husserl ne réduit donc pas la question de l'intersubjectivité à une question régionale, qui serait l'un des aspects d'une anthropologie phénoménologique, mais il la comprend comme ce qui

ouvre à une dimension essentielle du monde sans laquelle
on ne peut dire ce qui fait qu'un monde est monde. La
réduction, en remettant en cause le caractère soi-disant
« évident » du « nous les hommes », est précisément ce
qui rend visible la transcendance propre du monde objectif et par là du monde de la socialité et de la culture. Ainsi,
le monde comme structure de la subjectivité transcendantale va être également compris comme le corrélat d'une
infinité ouverte d'autres sujets, et donc comme une structure de l'intersubjectivité transcendantale. Toute la tâche
ontologique de la cinquième méditation est de mettre en
vue dans une évidence sans appel le sens d'être du monde
objectif, c'est-à-dire qu'objectivité signifie intersubjectivité. Husserl précise bien, dès le § 42, que la question de
l'expérience d'autrui, qu'il nomme empathie *(Einfühlung),* n'est nullement un problème particulier puisque :

> au sens de l'être du monde, et en particulier de la
> nature en tant qu'objective, appartient bien, comme
> nous l'avons déjà évoqué plus haut, le là-pour-tout-un-
> chacun en tant qu'il est toujours visé corrélativement
> par nous lorsque nous parlons d'effectivité objective [1].

L'étude de la transcendance propre d'autrui a donc lieu
sur l'horizon de la question de l'objectivité de façon à
montrer que la donation de sens effectuée par les autres
hommes est une condition de possibilité du monde objectif. De ce point de vue, « la phénoménologie ne fait rien
d'autre qu'interpréter le sens que ce monde a pour nous
tous avant tout philosopher, et manifestement uniquement
sur la base de notre expérience. Ce sens peut être philoso-
phiquement déformé, mais ne peut jamais être changé [2] ».
A partir de la phénoménalité même du monde, le projet est
de montrer qu'il n'y a qu'un seul phénomène du monde,
qu'un seul et même monde. Ici encore, la connaissance
demeure pour Husserl le seul chemin qui ouvre à une compréhension de la mondanité du monde. Pour que la
connaissance soit possible, il ne peut y avoir qu'un seul
monde compris comme la totalité de tous les étants. Il y a
« le » monde qui comprend les mêmes choses pour tous
puisque ce monde objectif doit être accessible à tous les

hommes. Mais l'accès à un tel monde commun suppose que je puisse transgresser ma sphère absolue pour poser la transcendance d'autrui.

Pour dégager l'apparaître du monde commun, Husserl commence par effectuer une réduction à la sphère transcendantale propre de façon à ne pas présupposer le monde objectif dont il s'agit justement de déterminer l'origine. Dès lors, cette réduction à la sphère de ce qui m'est propre n'est en rien comparable avec l'isolement d'une vie mondaine, puisqu'il s'agit de déterminer ce qui m'est propre afin de pouvoir déterminer le sens d'être de la subjectivité étrangère. Autrement dit, il s'agit d'expliciter la constitution de *l'alter ego* à partir de mon *ego,* sans pour autant sacrifier l'altérité d'autrui, qui n'est pas un simple reflet de moi-même. Cette reconnaissance de l'altérité radicale d'autrui dans le travail même de constitution est essentielle pour pouvoir mettre en évidence la transcendance propre du monde objectif, comme monde normal où chaque chose est la même pour tous, par rapport à la transcendance du monde primordial. Ainsi, la réduction au propre est pour Husserl doublement révélante puisqu'elle donne à voir à la fois le sens « autrui » comme transgression de ma propre subjectivité et le sens « monde objectif ». La réduction phénoménologique à cette nature propre *(eigenheitliche Natur)* ne doit pas pour autant être confondue avec cette abstraction qui conduit à la nature des sciences de la nature :

> Considérons de plus près le résultat de notre abstraction, donc ce qu'elle laisse subsister pour nous. Du phénomène de monde qui apparaît avec un sens objectif se détache une strate sous-jacente : *la nature spécifique,* qui doit demeurer bien distincte de la nature pure et simple, celle qui est l'objet des sciences de la nature. Certes, cette dernière résulte aussi d'une abstraction, celle de tout ce qui est psychique et de ceux des prédicats du monde objectif qui ont une origine dans la personne. Mais ce qui est obtenu par cette abstraction des sciences naturelles, c'est une strate qui appartient au monde objectif lui-même (dans l'attitude transcendantale à l'égard du sens d'objet « monde objectif »), donc une strate elle-même objective, tout comme, de son

côté, est objectif ce qui en est abstrait (psychisme objectif, prédicats culturels objectifs, etc.). Mais, dans notre abstraction, c'est bien le sens « objectif » qui disparaît intégralement, sens qui appartient à tout ce qui est mondain en tant que constitué intersubjectivement, en tant qu'expérimentable par tout un chacun. Ainsi appartient à ma spécificité, purifiée de tout sens étranger propre à une subjectivité, un sens *pure nature* qui a précisément perdu celui de *pour tout un chacun,* et qui ne doit donc en aucun cas être pris pour une strate abstraite du monde lui-même ou de son sens[3].

Husserl développe ici une idée qui sera reprise sous une autre forme par Heidegger dans *Etre et Temps* : la nature pure et simple des sciences de la nature résulte d'une « démondanéisation » du monde du fait qu'elle est obtenue par dérivation en laissant de côté tout ce qui est psychique et tous les prédicats du monde objectif qui naissent de la vie personnelle du sujet. Cette nature n'est donc qu'une construction seconde obtenue par abstraction et non ce qui fonde le monde. Il est donc impossible d'accéder au sens « monde objectif » à partir d'une telle nature et, de ce fait, les sciences dites de la nature sont dans l'impossibilité de droit de répondre à la question du monde parce que ce qui fait qu'un monde est monde a précisément été perdu dans ce type d'abstraction. Au contraire, le retour au monde primordial n'est pas un enfermement dans une partie isolée du monde, mais l'accès à la couche originaire à partir de laquelle le sens monde objectif va pouvoir être constitué.

Si objectivité signifie intersubjectivité, il faut précisément montrer comment, à partir de cette couche de la primordialité, se constitue l'*alter ego,* c'est-à-dire comment l'*ego* se constitue lui-même comme intersubjectivité transcendantale. La réduction au propre, comme abstraction des actes constituant l'étranger est ce qui révèle à la fois la transcendance propre d'autrui et l'essence de la communauté transcendantale. De ce fait, le propre et l'étranger apparaissent bien comme des catégories fondamentales de toute expérience du monde. En cela, répondre à l'objection du solipsisme ne consiste pas simplement à effectuer un saut de la subjectivité transcendantale à l'intersubjectivité transcendantale, mais revient à se demander comment à partir de « mon » monde peut se constituer le sens « monde commun ». Il s'agit donc de montrer en quoi le monde n'est pas quelque chose de purement subjectif, comme le monde privé du dormeur, et en quoi le monde commun peut se constituer à partir de mon monde. Dès lors, le monde se confirmera comme étant plus que l'idée de la totalité de l'expérience possible des choses. Le monde commun doit apparaître comme une structure de la subjectivité transcendantale.

La mise entre parenthèses de toute objectivité conduit à un monde qui est le mien et dans lequel je m'objective moi-même comme moi empirique dans le monde. Or, Husserl va vouloir montrer que si cette première couche de sens de l'expérience primordiale ne suffit pas à constituer le noème monde objectif, il faut alors reconnaître que l'expérience de la subjectivité étrangère appartient bien à la sphère primordiale, sans que son apparaître soit pour autant comparable avec celui de mon moi empirique. Il s'agit donc de mettre en évidence, à partir de l'expérience elle-même, que le monde ne peut pas être que « mon » monde parce qu'il appartient au sens « monde objectif » qu'il y ait une expérience de l'étranger :

> Mais au sein de et au moyen de cette spécificité *(Eigenen),* il constitue le monde *objectif* comme l'univers d'un être qui lui est étranger, et, à un premier niveau *(Stufe),* l'étranger sur le mode de l'*alter ego*[4].

C'est donc à partir de la réduction au propre qu'est donné à voir le fait que la nature objective suppose aussi la couche liée à l'expérience d'autrui. Il est donc essentiel d'expliciter la constitution de l'*alter ego* à partir de l'*ego* pour élucider l'apparaître du monde objectif. Pour cela, il faut commencer par mettre en évidence la différence entre la transcendance du monde primordial, comme horizon noématique de l'ensemble de ma vie monadique, et la transcendance du monde objectif.

Le monde primordial n'est donc pas encore « le » monde qui contient les mêmes choses pour tous, mais c'est à partir de lui-même, comme sous-sol, que peut se constituer la transcendance du monde objectif. Cette transcendance n'est pas comparable à celle qui est constituée dans la seule sphère propre dans la mesure où elle suppose une transgression de soi. Il s'agit alors d'élucider le problème redoutable du sens intentionnel d'une telle transgression. Il y a, en effet, dans l'expérience du monde objectif, l'expérience d'une véritable altérité qui n'est pas comprise dans l'expérience du monde propre. Le monde n'est plus seulement l'unité qui se confirme peu à peu dans mon expérience, mais il est également le monde d'autres subjectivités. Ce monde qui n'est pas justement que « mon » monde suppose une expérience du non-moi qui est l'expérience d'une autre subjectivité. Effectivement, dans le cadre d'une égologie transcendantale, seule l'altérité d'un autre « je » peut justifier l'altérité du monde, parce que seul un autre « je » peut transgresser ma sphère propre. Encore une fois, même si le sens *alter ego* est issu du sens *ego,* la transcendance de l'*alter ego* n'est pas reconductible à la simple transcendance de l'objet. On peut donc dire que la transcendance du monde se fonde sur la transcendance d'autrui et donc que l'élucidation de la transcendance d'autrui est le préalable de droit à toute mise en évidence de la transcendance du monde commun :

> Le fait de l'expérience de l'étranger (le non-je) se présente comme l'expérience d'un monde objectif incluant d'autres non-je sous la forme : autre je ; et ce fut un résultat important de la réduction véritable de ces expériences que de dégager une strate intentionnelle d'arrière-plan dans laquelle se révèle un *monde* réduit en tant que transcendance immanente. Dans l'ordre de la constitution d'un monde étranger au je, d'un monde *extérieur* à mon je concrètement spécifique (mais nullement extérieur au sens spatial et naturel), c'est en soi la première transcendance, la transcendance *primordiale* (ou *monde*) qui, nonobstant son idéalité en tant qu'unité synthétique d'un système infini de mes potentialités, est *encore un moment de détermination de mon être concret propre en tant qu'ego*[5].

Il s'agit bien ici de dégager les différentes couches de la constitution du monde objectif et non d'établir une genèse chronologique du phénomène de monde. Autrement dit, l'expérience de la transcendance d'autrui n'est pas chronologiquement antérieure à l'expérience de la transcendance du monde objectif, mais au contraire l'apparaître d'autrui est impliqué intentionnellement dans l'apparaître du monde, qui est le fil conducteur de toute l'analyse phénoménologique.

Ainsi, le § 49 des *Méditations cartésiennes* confirme ultimement que la réduction phénoménologique ne fait rien perdre du monde, puisque la mise entre parenthèses de l'intersubjectivité est précisément ce qui la donne à voir. En effet, si cette dernière était en fait déjà à l'œuvre dans les quatre premières méditations, elle ne peut se révéler vraiment qu'à partir des deux couches de sens de la constitution de l'objectivité comprise comme intersubjectivité monadique, à savoir la constitution de l'*alter ego* et la constitution de la communauté transcendantale des monades :

> Le sens d'être du *monde objectif* se constitue, en plusieurs strates, sur le sous-sol de mon *monde* primordial. La première strate à mettre en relief est celle de la constitution de l'*autre* ou des *autres en général,* c'est-à-dire des *ego* exclus de mon être propre concret (de moi en tant qu'*ego* primordial). Simultanément et grâce à cela, s'accomplit une *stratification générale du sens sur la base de mon monde primordial* par laquelle celui-ci devient apparition d'*un* monde *objectif* déterminé en tant qu'un et le même pour quiconque, moi y compris. Donc l'*étranger absolument premier* (le premier non-je), c'est l'*autre-je*. Et cela rend possible, de manière constitutive, un nouveau domaine infini de l'étranger, une nature objective et un monde objectif en général, auxquels appartiennent tous les autres et moi-même. Il est donc de l'essence de cette constitution à partir des autres *purs* (qui n'ont pas encore de sens mondain) que les *autres* pour moi ne demeurent pas isolés, mais que, au contraire, se constitue (dans ma sphère propre naturellement) une communauté de je qui m'inclut en tant que communauté de

> je qui sont les uns pour et avec les autres, *finalement
> une communauté de monades* telle qu'elle constitue *un
> seul et même monde* (par son intentionnalité consti-
> tuante communautaire). Dans ce monde, tous les je se
> retrouvent en tant qu'objets du monde mais que dans
> une aperception objectivante avec le sens *être humain*
> ou homme psychophysique [6].

La constitution des autres comme transcendances véritables, c'est-à-dire comme êtres qui transgressent mon *ego*
monadique, est ce qui fonde l'unicité du monde objectif.
Ainsi, ce qui semblait être une transcendance seconde par
rapport à la transcendance du monde primordial s'annonce
au contraire comme une transcendance première en soi.
En effet, l'autre moi est une transcendance première en
soi parce qu'elle seule constitue une altération véritable
du propre. De ce fait, seule l'expérience de l'autre homme
peut me sortir des limites de mon propre monde. Plus précisément, c'est en constituant le sens autrui que le sujet
peut constituer le monde commun. Husserl ne dit donc
pas, comme le développera Emmanuel Levinas, que c'est
l'effraction d'autrui qui m'ouvre au monde, mais il montre
que l'*ego* monadique ne se transcende véritablement lui-
même que par la constitution d'autrui. Sans cette expérience du non-moi véritable qu'est l'autre moi ne peut pas
être constitué ce nouveau domaine qu'est le noème
« nature objective ». Cependant, Husserl précise aussitôt
que cette expérience de l'altérité ne fonde l'expérience du
monde objectif que si c'est une expérience des autres moi.
Il ne suffit donc pas de l'expérience d'un seul autre moi
pour que le monde objectif puisse apparaître. En effet,
c'est bien l'expérience d'une communauté de monades qui
est impliquée dans le sens d'un monde objectif. Ce n'est
pas seulement dire que le monde objectif commence à
trois, mais aussi que l'altérité du monde objectif, son
propre mode de transcendance dans l'immanence, ne peut
être comprise qu'à partir de l'expérience d'une pluralité
d'*ego* unis en une même communauté. Si le monde primordial est une transcendance immanente à l'*ego* transcendantal, le monde objectif est une transcendance immanente à l'intersubjectivité transcendantale. Dès lors, la

conscience du monde objectif est la conscience d'appartenir à une harmonie des monades, c'est-à-dire à un accord
des intentionnalités polarisé par l'idéal d'une communauté
infinie et ouverte. Ainsi, on peut dire que l'expérience de
purs autres, c'est-à-dire l'expérience des autres comme
alter ego, est bien la condition pour que le monde apparaisse comme monde objectif. Le monde comme monde
commun est alors une structure *a priori* du nous transcendantal. Par la compréhension de soi, la subjectivité transcendantale peut donc traverser toutes les couches du sens
monde objectif pour réactiver ce sens, c'est-à-dire rendre
le monde à la vie qui lui est propre. En cela, le monde
objectif comme idée téléologique qui porte la constitution
intersubjective n'est pas un phantasme, mais une structure
de l'expérience.

Afin d'assurer la constitution de l'objectivité, on est
donc d'abord conduit à élucider l'expérience de l'étranger
à travers la constitution de l'*alter ego*. Sans expérience de
l'altérité, il n'y a pas vraiment d'expérience du monde
compris autrement que comme l'ensemble des objets de la
nature. L'ordre du monde renvoie à une constitution par
une communauté de personnes, mais cet ordre n'est visible
que si l'on explicite la façon dont autrui s'annonce à la
conscience. Pour décrire cette expérience de l'étranger en
tant qu'elle ouvre au sens d'être du monde objectif,
Husserl part de la présence charnelle d'autrui pour souligner en quoi l'autre homme se donne en personne et
en quoi, en même temps, il n'y a pas d'expérience originaire de la subjectivité étrangère[a]. Autrement dit, autrui
s'annonce, à partir de son corps, de façon directe-indirecte.
Si autrui n'était pas présent en personne, il n'y aurait pas
d'expérience de l'étranger et s'il y avait un accès direct
à lui il n'y aurait plus non plus d'altérité. L'expérience
d'autrui est donc l'expérience d'une transcendance propre
puisque autrui se donne avec tout l'abîme qui le sépare de

---

a. L'empathie *(Einfühlung)* ne signifie absolument pas pour Husserl que l'on puisse « entrer » dans l'esprit d'autrui, se mettre à sa
place pour vivre ce qu'il vit, puisqu'elle marque au contraire
l'abîme qui me sépare de la subjectivité étrangère.

moi. Il est en effet essentiel qu'il s'agisse bien de l'expérience d'un *alter ego* et non d'une simple variation de ma propre essence.

Dans toute cette analyse, Husserl prend le fil conducteur du corps pour décrire l'accès direct-indirect à l'altérité d'autrui. A quoi tient ce privilège du corps ? Si le corps d'autrui se donnait simplement comme corps-chose *(Körper)* parmi les choses, la transcendance d'autrui serait identique à la transcendance de la chose. Au contraire, si le corps d'autrui se donne toujours en même temps comme corps-sensible *(Leib),* c'est-à-dire comme corps vivant doué de sa propre sensibilité, il s'annonce selon une transcendance irréductible, même idéalement. De cette façon, autrui n'est pas mon vis-à-vis comme la chose est mon en-face, puisque l'autre je pur est lui aussi un pôle à partir duquel le monde peut être constitué. Le corps d'autrui qui se donne, à la fois, comme *Körper* et comme *Leib*, c'est-à-dire à la fois comme étant dans mon monde primordial et comme constituant, en tant que centre, son propre monde primordial, fait donc l'objet de ce que Husserl nomme une apprésentation pour signifier cette présentation indirecte. En cela, l'expérience d'autrui n'est pas une présentification comme le souvenir ou l'imagination, mais bien une apprésentation qui donne en personne le caractère inaccessible de l'autre, tout en étant entrelacée à une présentation de son corps.

Pour définir l'*alter ego,* il faut définir l'*ego* dont il est l'*alter.* Or, l'*ego* doit être ici compris comme le je concret, incarné, et agissant dans le monde primordial, dans le monde propre qui a nécessairement le caractère d'une accessibilité totale. Autrement dit, tout ce qui m'est propre, tout ce qui appartient à ma monade, est en droit accessible au sens où il m'est possible d'en faire une expérience directe. Or, justement, l'autre homme m'apparaît d'abord directement comme corps-chose et ce n'est que par un transfert aperceptif, et donc de façon indirecte, qu'il m'apparaît comme corps vivant, comme corps qui est l'organe du vouloir. La synthèse de ressemblance permet une saisie analogisante de l'autre corps sans que cette analogie soit comprise comme le résultat d'un raisonnement. En effet, l'analogie est ici un mode de la donnée, un mode de l'intuition. Dès lors, toute expérience de l'autre corps se fonde sur la réactivation du sens « mon corps » ; ce qui confirme bien que l'expérience de l'étranger est dérivée par rapport à l'expérience propre. Ainsi, Husserl peut tenir à la fois que l'*ego* et l'*alter ego* sont donnés dans un appariement originaire, puisque le corps d'autrui et mon corps sont nécessairement co-donnés, et que l'*alter ego* est loin de perdre son altérité dans cette analogie dans la mesure où elle marque en même temps l'asymétrie radicale entre moi et autrui. Si autrui est expérimenté comme étant comme moi un *ego,* la présence à autrui n'est en rien le symétrique de la présence à soi. En effet, si par le transfert aperceptif le corps d'autrui reçoit le sens de corps vivant, alors il se donne précisément comme un autre corps vivant, qui n'est pas quelque chose de stable, mais qui a sa manière propre de se confirmer dans son comportement plus ou moins changeant : « Dans cette sorte d'accessibilité vérifiable de ce qui est originairement inaccessible se fonde le caractère de l'étranger existant[7]. » L'autre homme est bien cette fois phénoménologiquement compris à partir de son mode de donnée. Autrui apparaît et se confirme comme étant originalement inaccessible.

Pour expliquer cette constitution d'autrui, Husserl établit une comparaison entre le ressouvenir et l'empathie. De même que ce que je ne suis plus se constitue à partir du présent, celui que je ne suis pas se constitue à partir de moi comme ce qui transcende mon être propre, comme un autre pôle qui constitue un monde analogue au monde primordial :

> L'autre est apprésentativement aperçu en tant que je d'un monde primordial ou d'une monade où son corps propre est originairement constitué et expérimenté sur le mode de l'ici absolu, précisément en tant que centre fonctionnel de son règne[8].

C'est ici que s'ouvre la possibilité de retrouver le monde objectif malgré la séparation des mondes primordiaux. En effet, le corps-chair de l'autre se donne comme le même en tant qu'il est là-bas pour moi et qu'il se donne indirectement comme l'ici de l'autre. Autrement dit, il ne s'agit pas de l'expérience de deux corps, mais de deux couches de l'expérience du même corps donné directement comme un là-bas et indirectement comme un ici. Dès lors, constituer le corps d'autrui c'est le constituer comme se constituant par autrui : il se constitue en moi comme constitué par un autre je. Husserl a donc montré que c'est le même corps qui comme corps-chose appartient à mon monde et qui, comme corps vivant est celui d'un autre monde, d'un monde qui ne m'est pas donné originairement, mais que je ne peux penser qu'indirectement en m'imaginant « comme si j'étais là-bas ». Il a également montré que l'imagination ne peut suffire pour constituer le transfert du sens moi au sens autrui, parce qu'elle est non positionnelle, et qu'il faut la donnée du corps-chair pour assurer un véritable mouvement vers ce que je ne suis pas.

Le § 55 constitue un véritable point d'accomplissement des *Méditations cartésiennes* dans la mesure où tout ce qui était « perdu » avec la réduction phénoménologique est bien cette fois retrouvé, mais avec son sens transcendantal. Plus encore, il est maintenant possible de mettre en évidence le sens d'être du monde objectif à partir de la communauté des monades. La première forme d'objectivité est la nature intersubjective sur laquelle se fondent les autres couches objectives du monde :

> Ce qui se constitue en premier dans la forme de la communauté, et qui est le fondement de toutes les autres communautés intersubjectives, c'est le caractère commun propre à la nature qui ne fait qu'un avec celui du corps propre étranger et du je psychophysique étranger apparié au je psychophysique propre[9].

En conséquence, parce que c'est le même corps d'autrui qui est sur le mode de l'ici et le mode du là-bas, se trouve fondée l'identité de la nature pour moi et pour autrui. Le corps d'autrui est de ce point de vue le premier objet commun et je peux donc dire que le monde que je constitue est le même monde que l'autre là-bas constitue, parce que je peux m'imaginer là-bas à la place d'autrui, sans pour autant pouvoir me prendre pour autrui. Cette approche de l'inaccessible, loin d'être un échec de la communication, est peut-être ce qui la rend possible : c'est parce que je ne suis pas l'autre, ou quand je ne me prends pas pour l'autre, que je peux recevoir l'autre comme autre. Quoi qu'il en soit, il faut reconnaître dans cette capacité de transfert, et donc dans cette altérité à soi, le fondement même d'une nature commune. La nature objective est la nature intersubjective, c'est-à-dire la nature constituée de toutes les couches de sens de ces sujets que je peux m'imaginer être. Sauf à transgresser les limites propres à une égologie, il faut reconnaître que la constitution de l'*alter ego* ne peut se comprendre que comme le fait de se constituer soimême comme intersubjectivité transcendantale, puisque c'est bien à partir de ma sphère propre qu'il m'est possible de constituer le sens « monde perçu par un autre » :

> Il est donc tout à fait légitime de nommer la perception de ce qui est étranger, et, par suite, la perception du monde objectif, une perception telle que l'autre regarde en direction de la même chose que moi, etc., bien que cette perception se déroule exclusivement dans ma sphère propre [10].

Ainsi, l'expérience du corps d'autrui comme donnée même de l'autre en tant qu'il est inaccessible de façon originale est ce qui donne à voir la nature objective en tant qu'elle possède une couche de sens primordialement constituée et une deuxième couche de sens apprésentée à partir de ce qui est étranger. Ce qui vaut du corps d'autrui vaut de ce fait pour tous les objets de la nature.

Cette communauté issue de la constitution de l'*alter ego* conduit non seulement à une nature et à un monde objectif, mais également à une temporalité commune :

> Par là se trouve établie de manière originelle la coexistence de mon je (et de mon *ego* concret en général) et du je étranger, de ma vie intentionnelle et de la sienne, de mes *réalités* et des siennes, bref, une forme temporelle commune où toute temporalité acquiert d'elle-même la pure et simple signification d'un mode d'apparaître individuellement subjectif et originel de la temporalité objective. On voit ainsi à quel point la communauté temporelle des monades constitutive-

ment liées entre elles est indissoluble parce qu'elle dépend, du point de vue de l'essence, de la constitution d'un monde et d'un temps du monde[11].

En effet, la constitution d'une temporalité commune consacre l'élargissement du concept de monde, puisque le monde ainsi constitué est un monde pour tout un chacun, un monde expérimenté comme valant pour tous. Avec cette nouvelle détermination du monde comme temporalité commune, il est clair que le monde n'est pas fixe, mais est un flux incessant de validations dans la vie intersubjective. Husserl peut, à partir de cette mise en évidence du sens transcendantal de monde, décrire la façon dont se constituent les différentes communautés monadiques sur le fond de cette nature commune. Notamment, il est possible de montrer comment j'appartiens à « mon » monde environnant et en quoi cette appartenance n'est pas accidentelle, mais essentielle. Ainsi, sur le fond de la nature intersubjective, se constitue un monde social[12]. Cela dit, quelles que soient les différentes formes de communautés, les différents mondes culturels, il est clair que ce ne sont que des aspects d'un même monde objectif commun. Si le propre et l'étranger sont des catégories fondamentales de toute culture,

> il ne peut y avoir effectivement qu'une seule communauté monadique, celle de toutes les monades coexistantes, donc qu'un seul monde objectif, un seul temps objectif, un espace objectif, une nature, et, s'il y a en moi des structures impliquant la coexistence avec les autres monades, il *faut* qu'il n'y ait que cette seule et unique nature[13].

L'unicité du monde a donc pu être mise en évidence et maintenant il est possible de dire que l'unicité appartient au concept même de monde. En conséquence, la réduction, en libérant l'accès à l'*alter ego,* sans nier son altérité et sans remettre en cause la primauté de l'*ego,* ouvre un accès au monde commun dans sa signification transcendantale de monde co-constitué par l'intersubjectivité transcendantale. Autrement dit, la réduction permet bien d'atteindre les différentes couches du monde et de réactiver son sens d'origine en le reconduisant à un nous transcendantal. En cela, non seulement on n'a rien perdu du monde, mais le monde se trouve libéré de toute construction qui le fige, pour se manifester dans la vie qui lui appartient de façon essentielle.

2. Le monde de la vie

La mise en évidence du monde commun ne peut pas s'en tenir à l'accès à l'intersubjectivité transcendantale comme origine de toute vie du monde, mais doit également montrer en quoi le monde est d'emblée celui d'un nous, en quoi la vie est d'emblée intersubjective. Plus précisément, le monde ne peut être ce qui est donné à voir par la connaissance que s'il se trouve déjà prédonné comme monde environnant dans lequel tout acte du sujet s'enracine. Husserl a développé ce concept de monde de la vie (*Lebenswelt*) à partir des années vingt, mais c'est surtout dans *La Crise des sciences européennes et la Phénoménologie transcendantale* qu'il devient le titre d'une problématique universelle. Husserl déploie sa réflexion à partir de la nécessité d'un retour au phénomène originaire de monde qui s'impose sur le fond du constat de la crise des sciences, c'est-à-dire de la crise de la raison. La science, comme pure science des faits, n'a finalement plus rien à nous dire sur l'homme, mais elle n'a également plus rien à nous dire sur le monde qui est réduit au monde de l'objectivité scientifique. Le rationalisme qui a conduit à la séparation entre deux ontologies régionales, la science de la nature d'un côté et la science de l'esprit d'un autre côté dans laquelle l'esprit est seulement déterminé comme l'autre de la nature étendue, est un échec dont il faut mesurer toute la portée : c'est la vie même du monde qui est perdue, la vie au sens d'une vie téléologique qui donne sens. Il est donc essentiel, pour assurer la possibilité même de la connaissance, de revenir au monde concret et historique, qui est non seulement le sol de toute connaissance,

mais qui peut également lui assigner sa fin. Face aux
constructions théoriques des diverses sciences de la
nature, dont il ne s'agit pas de nier la validité régionale,
Husserl veut montrer la nécessité de revenir au monde
perçu sans lequel la constitution du monde, dans ses multiples aspects particuliers, demeure aveugle. En cela, le
retour vers le monde de la vie comme sol prédonné ne
marque pas une nouvelle rupture dans la phénoménologie
transcendantale ou même le dépassement, à l'intérieur de
la pensée de Husserl, de la métaphysique de la subjectivité. Certes, Husserl, à partir des années vingt, est de plus
en plus attentif à ce phénomène du monde concret environnant comme monde historique, mais il n'y a pas pour
autant un troisième Husserl, puisqu'il s'agit là en fait d'un
approfondissement ultime de la réduction dans lequel
Husserl achève de montrer comment le sujet assiste à la
manifestation de la transcendance du monde.

   Husserl ne change donc pas de question directrice à la
fin de sa vie, puisqu'il s'agit toujours de savoir comment
la connaissance est possible, mais il pose dans toute sa
radicalité le problème du fondement des sciences. Or, ce
problème se pose d'abord parce que dans l'histoire des
sciences le tournant galiléen, en donnant lieu à une mathématisation de la nature, a conduit à substituer au monde
intuitif le monde des objectivités mathématiques. Le
monde réel fut alors identifié à ces idéalités, à ces idéali-
sations. Or, cet oubli du monde de la vie est destructeur
des sciences elles-mêmes, parce que c'est un oubli de ce
qui a rendu possible les sciences de la nature, y compris
la géométrie. On ne peut, en effet, expliquer ce qu'est
« la » géométrie sans revenir à cette source intuitive de la
géométrie, à savoir l'arpentage, en tant qu'il a donné lieu
à l'idéalisation :

> Une telle *activité prégéométrique* était pourtant pour la
> géométrie le fondement de son sens, fondement pour
> la grande invention de l'idéalisation : y compris bien-
> tôt l'invention du monde idéal de la géométrie, et cor-
> rélativement de la méthode de détermination objecti-
> vante de constructions qui, grâce à l'« existence
> mathématique », créaient des idéalités [14].

Sans reprendre ici la question de l'idéalisation du monde, il est clair que l'oubli de l'origine de la géométrie, c'est-à-dire l'oubli des actes qui lui ont donné et lui donnent encore naissance, menace d'éclatement la géométrie par la perte de son sens idéal et donc de ce qui fait sa vie propre. Le résultat d'une telle dissociation entre le monde perçu et la connaissance géométrique est inévitablement l'isolement de la géométrie et, par conséquent, la mise à mal de l'unité des sciences. En effet, ce qui est montré à partir de la géométrie vaut de l'ensemble des sciences et Husserl ne se contente pas de constater la parcellisation continue des sciences et la décomposition de l'identité des différentes régions de la science, mais il tente d'en dégager l'origine et la signification pour la téléologie de la raison. Pour que la science ne s'oublie pas elle-même, pour qu'elle ne perde pas le sens de son activité, elle ne doit pas perdre de vue le sol qui rend possible et oriente l'idéalisation qui la constitue. Le seul remède à l'isolement est une compréhension de la vie scientifique comme étant fondamentalement historique, c'est-à-dire comme étant fondamentalement liée à une vie préscientifique. Non seulement la science objective possède son fondement dans le monde de la vie, mais elle est elle-même une œuvre du monde de la vie :

> L'homme qui vit dans ce monde, et par conséquent aussi le chercheur-de-la-nature, ne pouvait situer que dans ce monde de la vie toutes ses questions pratiques et théoriques, il ne pouvait rencontrer théorétiquement que lui dans l'infinité ouverte de ses horizons inconnus [15].

Or, l'oubli de ce sol est bien ce qui conduit à l'échec du rationalisme dans la mesure où cela conduit à absolutiser ce qui est relatif. Effectivement, en substituant au monde de la vie ce vêtement d'idées des sciences mathématiques de la nature, on identifie abusivement ce qui n'est qu'un résultat momentané et fini avec l'être vrai et on perd la signification téléologique des sciences comme tâche infinie.

Certes, Husserl ne va pas jusqu'à dire comme Heidegger que la connaissance n'est pas le mode d'être du *Dasein* dans le monde parce qu'elle suppose elle-même l'être-au-

monde. Néanmoins, le retour de Husserl au monde de la
vie marque bien lui aussi que le rapport au monde est préalable à la connaissance. En effet, si la connaissance est ce
qui ouvre l'accès au monde, cet accès s'enracine lui-même
dans une expérience du monde. Or, la science galiléenne,
en s'installant d'emblée dans l'idéalisation, ne peut que
manquer le sens d'être du monde :

> Le sens d'être du monde donné d'avance dans la vie est
> une formation subjective, c'est-à-dire l'œuvre de la vie
> dans son expérience, de la vie pré-scientifique. C'est
> dans cette vie que se bâtit le sens et la validité d'être du
> monde, c'est-à-dire chaque fois de ce monde qui vaut
> effectivement chaque fois pour le sujet d'expérience.
> Quant à ce qui concerne le monde « objectivement
> vrai », celui de la science, il est une *formation de degré
> supérieur,* qui a pour fondement l'expérience et la pen-
> sée pré-scientifique avec leurs opérations-de-validité
> *(Geltungsleistungen)* [16].

   L'ultime sens d'être du monde ne peut donc être mis en
vue que par une question en retour vers la subjectivité :
toute théorie de la connaissance suppose une ontologie du
monde de la vie, pour que l'on puisse déterminer à quel
type particulier d'opération subjective correspond la
connaissance. Husserl montre donc, d'une façon différente
de Heidegger dans *Etre et Temps,* qu'on ne peut pas identifier monde et nature. En fait, l'identification du monde à
la nature résulte d'une abstraction de tout ce qui est subjectif puisqu'on obtient, en effet, la nature par ce que
Heidegger nomme une démondanéisation du monde,
c'est-à-dire par une abstraction de tout ce qui fait la mondanéité du monde. L'idée de nature est en réalité médiate
par rapport au caractère immédiat du monde de la vie. Il
est par conséquent nécessaire de comprendre le monde de
la vie sans le subordonner à la spatialité géométrique. On
ne comprend donc pas ce qu'est « le monde » comme
monde à partir de la science, mais on comprend les pres-
tations scientifiques à partir de l'expérience immédiate du
monde. Encore une fois, avant d'être une structure des
choses, le monde est une structure de notre être. Le propos

de Husserl n'est donc pas ici de décrire les objets du monde, mais de dégager le sens d'être du monde comme structure de la subjectivité. L'histoire des sciences comme histoire de la raison vient ainsi confirmer l'idée que le monde n'est pas une pure extériorité, mais ce dont je fais toujours déjà l'expérience et dont je suis indissociable. Ce monde prédonné est bien le sol de toute vie commune, de toute communauté transcendantale, dans la mesure où il est constitué par les actes antérieurs de constitution du monde qui sont sédimentés. De ce point de vue, le monde concret comme sol de la connaissance, le seul monde qui mérite vraiment le nom de monde, est le monde spirituel, historique, constitué par l'ensemble des actes de la communauté des personnes :

> Il va de soi que cela ne vaut pas seulement pour moi l'*ego* singulier, et que c'est *nous*, qui vivons ensemble, qui possédons ensemble d'avance le monde en tant que monde qui vaut-comme-étant pour nous et auquel nous appartenons également ensemble – ce monde en tant que monde-pour-nous-tous, en tant que donné dans un tel sens d'être [17].

Le monde prédonné que l'ontologie traditionnelle considérait comme allant de soi est par essence un monde commun comme sédimentation de toute une série de validations. Le tort de la science objective consiste précisément à oublier que toute question relative au monde a lieu à partir de ce terrain d'expériences communes. Dès lors, la philosophie ne peut remplir son rôle de fondation, en tant que science universelle, que dans la mesure où elle revient au monde originaire de l'expérience qui est antérieur à toutes les divisions de la science. Ainsi, en sauvant la vie du monde de l'anonymat où elle est habituellement maintenue, la philosophie peut accomplir son sens téléologique d'une science universelle, qui en mettant en vue l'unique fondement de toutes les sciences, assure en même temps l'unité de la science et l'unité du monde. Husserl peut donc avancer que par cette interrogation du monde de la vie

> nous apprendrons à comprendre que le monde existant pour nous dans le flux changeant de ses modes de don-

née est un acquis universel de l'esprit, que c'est en tant
que tel qu'il a eu son devenir et qu'il continue à devenir en tant qu'unité d'une seule figure de l'esprit, en
tant que formation de sens – en tant que formation
d'une subjectivité universelle fonctionnant de façon
ultime [18].

Sans jamais envisager une fusion des subjectivités singulières, Husserl considère le monde spirituel comme
l'œuvre d'une subjectivité communautaire. En cela, le
monde de la vie indique déjà que le but de l'existence singulière ne peut être qu'un but communautaire. Par
exemple, tout travail scientifique prend place dans la
chaîne de générations de chercheurs et, de ce fait, « le
monde scientifique, l'horizon ontologique du savant, a le
caractère d'une œuvre, ou d'un édifice unique, s'accrois-
sant à l'infini, à la continuation duquel contribuent sans fin
les générations de savants correspondantes [19] ». Cela dit, à
la différence du monde scientifique, le monde de la vie
n'est pas un projet conscient, une formation téléologique,
mais demeure le sol sur lequel tout projet peut avoir lieu.
De ce point de vue, tout monde pratique et toute science se
constituent par rapport à ce monde de la vie qui, lui, n'est
pas institué, mais est toujours déjà là :

> Le monde de la vie est le monde sans cesse donné
> d'avance, valant sans cesse et d'avance comme étant,
> mais qui ne tire pas cette validité d'un projet, ou d'une
> thématique quels qu'ils soient, ni conformément à un
> but universel quelconque. Tout but au contraire le pré-
> suppose, y compris le but universel de le connaître
> dans une vérité scientifique : il le présuppose d'avance
> déjà, et toujours déjà d'avance dans le progrès du tra-
> vail, comme un monde qui a sa façon d'être – précisé-
> ment, donc, une façon d'*être*. Le monde scientifique,
> lui (la nature au sens de la science de la nature, le
> monde au sens de la philosophie en tant que science
> positive universelle), est une formation téléologique
> qui se développe à l'infini – œuvre des hommes pré-
> supposés d'avance, en vue du monde de la vie présup-
> posé d'avance [20].

La crise des sciences est donc également celle de l'individu qui est polarisé sur son but théorique ou pratique et qui, par cette limitation du regard, laisse son but en quelque sorte dans le vide au lieu d'ancrer sa poursuite d'une fin dans le monde de la vie qui est pourtant le lieu propre de tous les projets. L'oubli du monde de la vie est donc ce qui enferme toute formation téléologique dans cet aveuglement propre à la finitude qui livre l'humanité à une errance tragique.

Le monde de la vie est ainsi à la fois le sol prédonné et l'horizon de toute *praxis* et, de ce fait, s'il n'est pas ce que l'on voit immédiatement, il est impliqué dans tout regard. En conséquence, le monde de la vie est un lieu d'évidences originelles qui sont supérieures aux constructions théoriques de la science et dont il faut prendre conscience pour rendre à chaque métier sa signification proprement humaine. Notamment, c'est l'évidence originelle du monde commun qui donne à voir que la connaissance est téléologiquement orientée vers l'idéal d'un monde pleinement humain et quand une telle orientation a lieu s'accomplit un acte de vie qui a une validité absolue et donc qu'il faut vouloir absolument. Seul ce retour aux évidences originelles du monde de la vie peut rendre au métier de savant sa dimension d'une vocation, c'est-à-dire d'un don de soi sans reste aux idées éternelles qui fondent l'humanité. Certes, ce monde de la vie, en tant qu'horizon permanent de la communauté des hommes, est subjectif et relatif : c'est l'horizon d'une expérience possible de choses qui est l'*a priori* du monde de la vie. Il est donc clair que la conscience du monde ne peut pas être identifiée à la conscience d'un ensemble de faits, puisque le simple monde de faits est obtenu par abstraction de la structure téléologique sans laquelle un monde n'est plus un monde. De ce point de vue, en posant la différence entre le monde comme *universum* des choses concrètes et le monde spatio-temporel infini idéalisé mathématiquement, Husserl en vient à séparer le mode de donnée de la chose et le mode de donnée du monde en tant que monde :

Le monde est pour nous, sujets éveillés qui sommes toujours des sujets intéressés pratiquement d'une façon ou d'une autre, donné d'avance comme champ universel de toute pratique réelle et possible, non pas occasionnellement seulement, mais toujours et nécessairement donné d'avance comme horizon. Vivre, c'est continuellement vivre-dans-la-certitude-du-monde. Vivre éveillé, c'est être éveillé pour le monde, être constamment et actuellement « conscient » du monde et de soi-même en tant que vivant *dans* le monde, c'est vivre effectivement la certitude d'être du monde, l'accomplir réellement. En cela, cette certitude d'être du monde est donnée d'avance dans tous les cas de telle façon que chaque fois des choses singulières nous sont données. Mais il y a une différence fondamentale entre la manière dont nous avons conscience du monde et celle dont nous avons conscience d'une chose, d'un objet (dans le sens le plus vaste de ce terme, mais toujours dans le sens qu'il a pour le monde de la vie), cependant que d'un autre côté l'un et l'autre mode de conscience forment une unité inséparable. Les choses, les objets (toujours compris purement dans le sens du monde de la vie) sont « donnés » en tant que valant pour nous chaque fois (quel que soit le mode de la certitude d'être), mais ils ne sont donnés par principe que de telle sorte, que nous en ayons conscience comme de choses, ou d'objets, *dans l'horizon du monde (Welthorizont)*. Chacun est un quelque chose, quelque chose du monde, de ce monde dont nous avons toujours conscience comme horizon. D'un autre côté, cet horizon nous n'en avons conscience que comme d'un horizon pour des objets qui sont, et il ne peut pas être actuel sans une conscience spéciale d'objet. Chacun a ses modes possibles de modification de la validité, de modalisation de la certitude d'être. D'un autre côté, le monde n'est pas étant comme un étant, comme un objet, mais il est étant dans une unicité pour laquelle le pluriel est vide de sens. Tout pluriel, et tout singulier tiré de ce pluriel, présuppose l'horizon du monde. Cette différence du mode d'être d'un objet dans le monde et du monde lui-même prescrit manifestement pour tous deux les modes de conscience corrélatifs, fondamentalement différents[21].

Husserl fait bien signe ici vers une autre compréhension de la transcendance du monde sans développer davantage. Cela dit, même si les analyses husserliennes relatives à l'ontologie du monde de la vie demeurent relativement programmatiques, il n'en demeure pas moins qu'avec le retour au monde prédonné, le monde n'est plus seulement l'horizon de notre activité, mais est ce qui se donne à la conscience et permet ainsi à la vie subjective de prendre conscience de sa téléologie. En effet, la transcendance du monde est ici le fait de la révélation du monde qui a toujours déjà eu lieu avant toute connaissance des choses du monde et avant toute compréhension de soi. Heidegger va plus loin dans cette mise en évidence de la transcendance du monde en ne demeurant pas dépendant de l'opposition entre un monde perçu et un monde pensé, pour montrer en quoi l'étant tire sa visibilité du monde prédonné. Pour cela Heidegger revient à un monde plus immédiat encore que le monde perçu, à savoir le monde environnant dans lequel on rencontre l'étant à partir de l'usage que l'on en fait.

Il reste à savoir comment apparaît ce monde de la vie puisqu'il n'est pas habituellement pris pour thème. Le monde de la vie est le monde de l'expérience quotidienne dans laquelle chaque homme est pris par ses intérêts propres et, par conséquent, seule une altération de cette attitude naturelle permet une conversion du regard vers ce monde donné avant tous les buts pratiques. Il se confirme ici que l'attitude de spectateur désintéressé, loin de conduire à un *ego* sans monde, est ce qui donne à voir ce monde prédonné sans lequel l'affirmation originaire du sujet ne peut avoir lieu. Ainsi, l'*épochè* transcendantale n'est pas la perte du monde commun, mais ce qui le rend à la conscience comme le sol de toute vie téléologique. Une ontologie du monde de la vie serait bien en ce cas une science universelle étudiant les structures génératives selon lesquelles le monde se constitue :

> Le monde de la vie, qui rassemble en soi absolument toutes les formations pratiques (même les sciences objectives en tant que faits de culture, tout en évitant de prendre part à leurs intérêts), est certes rattaché à la subjectivité dans le changement perpétuel des relativi-

tés. Mais de quelque façon qu'il change et quelque cor-
rection qu'il reçoive, il conserve sa typique de lois
d'essence, à laquelle toute vie, et donc toute science,
dont le monde est le « sol », demeurent liées[22].

Dès lors, par l'*époché*, le monde apparaît avec ses
formes d'essence comme une structure de notre être.
   Il était donc essentiel de revenir d'abord à l'*ego*-origine
qui constitue le monde, pour mettre en vue ce « nous » qui
constitue le monde, à partir de la prédonnée du monde de
la vie comme sol originaire de cette co-constitution. Cela
montre également que la crise du sens propre à la moder-
nité est révélante, non pas pour elle seule, mais pour un
sujet déjà engagé dans la compréhension de lui-même.
C'est en quelque sorte quand le sens du monde, de notre
monde quotidien, disparaît que peut apparaître ce qui est
oublié. La vie du monde se révèle à partir de l'expérience
de la mort possible de l'humanité. Cela dit, en dehors de
ses méditations sur l'historicité du monde et la crise
de l'humanité européenne, Husserl ne fait pas comme
Heidegger de ce retrait de l'être la condition de toute manifestation. En cela, les analyses husserliennes de la quoti-
dienneté demeurent liées à la perspective d'une constitution du monde par un *ego*. Husserl ne peut donc pas faire
du retrait une condition de l'apparaître parce que ce serait
remettre en cause la conception même de l'évidence. Il n'en
demeure pas moins que pour Husserl le monde comme
monde de la vie est ce qui peut être perdu et cette perte est
due à un certain rationalisme qui réduit le monde à sa
couche la plus abstraite. Dès lors, la réduction phénoménologique est ce qui rend au phénomène de monde comme
monde pour tous les sujets réels et possibles.
   Cela dit, il faut distinguer dans les écrits de Husserl deux
plans différents du retour au monde de la vie. Comme on
vient de le voir, il s'agit d'une part de revenir au sens sédimenté prédonné pour une subjectivité qui est par essence
sociale et historique. Ces solidarités intentionnelles entre
une donation de sens passée et une donation de sens
actuelle sont des structures de toute conscience du monde.
Cependant, le retour au monde de la vie consiste également d'autre part dans la mise en vue de l'expérience anté-

rieure au jugement, antéprédicative, dans laquelle le
monde se donne comme absolument un. Il s'agit là d'une
évidence originaire qui est au fondement de tout jugement
sur le monde. Encore une fois, il ne s'agit pas pour Husserl
d'établir une antériorité chronologique d'une expérience
sur l'autre. Il est clair que pour un sujet actuel la conscience
du monde est toujours accompagnée d'une idée qui est
issue du passé de réflexion et cette idée est que le monde
dans sa totalité peut être déterminé en soi par des
méthodes exactes des sciences physico-mathématiques.
Même celui qui ne fait pas de la recherche scientifique le
thème de son intérêt « sait » que le monde est un horizon
infini de détermination par les sciences de la nature. Cela
dit, Husserl a voulu montrer que cette « évidence » n'est
pas du même type que l'évidence originaire de l'unité du
monde, qui relève d'une couche plus profonde de l'expérience du monde. Il s'agit donc de suivre l'historicité
propre du monde de façon à voir que le caractère déterminable du monde ne vient pas d'abord de l'idéalisation
mathématique. De ce point de vue, parce que le logicien
s'en tient à l'idéalisation, il manque nécessairement la
logique du monde, c'est-à-dire la compréhension du
monde comme univers de déterminations en soi :

> En opposition à cette attitude, le retour à l'expérience
> antéprédicative et la pénétration dans la couche la plus
> profonde, la couche originaire ultime de l'expérience
> antéprédicative, signifie une légitimation de la *doxa*,
> qui est le domaine des évidences originaires ultimes
> qui n'ont pas encore accédé à l'exactitude et à l'idéa-
> lisation physico-mathématiques [23].

Cette réhabilitation de la *doxa* n'est en aucun cas pour
Husserl un renoncement à la science et à l'idée d'une
vérité absolue, mais marque que tout jugement sur le
monde se fonde sur la prédonnée du monde comme horizon d'indéterminité. De cette façon, dans l'expérience
antéprédicative, le monde s'annonce à la conscience
comme la tâche infinie de déterminer l'indéterminé. Le
monde se révèle originairement comme un impératif de le
rendre à la vérité de son sens, de le donner à voir en toute

transparence. Ainsi, il s'agit bien de revenir, à partir du monde environnant, au monde simplement perçu comme « la pure nature universelle qui, dans le progrès réglé de la perception sensible, se donne comme un système clos[24] ».

3. Le monde comme *ethos* commun

Même si la constitution de l'*alter ego* pose des dif-ficultés considérables, dont Husserl a parfaitement conscience, il est manifeste qu'elle est lourde de la consti-tution passive et active du monde commun. De plus, le retour au monde de la vie a montré en quoi dans l'expé-rience originaire le monde s'annonce comme une idée qui fonde non seulement la téléologie de la connaissance, mais également la vie éthique du sujet. L'éthique transcendan-tale, c'est-à-dire la mise en évidence des *a priori* du devoir-être, se fonde, dans la phénoménologie, sur l'es-thétique transcendantale : l'idée de l'unité du monde qui se révèle avec le retour au monde perçu est une idée dont le sujet doit répondre. La responsabilité à l'égard du sens du monde devient alors une structure *a priori* de notre être. En effet, la question en retour qui consiste à rapporter toute vérité à son sol historique conduit à l'idée d'une res-ponsabilité du sujet concret qui appartient à son monde dans la mesure où il est possible de répondre du monde à partir d'un monde environnant qui renvoie à la révélation du monde de l'humanité. Ainsi, la réduction transcendan-tale, en montrant que le sens transcendantal du monde est d'être une structure de notre être, met en évidence que pour le sujet être-au-monde signifie le constituer. Chaque homme comprend alors son sens d'être comme étant de participer à l'œuvre commune de constitution du monde. Plus encore, c'est à partir de la prise de conscience de son monde historique que le sujet peut prendre conscience de l'humanité tout entière comme de ce dont il doit répondre.

L'accomplissement de soi ne peut pas avoir lieu hors du monde et c'est pourquoi même si l'*ego* est le principe du devenir soi, on ne peut cesser d'être un moi vide pour

devenir un soi que dans la capacité à assumer la rencontre
du monde. Autrement dit, Husserl ne met pas la « substance » de l'homme, c'est-à-dire la capacité à se maintenir soi-même, dans le pur pouvoir de réflexion, mais dans
le souci du monde. En cela, élucider la responsabilité
revient à dégager la modalité selon laquelle l'homme
existe comme un soi. En effet, pour Husserl tout homme
est déjà pris dans le contexte de sa génération et, de ce
fait, on ne devient homme qu'en étant l'un des hommes.
Chaque homme a un monde natal, un chez-soi, qui est un
monde fini et qui est pour lui d'une accessibilité totale[25].
Il est impossible de transgresser ce chez-soi pré-donné,
pas plus qu'on ne peut transgresser son présent. Au-delà
des descriptions relevant d'une anthropologie phénoménologique, Husserl veut montrer que notre responsabilité
à l'égard du monde est indissociable de la conscience de
notre historicité. De ce fait, la responsabilité n'est pas simplement ce que le sujet se donne à partir d'une pure
réflexion sur lui-même, mais ce qu'il découvre à partir
de son entrelacement historique avec la vie des autres
hommes. Le retour au monde de la vie dévoile en effet le
caractère concret de cette responsabilité qui n'est pas seulement la responsabilité à l'égard de ce que l'on a voulu
dans sa vie propre, mais plus généralement une responsabilité à l'égard du sens du monde comme monde commun,
c'est-à-dire une responsabilité à l'égard du sens de l'histoire. Le sujet conscient de lui-même se comprend, à partir de sa place propre, comme responsable de la totalité de
la communauté des hommes passés, présents et futurs. La
conscience d'une telle responsabilité n'est possible que si
avec la prédonnée du monde familier soit également prédonné, ou plutôt confié, le sens universel du monde, la vie
du monde comme vie qui crée la culture.

Dans la célèbre conférence prononcée à Vienne en 1935
et intitulée *La Crise de l'humanité européenne et la Philosophie,* Husserl expose, en une réponse philosophique à la
montée de la barbarie, quelle est la responsabilité propre
de l'homme comme sujet historique qui a un monde.
L'Europe n'est pas ici un concept géographique, qui viendrait marquer la supériorité somme toute fort relative et
fort contingente d'une partie du monde sur les autres, mais

un concept spirituel à partir duquel il est possible de mettre en vue l'idée téléologique qui devrait animer le monde :

> Il est manifeste que, sous le titre d'Europe, il s'agit ici de l'unité d'une vie, d'une activité, d'une création spirituelle, avec tous les buts, tous les intérêts, soucis et peines, avec les formations téléologiques, les institutions, les organisations. Dans cet ensemble, les hommes individuels agissent au sein de diverses sociétés de niveau différent, les familles, les tribus, les nations, toutes intérieurement unies spirituellement et, comme je le disais, dans l'unité d'une seule figure spirituelle. Il faut donc que les personnes, les associations de personnes et toutes leurs prestations culturelles aient en partage un caractère qui les relie en un tout[26].

De fait, l'Europe est malade puisque ce qui fait sa vie comme vie téléologique semble s'épuiser. Ce fait ne demeure-t-il pas irrationnel ? Ne s'agit-il pas simplement de l'événement contingent de la mort d'une partie du monde ? En quoi la mort de l'Europe serait-elle en réalité la mort du monde ? L'analyse historique et intentionnelle que mène Husserl vise à montrer que c'est dans un même mouvement de compréhension qu'il est possible de saisir ce qu'est l'Europe, ce qu'est la maladie qui la touche et ce qui peut seul sauver l'Europe. Pour cela, Husserl souligne qu'une telle crise ne peut pas être dépassée par de simples réformes, mais qu'elle est une crise de fond qui met en cause l'unité du monde et qui donc fait apparaître le monde comme une structure de notre être.

Pour accéder au sens transcendantal d'une telle crise spirituelle, on ne peut pas s'en tenir à cette abstraction qu'est le monde objectif des sciences de la nature, mais il faut au contraire revenir au monde familier de la vie, puisque seul un monde vivant peut mourir. Plus encore, la rupture galiléenne entre la science de la nature et la science de l'esprit a conduit à une naturalisation de la conscience qui est la cause de la maladie de l'Europe. En effet, en comprenant l'histoire de l'humanité comme l'histoire de la raison et donc comme l'histoire des sciences, l'analyse intentionnelle est en mesure de montrer que la crise de l'esprit européen est structurelle parce qu'elle tient à la façon dont l'Europe se comprend ou plutôt a cessé de se comprendre. La critique husserlienne est ici radicale et ne vise pas les sciences de la nature dans leur compétence propre, mais dénonce l'identification monstrueuse du monde à une partie du monde. Il y a un somnambulisme des « scientifiques » qui est directement responsable de la barbarie moderne. En effet, l'homme des sciences de la nature oublie que sa perspective sur le monde est extrêmement limitée et, dans sa prétention au monopole de la scientificité, il demeure aveugle à l'idée qui gouverne la science et qui gouverne l'humanité. Déjà dans les *Idées I,* Husserl soutenait que « la cécité aux idées est une forme de cécité spirituelle[27] », mais cette fois la cécité prend toute la dimension d'une chute spirituelle dans la mesure où c'est toute l'humanité qui est en train de mourir d'un tel aveuglement. La réduction phénoménologique veut tenter de mettre fin à une telle errance, en redonnant en quelque sorte la vue aux aveugles par un retour au sujet vivant de l'intentionnalité. Pour cela, la responsabilité ne doit pas être déduite de l'idée d'un être raisonnable, mais doit faire l'objet d'une évidence apodictique à partir du retour au monde ambiant prédonné.

Il y a une étonnante téléologie qui est propre à l'Europe en tant que la figure de l'humanité européenne a un rapport tout à fait unique à la vérité qui n'est pas pour autant lié à l'Europe géographique. Autrement dit, l'Europe est gouvernée par une idée philosophique qui fonde l'unité de l'histoire et donc du monde :

> « La figure spirituelle de l'Europe » *(die geistige Gestalt Europas)* – qu'est-ce que cela ? C'est montrer l'idée philosophique immanente à l'histoire de l'Europe (de l'Europe spirituelle), ou, ce qui revient au même, la téléologie qui lui est immanente, et qui, du point de vue de l'humanité universelle en général, se fait connaître comme l'irruption et le début du développement d'une nouvelle époque de l'humanité comme telle, qui désormais ne veut et ne peut vivre que dans la libre formation de son existence, de sa vie historique, par les idées de la raison, par des tâches infinies[28].

En effet, avec l'Europe apparaît l'idée que l'humanité peut être guidée par autre chose que par des buts finis à savoir par l'idéal d'une vie libre, gouvernée par la raison, et donc par la poursuite de tâches infinies. Or la science de la nature, quand elle a oublié l'idée qui la gouverne pour n'être plus qu'une technique théorique, enferme dans la succession indéfinie de buts finis. Ainsi, parce que l'Europe est une idée infinie à laquelle il ne faut pas rester aveugle, il est clair qu'elle n'est pas liée aux nations : par principe, elle porte en elle un universel appropriable par toute culture. En cela, la phénoménologie ne propose pas une simple formulation théorique d'un européano-centrisme visant à imposer une vision contingente du monde. En effet, dans le cadre d'une analyse historique et intentionnelle, la crise de l'humanité européenne mani-feste justement que, peut-être, l'Europe n'est plus dans l'Europe. Plus précisément, l'Europe est une idéalité libre et si elle a certes un lieu de naissance, elle n'est dépendante d'aucun pays. De ce fait, cette unité trans-nationale, qui ne conduit pas à nier la spécificité des différentes cultures, est ce qui rend possible l'unité de tous les hommes. De ce point de vue, l'Europe est le nom pour une humanité accomplie qui posséderait la terre entière comme un chez-soi. Certes, une telle idée est d'abord donnée sur le mode du sentiment, mais elle manifeste l'évidence antéprédica-tive que tous les hommes appartiennent à un seul et unique monde. Cependant, le *telos* de l'humanité européenne ne sera jamais pleinement réalisé parce que précisément l'idée qui anime l'Europe est une idée infinie :

> Par essence, il n'y a pas de zoologie des peuples (*Es gibt wesensmässig keine Zoologie der Völker*). Ce sont des unités d'esprit, ils n'ont, et en particulier cette supranationalité qu'est l'Europe n'a jamais atteint, et ne saurait atteindre une forme de maturité en tant que forme d'une répétition réglée. L'humanité dans son âme n'a jamais été achevée, elle ne le sera jamais et elle ne peut jamais se répéter. Le *telos* spirituel de l'humanité européenne, dans lequel est inclus le *telos* particulier des diverses nations et des hommes indivi-duels, se trouve dans l'infini, il est une idée infinie, sur

laquelle, de façon cachée, l'ensemble du devenir de l'esprit veut pour ainsi dire déboucher[29].

Prendre conscience de soi dans son être au monde, dans son devoir de constituer le monde, consiste à se saisir d'une telle idée de façon à participer consciemment à la co-constitution d'un monde spirituel. Mais pour pouvoir ainsi répondre du monde comme idée infinie, il faut au préalable avoir mis fin à cette naturalisation de la conscience issue des sciences qui conduit directement à la barbarie parce que en masquant la corrélation transcendantale entre la subjectivité qui constitue le monde et le monde lui-même elle conduit à nier le sens d'être du monde comme formation subjective et à nier le sens d'être de l'homme comme personne.

En cela, la philosophie n'est pas une formation culturelle parmi d'autres de l'Europe ou l'une des curiosités de l'esprit européen. Avec la philosophie naît l'idée d'une explication rationnelle de la totalité du monde et cette percée de la philosophie est le phénomène originaire de l'Europe spirituelle, en tant qu'elle est orientée vers des normes absolues. Ainsi, la philosophie n'est autre que ce souci de donner à sa vie une signification universelle, un sens infini. Avec une telle idée, le monde a véritablement un avenir à partir duquel l'homme peut sans cesse se repenser afin de se libérer de sa finitude. En changeant ainsi d'existence, en se projetant vers un pôle infini, l'homme devient un être des lointains. On peut donc dire que le monde commun, avec sa temporalité commune, s'accomplit à partir du moment où les hommes s'appuient les uns sur les autres et sont unis dans un même but. De ce point de vue, la communauté des chercheurs est un modèle d'accomplissement de l'intersubjectivité dans la mesure où elle est un mouvement vivant de solidarité entre les hommes et non une simple coexistence. Ainsi, avec l'idée qui naît en Grèce, mais qui n'appartient pas à la Grèce, le monde spirituel comme monde constitué par la communauté des personnes change de style et acquiert une nouvelle historicité. En effet, la philosophie inaugure une nouvelle attitude face au monde : celle du spectateur désintéressé. Le monde est alors contemplé en tant que

monde en s'affranchissant de toute utilité mondaine, et
cette attitude théorétique est consciente et responsable en
tant qu'elle résulte d'une résolution. Ce désintéressement
marque la rupture entre l'universalisation empirique de la
praxis quotidienne, par exemple l'homme politique qui
vise l'idée d'une société empiriquement parfaite, et
l'idéalisation du monde. La philosophie ouvre de cette
façon la communauté des hommes à l'idée d'une vie
devant la vérité :

> Du même mouvement apparaissent un nouveau mode
> de formation de la communauté et une nouvelle figure
> pour la permanence de la communauté, dont la vie spi-
> rituelle, qui doit son caractère de communauté à
> l'amour et à la production des idées et à la normation
> idéale de la vie, porte en soi l'horizon futur de l'infi-
> nité : celui d'une infinité de générations qui se renou-
> vellent à partir de l'esprit des idées [30].

Le monde comme monde spirituel devient capable de
répondre absolument de lui-même. La responsabilité est
donc bien la forme d'un monde libre qui par une libre
décision poursuit des buts infinis. Dans ces analyses,
Husserl va jusqu'où il peut aller dans la reconnaissance
de la transcendance du monde comme monde commun,
mais s'il reconnaît parfois que l'intersubjectivité transcendantale est le sol de toute validation du monde, il maintiendra jusqu'au bout que si le monde est là pour nous,
c'est qu'il a en premier lieu un sens pour moi. Quoi qu'il
en soit de cette difficulté, l'humanité européenne n'a pas
été à la hauteur de l'idée qui la définit : elle a oublié l'idée
d'une vie devant la vérité pour s'enfermer dans la
recherche de buts finis. Pour se sauver d'une telle perte, et
parce que seule la vérité peut sauver le monde, il faut
retrouver l'étonnement originaire, même si Husserl considère cet étonnement comme une qualité du regard plus que
comme le fait d'être saisi, hors de toute attente, par les
merveilles du monde :

> De cette attitude universelle, mais mythico-pratique,
> se détache nettement maintenant l'attitude théorétique,

qui n'est pas pratique en aucun des sens pris jusqu'ici
par le terme, l'attitude du *thaumadzein* à laquelle les
grands penseurs de la première période de culmination
de la philosophie grecque, Platon et Aristote, réfèrent
l'origine de la philosophie. L'homme se trouve saisi
par la passion d'une considération et d'une connaissance du monde qui se détournent de tous les intérêts
pratiques et qui, dans le cercle fermé de son activité de
connaissance et des moments à elle consacrés, ne produit ni ne désire rien d'autre que la pure *theoria*. En
d'autres termes : l'homme devient un spectateur désintéressé, un regard jeté sur le monde, il devient philosophe ; ou plutôt sa vie acquiert à partir de là une sensibilité pour des motivations qui ne sont possibles que
dans cette attitude : elle est motivée pour des buts et
des méthodes de pensée d'un nouveau genre, dans lesquels en définitive advient la philosophie et dans lesquels lui-même devient philosophe[31].

Avec un Thalès se développe donc une nouvelle forme
de communauté c'est-à-dire de co-constitution du monde.
En effet, la formation d'un sens par un Thalès est réacti-
vée par les autres hommes et cela fonde une communauté
transcendantale. Plus précisément, la formation d'un sens,
sa sédimentation dans un langage et plus particulièrement
dans l'écriture qui assure la disponibilité du savoir, puis
la réactivation de ce sens produisent l'unité d'une tradition comme communauté dans un développement
constant. Telle est la compréhension phénoménologique
de l'histoire :

L'histoire n'est d'entrée de jeu rien d'autre que le
mouvement vivant de la solidarité et de l'implication
mutuelle de la formation du sens et de la sédimentation
du sens originaires *(Geschichte ist vornherein nichts
anders als die lebendige Bewegung des Miteinander
und Ineinander von ursprünglicher Sinnbildung und
Sinnsedimentierung)*[32].

Or cette définition de l'histoire n'est rien d'autre que la
définition de la vie du monde culturel. De ce point de vue,
la communauté des philosophes se caractérise par son

entière liberté vis-à-vis de toute tradition nationale et elle se définit par une attitude critique universelle qui vise le vrai en soi, par la volonté de soumettre l'ensemble de l'empirie à des normes idéales et par la décision de vivre selon des principes inconditionnés. En cela, la création de la communauté des philosophes vise à une vie dans la constante responsabilité de soi, dans une vie commune pour les idées infinies.

Cette compréhension du monde comme corrélat d'une humanité infinie conduit Husserl à marquer la fonction « archontique » du philosophe en ce que le philosophe a pour tâche, non d'exercer une puissance empirique sur le monde, mais d'éveiller l'humanité au principe qui doit la gouverner. En effet, le souci propre du philosophe-archonte est d'humaniser le monde en libérant l'humanité de sa finitude. Plus encore, redonner la vue à une humanité rendue aveugle par les erreurs d'un certain rationalisme consiste pour le philosophe non à renoncer à la raison, mais au contraire à éveiller cette humanité à la téléologie de la raison en retournant à l'origine de la philosophie :

> Dans ce mouvement, où l'on offre et où l'on reçoit, s'élève la totalité supra-nationale, avec toutes ses sociétés stratifiées, totalité remplie par l'esprit d'une tâche inépuisable, articulée en une infinité complexe, et pourtant unique dans cette infinité même. Dans cette omni-société, idéalement orientée, la philosophie elle-même conserve la fonction directrice et elle conserve ses tâches infinies particulières ; elle conserve la fonction d'une réflexion théorétique, libre et universelle, qui englobe aussi tous les idéaux et l'idéal du tout : elle est l'*universum* de toutes les normes. Il est constant, dans une humanité européenne, que la philosophie ait à exercer sa fonction comme étant la fonction archontique de l'humanité entière[33].

La responsabilité infinie du philosophe est donc d'arracher l'humanité à la limitation dans laquelle elle a tendance à s'enfermer pour la maintenir éveillée à la conscience de la totalité. Cela confirme ultimement que l'attitude de spectateur désintéressé ne s'arrache au monde fini que pour mieux prendre en charge le monde comme idée infinie. Certes, toute personne n'a pas à faire de la philosophie son métier, mais la tâche propre du philosophe est d'agrandir sans cesse la communauté transcendantale des esprits libres en exhortant les autres hommes à une tâche d'universalisation par laquelle ils s'unissent aux autres hommes dans l'unité d'un même *ethos*.

La question en retour sur l'origine de l'humanité permet donc de convertir la conscience du monde en la conscience d'un devoir, celui de prendre part à la téléologie de la raison, c'est-à-dire à l'œuvre commune de constitution d'un monde rationnel. Ainsi, la responsabilité à l'égard du sens du monde suppose la prédonnée du monde ; même si elle demeure dans la pensée de Husserl ce que le sujet se donne, il ne peut se la donner concrètement que parce que le monde lui est confié :

> Grâce à une constante critique, qui prend toujours en vue l'ensemble du contexte historique en tant seulement qu'il forme notre contexte personnel, nous nous efforçons finalement de discerner la tâche historique que nous pourrons reconnaître comme la seule qui nous soit personnellement propre. Lequel discernement n'a pas lieu de l'extérieur, à partir du fait, comme si le devenir temporel dans lequel nous-mêmes sommes *devenus* (ce que nous sommes) n'était qu'une simple série causale extérieure, mais a lieu *de l'intérieur*. Nous qui n'avons pas seulement un héritage spirituel, mais qui encore ne sommes de part en part rien d'autre que (de tels) « devenus » dans l'histoire de l'esprit, nous avons ainsi et ainsi seulement une tâche à accomplir qui nous soit véritablement propre. Nous ne la gagnons pas par la critique de n'importe quel système actuel ou transmis par une tradition déjà ancienne, par la critique d'une « vision du monde » scientifique ou pré-scientifique – et pourquoi pas à la fin par une vision du monde chinoise ? –, mais nous y parvenons seulement à partir d'une compréhension critique de l'unité d'ensemble de l'histoire, de *notre* histoire. Car celle-ci possède une unité spirituelle, tirée de l'unité et de la puissance instinctive d'une tâche qui veut s'accomplir dans le devenir historique (dans la pensée de ceux qui philosophent les uns pour les autres, et supra-temporellement les uns avec les autres), à travers

les divers degrés de la non-clarté jusqu'à la clarté suf-
fisante, jusqu'à son élaboration finale dans la totale
transparence. Alors notre histoire ne se dresse pas seulement devant nous comme quelque chose qui est par
soi-même nécessaire, mais comme quelque chose qui,
à nous philosophes d'aujourd'hui, nous est *confié.*
Nous sommes en effet précisément ce que nous
sommes en tant que fonctionnaires de l'humanité philosophique moderne, en tant qu'héritiers et co-porteurs
de la direction du vouloir *qui la traverse entièrement,*
et nous sommes cela à partir d'une fondation originelle, laquelle cependant est en même temps une fondation seconde et la modification de la fondation originelle grecque. C'est dans celle-ci en effet que se
trouve *le commencement téléologique,* la véritable
gésine de l'esprit européen absolument parlant[34].

   L'homme constitue le monde dont il a hérité, qui a été
confié à sa garde, pour pouvoir le transmettre aux générations futures. Ainsi ce monde est bien un monde de la vie
dans la mesure où il appartient à l'essence de la vie de se
recevoir et de se transmettre. L'attention au phénomène
de monde conduit de cette façon à la mise en vue d'un
devoir qui m'incombe et le monde est bien cet *ethos* commun que je dois vouloir en tant que fonctionnaire de l'humanité. La vie du monde est sa vie pour celui qui décide de
vivre dans le don de soi aux idées. Dès lors, la phénoménologie transcendantale, comme attention à la corrélation
entre le monde et ses modes subjectifs de donnée, laisse le
monde se révéler comme un *ethos* dont il faut répondre.
C'est donc le monde tel qu'il se donne qui détermine non
seulement le mode de sa connaissance, mais également le
mode de son accomplissement. La réduction eidétique
dévoile comment le monde lui-même place l'homme
devant une alternative radicale : l'héroïsme de la raison ou
la fatigue, le combat pour le sens du monde ou son aban-
don, l'affirmation de soi ou la chute dans l'anonymat. En
cela, la réduction est bien un renversement de notre être
tout entier par lequel l'homme cesse de se comprendre
comme une chose du monde pour s'apparaître comme responsable d'un monde qui n'est le mien qu'en étant le

nôtre. Le don du monde n'est pas le don d'une place dans un monde déjà constitué, mais le don d'une tâche interpersonnelle de constitution. En donnant le monde à voir, en permettant à l'homme de le rencontrer par la connaissance, la réduction phénoménologique donne aussi le monde à être, et elle ouvre ainsi le sujet à sa propre transcendance. De cette façon, en libérant du concept naturel de monde, la phénoménologie dévoile un concept spirituel de monde, puisqu'en se montrant comme l'horizon de notre perception et de notre tâche de constitution le monde s'annonce effectivement comme une structure téléologique de notre être.

*

NOTES

1. *Méditations cartésiennes*, § 42, de Launay, p. 140[124].
2. *Autour des Méditations cartésiennes*, p. 35[21].
3. *Méditations cartésiennes*, § 44, de Launay, p. 145[127-128].
4. *Ibid.*, 45, de Launay, p. 149[131].
5. *Ibid.*, § 48, de Launay, p. 154-155[136].
6. *Ibid.*, § 49, de Launay, p. 155-156[137].
7. *Méditations cartésiennes*, § 52, de Launay, p. 164[144].
8. *Ibid.*, § 54, de Launay, p. 166[146].
9. *Ibid.*, § 55, de Launay, p. 170[149].
10. *Ibid.*, p. 177[152].
11. *Ibid.*
12. Sur la question de la socialité, cf. notre ouvrage *Personne et Sujet selon Husserl, op. cit.*, chap. v.
13. *Méditations cartésiennes*, § 60, de Launay, p. 190-191[167].
14. *La Crise des sciences européennes*, § 9h, p. 57[49].
15. *Ibid.*, § 9h, p. 58[50].
16. *Ibid.*, § 15, p. 80[70].
17. *Ibid.*, § 28, p. 124[111].
18. *Ibid.*, § 29, p. 129[115].
19. *Ibid.*, appendice 17, p. 509[460].
20. *Ibid.*, appendice 17, p. 511[461].
21. *Ibid.*, § 37, p. 162[145-146].
22. *Ibid.*, § 51, p. 197[176].
23. *Expérience et Jugement*, § 10, p. 53[44].
24. *Ibid.*, § 12, p. 66[57].
25. Sur le monde familier comme monde normal, cf. *Autour des Méditations cartésiennes*, texte n° 14.

26. *La Crise des sciences européennes*, annexe III, p. 352[319].
27. *Idées I*, § 22, p.73[49].
28. *La Crise des sciences européennes*, annexe III, p. 352[319].
29. *Ibid.*, annexe III, p. 354[320-321].
30. *Ibid.*, annexe III, p. 356[322].
31. *Ibid.*, annexe III, p. 365[331].
32. *Ibid.*, appendice III au § 9a, « L'origine de la géométrie »,
p. 420[380].
33. *Ibid.*, annexe III, p. 370-371[336].
34. *Ibid.*, § 15, p. 82[72].

Glossaire

Apprésentation. Elle désigne le mode propre de la donnée d'autrui comme présentation indirecte-directe. Elle ne
se confond ni avec le mode de la perception d'une chose,
ni avec le mode du souvenir, ni avec celui de l'imagination.

Constitution. Constituer consiste à donner sens à ce qui
se présente. Tout objet est un sens constitué par des
noèses. La constitution n'est donc pas ici l'acte de produire un objet dans le monde, mais l'acte par lequel un
sens d'objet se forme dans le cours de l'expérience.

Corps et chair. La traduction de *Leib* par chair pose de
nombreux problèmes étant donné les multiples significations du mot chair. Il s'agit avant tout pour Husserl de distinguer le corps-objet, le corps physique *(Körper)* et le
corps vivant, le corps animé d'une vie qui lui appartient en
propre *(Leib → Leben)*. Le corps comme chose a sa place
dans une région du monde et il est alors l'élément qui se
joint à l'âme pour constituer l'unité empirique homme. Le
corps animé, lui, se temporalise et se spatialise. Dans cette
perspective, autrui ne se donne pas d'abord comme corps
(cette appréhension est le résultat d'une abstraction), mais
bien en chair et en os comme une subjectivité charnelle.

Eidos. L'*eidos* désigne chez Husserl l'essence formelle
ou matérielle d'un objet. Il se distingue du concept kantien
d'Idée qui désigne une essence idéale. L'Idée est une limite
idéale alors que l'*eidos* est la structure même de l'objet, sa
forme catégoriale. L'*eidos* est donc l'*a priori* concret.

Empathie *(Einfühlung)*. L'empathie désigne la relation
de l'*ego* à l'*alter ego,* c'est-à-dire le mode de l'intuition de

l'*alter ego*. Elle marque à la fois la proximité des subjectivités individuelles et leur radicale séparation. L'empathie est donc le lieu de la constitution du sens autrui à partir de moi-même en dépit du fait que les vécus de l'autre je sont toujours différents des miens et qu'aucune communication ne peut surmonter leur extériorité. En cela, l'expérience d'autrui est une présentation et non une présentification, mais sans être une présentation directe puisque les vécus d'autrui ne me sont jamais donnés originairement. Cf. l'apprésentation.

Epoché. L'*époché* désigne chez Husserl la mise entre parenthèses du monde transcendant, la suspension de toute thèse transcendante, de tout jugement relatif à l'existence des objets transcendants.

Evidence. Il y a évidence quand ce qui se donne se donne sans aucun problème et aucun présupposé. Elle exprime le plein accord entre le visé et le donné comme tel.

Fondation. Fonder consiste à reconduire à l'origine de la formation de sens, c'est-à-dire ici à revenir à la subjectivité transcendantale comme seul être absolu.

Habitus ou **habitualité.** L'habitus désigne tout acquis durable dans la vie du sujet et il est donc susceptible d'être réactualisé.

Hylé. La *hylé* est la troisième composante du vécu avec la noèse et le noème. Elle désigne les contenus de sensation. Ce contenu n'est pas lui-même intentionnel, mais il peut être animé par les noèses. Les *data* hylétiques sont donc la matière sensuelle.

Ipséité. L'ipséité désigne le soi, ce qui constitue notre être propre, en tant qu'il se fonde, pour Husserl, sur la réflexion.

Kinesthèse. Husserl désigne par ce terme l'unité de la réceptivité : par les kinesthèses, les données sensorielles s'unifient en un unique champ.

Monade. La monade est le je avec la totalité de la vie intentionnelle. Elle contient tout ce qui est mien.

Mondain. Husserl utilise le terme mondain pour désigner tout ce qui a le mode d'être des choses du monde. Une conscience mondaine est une conscience pensée comme une réalité constituée dans le monde. La mondanéisation (ou naturalisation) est l'erreur qui consiste à identifier tout être à une réalité naturelle.

Motivation. La motivation reconduit à l'idée d'une causalité transcendantale, à savoir la façon dont le sujet se détermine à agir.

Neutralité. La modification de neutralité est le simple fait de s'abstenir de poser une thèse d'existence.

Noème. Le noème est l'objet comme sens constitué par la conscience. Il ne s'agit pas d'une image, mais de la chose même qui se donne en chair et en os.

Noèse. Les noèses sont les actes de la conscience qui fondent l'unité d'un objet, qui donnent sens. La noétique étudie l'acte intentionnel qui informe le vécu originaire. Au sens fort, la noétique s'identifie à l'élucidation intuitive de la conscience rationnelle.

Objectité. Ce terme peut être utilisé pour traduire *Gegenständlichkeit,* qui signifie la présence objectivée de la chose. Objectité rend mieux qu'objectivité la dimension d'objet constitué par une subjectivité.

Phénomène. Le phénomène désigne l'apparaître où l'étant lui-même se donne.

Présentification. A la différence de la présentation originaire dans la perception, elle reproduit l'objet perçu sous le mode du souvenir ou de l'imagination.

Propre. La propriété *(Eigenheit)* ou primordialité renvoie au non-étranger et donc le propre s'obtient par abstraction de toute spiritualité étrangère. Positivement, le propre est ce qui se donne à soi-même dans une évidence apodictique.

Protention. La protention est l'attente de ce qui va juste arriver. Dans l'écoute d'une mélodie, le sujet est ouvert à ce qui suit immédiatement.

Psychologisme transcendantal. Cette expression désigne l'erreur qui consiste à poser l'âme, en tant que réalité mondaine constituée et relative, comme le fondement de la connaissance du monde.

Réal *(real)*. Réal reconduit à la matérialité de la *res*. Ce terme désigne donc tout ce qui est de l'ordre de la chose, toute réalité mondaine et naturelle.

Réalisme transcendantal. Il s'agit d'une erreur qui consiste à élever au rang transcendantal ce qui n'est qu'une réalité constituée.

Réduction. La réduction ne signifie pas diminution ou restriction, mais une re-conduction à l'origine de tout sens, c'est-à-dire à la subjectivité absolue. La réduction eidétique est l'acte de reconduire un objet à son essence.

Réel *(reel)*. Réel désigne la réalité immanente au vécu, ce qui est effectivement ainsi.

Rétention. La rétention désigne la retenue du tout juste passé, par exemple celui d'un son qui résonne encore. Même si la rétention est intentionnelle, elle n'est pas à confondre avec l'acte intentionnel de la remémoration. Il s'agit d'une présentation et non d'une présentification.

Solipsisme. Le solipsisme désigne dans la pensée de Husserl le fait d'être enfermé dans soi seul sans pouvoir atteindre la moindre transcendance objective, c'est-à-dire intersubjective.

Telos. Le *telos* est un but final. Dès lors, une structure téléologique est une structure orientée vers une fin comprise comme accomplissement.

Théorétique. L'attitude théorétique reconduit à une contemplation désintéressée du monde. Elle s'identifie à l'attitude philosophique en tant qu'elle met en œuvre une réflexion libre et universelle.

Transcendant. Une connaissance transcendante est une connaissance non évidente où l'objet visé n'est pas vu absolument et sans reste. Il s'agit donc d'une connaissance indirecte et par esquisses.

Transcendantal. Le transcendantal ne désigne pas chez Husserl simplement la condition *a priori* de la connaissance de l'objet, mais signifie plus fondamentalement le fondement *a priori* de l'être de l'objet.

Bibliographie

Les œuvres de Husserl sont à consulter dans l'édition des *Husserliana* publiée, sous la direction des archives Husserl, par Martinus Nijhoff à La Haye, puis chez Kluwer, Dordrecht/Boston/Londres. Il existe déjà 29 volumes et de nombreux autres sont en préparation. On peut également lire les œuvres majeures de Husserl éditées chez Meiner (d'après les *Husserliana*) à Hambourg. Pour une bibliographie plus développée, nous renvoyons à notre ouvrage *Personne et Sujet selon Husserl*, Paris, PUF, 1997, p. 301-316.

Un très grand nombre de textes de Husserl sont désormais disponibles en traduction française :

Philosophie de l'arithmétique, trad. franç. J. English, Paris, PUF, 1972.

Sur les objets intentionnels 1893-1903, trad. franç. J. English, Paris, Vrin, 1993.

Articles sur la logique, trad. franç. J. English, Paris, PUF, 1975.

Recherches logiques, trad. franç. H. Elie, A.L. Kelkel et R. Scherer, t. I, II et III, Paris, PUF, 1959-1963.

Leçons pour une phénoménologie de la conscience intime du temps, trad. franç. H. Dussort, Paris, PUF, 1964.

Introduction à la logique et à la théorie de la connaissance (1906-1907), trad. franç. L. Joumier, Paris, Vrin, 1998.

Chose et Espace. Leçons de 1907, trad. franç. J.-F. Lavigne, Paris, PUF, 1989.

L'Idée de la phénoménologie, trad. franç. A. Lowit, Paris, PUF, 1970.

Sur la théorie de la signification, trad. franç. J. English, Paris, Vrin, 1995.

La Philosophie comme science rigoureuse, trad. franç.
Q. Lauer, Paris, PUF, 1954, et M.-B. de Launay, Paris,
PUF, 1989.

Problèmes fondamentaux de la phénoménologie, trad.
franç. J. English, Paris, PUF, 1991.

*Idées directrices pour une phénoménologie et une phi-
losophie phénoménologique pures,* t. I : *Introduction générale à la phénoménologie pure,* trad. franç.
P. Ricœur, Paris, Gallimard, 1950 ; t. II : *Recherches
phénoménologiques pour la constitution,* trad. franç.
E. Escoubas, Paris, PUF, 1982 ; t. III : *La Phénoménologie et les Fondements des sciences,* trad. franç. D. Tif-
feneau, Paris, PUF, 1993. Avec la « Postface à mes idées
directrices pour une phénoménologie pure », trad. franç.
A.L. Kelkel.

Philosophie première, t. I : *Histoire critique des idées,* et
t. II : *Théorie de la réduction phénoménologique,* trad.
franç. A.L. Kelkel, Paris, PUF, 1970-1972.

De la synthèse passive, trad. franç. par B. Bégout et
J. Kessler, Grenoble, Millon, 1998.

*Logique formelle et Logique transcendantale. Essai d'une
critique de la raison logique,* trad. franç. S. Bachelard,
Paris, PUF, 1957.

*Méditations cartésiennes. Introduction à la phénoméno-
logie,* trad. franç. par G. Peiffer et E. Levinas, Paris,
Vrin, 1947 et par M. de Launay, Paris, PUF, 1994.

Autour des Méditations cartésiennes (1929-1932), trad.
franç. N. Depraz et P. Vandevelde, Grenoble, Millon,
1998.

La Crise de l'humanité européenne et la Philosophie, trad.
franç. P. Ricœur, Paris, Aubier, 1977 ; par G. Granel, en
annexe III de traduction de *La Crise des sciences européennes et la Phénoménologie transcendantale,* Paris,
Gallimard, 1976 ; par N. Depraz, Paris, Profil Hatier,
1992.

*La Crise des sciences européennes et la Phénoménologie
transcendantale,* trad. franç. G. Granel, Paris, Gallimard, 1976.

L'Origine de la géométrie, trad. franç. J. Derrida, Paris,
PUF, 1962.

*Expérience et Jugement. Recherches en vue d'une généa-
logie de la logique,* trad. franç. D. Souche, Paris, PUF,
1970.
Notes sur Heidegger, trad. franç. D. Franck, J.-F. Courtine, J.-L. Fidel, N. Depraz, Paris, Ed. de Minuit, 1993.
La terre ne se meut pas, trad. franç. D. Franck, D. Pradelle,
J.-F. Lavigne, Paris, Ed. de Minuit, 1989.

De nombreux textes de Husserl ont été traduits dans la
revue de phénoménologie *ALTER*, ENS de Fontenay-
Saint-Cloud.

Les études sur Husserl sont également très nombreuses
et nous ne citerons que celles qui sont nécessaires à une
entrée dans la phénoménologie transcendantale :
BERNET, R., *La Vie du sujet*, Paris, PUF, 1994.
– *Edmund Husserl : Darstellung seines Denkens*, par
R. Bernet, I. Kern, E. Marbach, Hambourg, Meiner,
1989.
COURTINE, J.-F., *Heidegger et la Phénoménologie,* Paris,
Vrin, 1990.
DASTUR, F., *Husserl. Des mathématiques à l'histoire,*
Paris, PUF, 1995.
DEPRAZ, N., *Transcendance et Incarnation,* Paris, Vrin,
1995.
DERRIDA, J., « Introduction » à *L'Origine de la géométrie,*
Paris, PUF, 1974.
FRANCK, D., *Chair et Corps,* Paris, Ed. de Minuit, 1981.
HOUSSET, E., *Personne et Sujet selon Husserl,* Paris, PUF,
1997.
LEVINAS, E., *Théorie de l'intuition dans la phénoméno-
logie de Husserl,* Paris, Vrin, 1963.
MARION, J.-L., *Réduction et Donation,* Paris, PUF, 1989.
MONTAVONT, A., *De la passivité dans la phénoménologie
de Husserl,* Paris, PUF, 1999.
RICŒUR, P., *A l'école de la phénoménologie,* Paris, Vrin,
1986.
SCHÉRER, R., *La Phénoménologie des « Recherches
logiques » de Husserl,* Paris, PUF, 1967.

SOUCHES-DAGUES, D., *Le Développement de l'intention-nalité dans la phénoménologie de Husserl,* La Haye, M. Nijhoff, 1972.
TROTIGNON, P., *Le Cœur de la raison,* Paris, Fayard, 1986.

RÉALISATION : CURSIVES À PARIS
IMPRESSION : BUSSIÈRE CAMEDAN IMPRIMERIES À SAINT-AMAND (CHER)
DÉPÔT LÉGAL : AVRIL 2000. N° 33812 (001758/1)